A vida como ela era

Série
OS ÚLTIMOS SOBREVIVENTES

A VIDA COMO ELA ERA

OS VIVOS E OS MORTOS

O MUNDO EM QUE VIVEMOS

A SOMBRA DA LUA

SUSAN BETH PFEFFER

A vida como ela era

Tradução
Ana Resende

Rio de Janeiro | 2016

Copyright © 2008 by Susan Beth Pfeffer

Título original: *Life as We Knew It*

Imagens de capa: Lua cheia © Elle Arden Images/ Shutterstock.com / Cidade deserta © YorkBerlin/ Shutterstock.com / Árvore seca © Ana Gram/ Shutterstock.com / Céu nublado © Dudarev Mikhail/ Shutterstock.com

Ilustração de miolo: Tadeu Costa

Editoração: FA Studio

Texto revisado segundo o novo
Acordo Ortográfico da Língua Portuguesa

2016
Impresso no Brasil
Printed in Brazil

Cip-Brasil. Catalogação na publicação
Sindicato Nacional dos Editores de Livros. RJ

P624v	Pfeffer, Susan Beth
	A vida como ela era / Susan Beth Pfeffer; tradução Ana Resende. — 1. ed. — Rio de Janeiro: Bertrand Brasil, 2016.
	378 p.; 23 cm. (Os últimos sobreviventes; 1)
	Tradução de: Life as we knew it
	Continua com: Os vivos e os mortos
	ISBN 978-85-286-2069-6
	1. Ficção americana. I. Resende, Ana. II. Título. III. Série.
16-32244	CDD: 813
	CDU: 821.111(73)-3

Todos os direitos reservados pela:
EDITORA BERTRAND BRASIL LTDA.
Rua Argentina, 171 — 2º andar — São Cristóvão
20921-380 — Rio de Janeiro — RJ
Tel.: (0xx21) 2585-2070 — Fax: (0xx21) 2585-2087

Não é permitida a reprodução total ou parcial desta obra, por quaisquer meios, sem a prévia autorização por escrito da Editora.

Atendimento e venda direta ao leitor:
mdireto@ record.com.br ou (0xx21) 2585-2002

Para Marci Hanners e Carol Pierpoint

UM

7 de maio

Lisa está grávida.

Papai ligou por volta das 11h para dar a notícia. Mamãe acabara de levar Jonny para o treino de beisebol, Matt ainda não voltou da faculdade, claro, e eu estava sozinha para ouvir a grande novidade.

— O bebê vai nascer em dezembro — gabou-se meu pai, como se fosse o primeiro homem na história do mundo com uma segunda mulher mais nova prestes a ter um bebê. — Não é demais?! Você vai ganhar um irmãozinho ou uma irmãzinha. Claro, ainda é muito cedo para dizer o que vai ser. Mas, assim que soubermos, vamos contar para vocês. Eu não me importaria de ter outra filha. A primeira cresceu de forma tão maravilhosa. Você gostaria de ter uma irmãzinha?

Eu não tinha ideia.

— Quando vocês descobriram? — perguntei.

— Ontem à tarde — respondeu ele. — Eu teria ligado imediatamente, mas, bem, nós fomos comemorar. Você entende, não é, querida? Um tempinho só para mim e para Lisa antes de o mundo saber.

— Claro, papai — falei. — Lisa já contou para a família dela?

— Foi a primeira coisa que fez hoje de manhã — respondeu. — Os pais dela estão superanimados com o primeiro neto. Eles vêm passar algumas semanas aqui em julho, antes de você e Jonny virem.

— Você vai ligar para o Matt para contar? — perguntei. — Ou quer que eu faça isso?

— Ah, não, pode deixar que eu ligo — disse. — Ele está ocupado estudando para os exames finais e vai ficar feliz com a interrupção.

— É uma ótima notícia, papai — observei, porque sabia que era o que devia fazer. — Não se esqueça de dizer a Lisa que estou muito feliz por ela. E por você também. Pelos dois.

— Diga você — disse papai. — Vou passar o telefone para ela.

Papai cobriu o fone por um segundo para que pudesse sussurrar algo para Lisa e então ela pegou o aparelho.

— Miranda — exclamou —, não é maravilhoso?!

— Muito — respondi. — É uma novidade maravilhosa. Fico muito feliz por você e por papai.

— Eu estive pensando... — disse ela. — Bem, sei que ainda é muito cedo e nem discuti isso com seu pai, mas gostaria de ser a madrinha do bebê? Você não precisa responder agora, mas pense sobre isso, está bem?

Esse é meu problema com Lisa. Sempre que eu quero sentir raiva dela ou ficar irritada — porque ela realmente pode ser muito irritante —, ela faz alguma coisa legal. E então eu entendia por que papai tinha se casado com ela.

— Claro que vou pensar — disse. — Você e papai devem pensar também.

— Nós não precisamos mais pensar sobre isso — respondeu ela. — Você precisa ver o brilho nos olhos de seu pai. Acho que ele não poderia estar mais feliz.

— Eu não poderia — confirmou papai, e eu percebi por sua gargalhada que ele tirara o telefone de Lisa. — Miranda, por favor, diga que sim. Significaria muito para nós se você fosse a madrinha do bebê.

Então eu disse que sim. Não poderia dizer que não.

Depois disso, jogamos conversa fora por algum tempo. Contei-lhe sobre o último treino de natação e como estava me saindo na escola. Mamãe ainda não tinha voltado quando finalmente desliguei o telefone. Por isso, entrei na internet para ver as novidades na patinação artística. O assunto do momento na página dos fãs de Brandon Erlich era a possibilidade de ele ganhar o ouro olímpico. A maioria das pessoas acredita que ele não vencerá, mas muitos de nós achamos que ele tem uma chance real de receber medalhas. O gelo é escorregadio, e nunca se sabe.

Acho que gostaria de ter aulas de patinação novamente. Senti falta delas nos últimos anos e, além disso, é uma chance de ter notícias de Brandon. Ele não treina mais com a sra. Daley, mas aposto que ela fica sabendo das novidades. E talvez a mãe de Brandon apareça no rinque.

Quando mamãe chegou, tive que lhe contar sobre Lisa. Ela só comentou que era uma boa notícia e que sabia que os dois queriam filhos. Ela e papai realmente se esforçam para manter um "bom divórcio". Matt diz que, se eles tivessem se esforçado assim no casamento deles, ainda estariam juntos. Eu não disse a ela que serei a madrinha (supondo que Lisa não mude de ideia, o que ela é bem capaz de fazer). Sinto-me mal por ser a madrinha e ninguém ter falado nada sobre Matt ou Jonny serem padrinhos. Claro, Lisa e Matt não se dão muito bem e, talvez, aos 13 anos, Jonny seja muito novo para isso.

Espero que Lisa mude de ideia e eu não tenha que lidar com esse problema.

8 de maio

Hoje não foi o melhor Dia das Mães.

Eu já tinha dito à mamãe que faria o jantar e ela resolveu convidar a sra. Nesbitt. Não fiquei surpresa, mas, se mamãe convidou a sra. Nesbitt, eu também poderia chamar Megan e a mãe dela. Quando Jonny descobriu que seríamos eu, mamãe, a sra. Nesbitt, Megan e a sra. Wayne, disse que eram muitas mulheres juntas num lugar só, e que ele iria jantar na casa de Tim.

Mamãe sempre acha bom Jonny visitar Tim e sua família, porque lá são três garotos e o pai de Tim está sempre presente. Ela disse que, se os pais dele concordassem, não teria problema.

Liguei para Megan e pedi que trouxesse as anotações de história para estudarmos juntas para a prova, e ela concordou.

E é por isso que estou zangada com ela. Se ela não tivesse dito que sim, seria uma coisa. Mas ela disse que viria e eu fiz bolo de carne para cinco pessoas, além de salada. E, então, pouco antes de começar a arrumar a mesa, Megan me ligou e disse que tinha resolvido ficar na igreja e fazer alguma coisa com o grupo jovem. Ela confundiu as datas. E sua mãe não queria vir sem ela. Por isso, seriam duas pessoas a menos para o jantar de domingo, e ela esperava que eu não me importasse.

Bem, eu me importo. Eu me importo porque estava ansiosa para jantarmos juntas e para estudar com ela. Também achei que seria bom se minha mãe conversasse com a sra. Nesbitt e a sra. Wayne sobre o bebê de Lisa. A sra. Wayne pode não ser a melhor amiga da minha mãe, mas ela é engraçada e a teria feito rir.

Megan tem passado muito tempo na igreja. Ela vai ao culto todo domingo, mas nunca ia antes. E agora faz coisas com o grupo jovem pelo menos duas vezes por semana e, às vezes, até mais. Ela fala muito sobre como encontrou Deus, mas acho que tudo que ela encontrou foi o reverendo Marshall. Ela se refere a ele como se fosse um astro de cinema. Eu lhe disse isso uma vez, e ela respondeu que é assim que falo de Brandon, como se fosse a mesma coisa, o que não é verdade. Muita gente acha que Brandon é o melhor patinador dos Estados Unidos atualmente. E, além disso, eu não falo dele o tempo inteiro nem ajo como se ele fosse a minha salvação.

O jantar estava bom, a não ser pelo fato de que cozinhei demais o bolo de carne e ele ficou um pouco seco. Mas a sra. Nesbitt nunca economiza no ketchup mesmo. Depois de algum tempo, eu as deixei sozinhas, e acho que conversaram sobre Lisa e o bebê.

Queria que já fosse verão. Mal posso esperar para tirar minha carteira de motorista.

Também queria já ter acabado de estudar para a prova de história. CHATO!

Mas melhor voltar para os estudos. Sem notas boas, sem carteira. São as Regras de Minha Mãe.

11 de maio

Tirei 92 na prova de história. Poderia ter feito melhor.

Mamãe levou Horton ao veterinário. Está tudo bem, mas fiquei um pouco preocupada porque ele já tem 10 anos. Quanto tempo vivem os gatos?

Sammi contou que ela vai ao baile de formatura com Bob Patterson. Eu sei que não deveria sentir inveja, mas sinto. Não porque eu goste de Bob (para ser sincera, acho que ele é meio esquisito), mas porque ninguém me convidou. Às vezes, acho que nunca vão fazer isso. Vou passar o resto da vida sentada em frente ao computador, postando mensagens sobre Brandon Erlich e o futuro dele na patinação artística.

Conversei com Megan sobre Sammi e sobre como ela sempre é convidada para encontros, e Megan me respondeu: "Bem, isso acontece porque sempre há um homem em cima de Samantha." Depois de me recuperar do choque, acabei rindo. Mas ela logo estragou tudo voltando a ser a nova Megan carola e falando sobre como sexo antes do casamento é pecado e que não se deve sair com rapazes apenas por sair, mas porque se tem certeza de querer assumir um compromisso para toda a vida.

Eu tenho 16 anos. Primeiro, quero tirar a carteira de motorista. Depois, me preocupo com compromissos para toda a vida.

12 de maio

Fui dormir de mau humor, e hoje tudo piorou.

Na hora do almoço, Megan falou para Sammi que ela iria para o inferno se não se arrependesse de seus pecados logo. Sammi ficou muito brava (eu não a culpo) e gritou com Megan, dizendo que ela era uma pessoa muito espiritual e não precisava de suas lições sobre o que Deus queria, porque sabia que Deus queria que ela fosse feliz e que, se Deus não quisesse que as pessoas transassem, Ele teria criado apenas amebas.

Achei aquilo muito engraçado, mas Megan não gostou e as duas acabaram brigando.

Não me lembro da última vez que almoçamos juntas e nos divertimos. Quando Becky ainda estava bem, nós quatro fazíamos tudo juntas, e depois que Becky adoeceu, ficamos mais próximas ainda.

Megan, Sammi ou eu a visitávamos em casa e no hospital quase todos os dias e telefonávamos ou enviávamos e-mails umas para as outras para contarmos como ela estava. Não acho que suportaria o funeral de Becky sem elas. Mas, desde então, Sammi e Megan mudaram. Sammi começou a sair com todo tipo de rapazes e Megan se envolveu com a igreja. As duas mudaram muito no último ano, mas parece que eu continuo a ser a mesma garota que sempre fui.

Aqui estou eu, no primeiro ano do ensino médio, e esses deveriam ser os melhores anos da minha vida, mas estou simplesmente estagnada.

Mas a verdadeira razão do meu mau humor é que tive uma briga feia com mamãe.

Começou depois do jantar. Jonny tinha ido para o quarto terminar o dever de casa, e mamãe e eu estávamos colocando a louça na máquina quando ela comentou que iria jantar com o dr. Elliott na noite seguinte.

Por um breve instante, senti inveja de mamãe porque até ela tem uma vida social. Mas passou rápido. Gosto do dr. Elliott, e minha mãe não se envolve com ninguém há algum tempo. Além disso, sempre é melhor lhe pedir favores quando está de bom humor. E foi isso que fiz.

— Mãe, posso ter aulas de patinação?

— Apenas no verão? — perguntou ela.

— E no ano que vem também — disse. — Se eu quiser continuar.

— Depois que seu tornozelo melhorou, você disse que não iria mais patinar — observou ela.

— O médico disse que eu não poderia pular durante três meses — lembrei. — E depois não daria mais tempo para competir. Por isso, parei. Mas agora eu queria patinar apenas por diversão. Achei que você gostasse de me ver praticando esportes.

— Eu gosto — respondeu, mas o modo como bateu a porta do lava-louça deixou claro que ela não gostava tanto quanto eu pensava.

— Mas você tem a natação e quer entrar para a equipe de vôlei no outono. Você não pode praticar três esportes. Dois provavelmente já seria muito, principalmente se quiser trabalhar no jornal da escola.

— Então vou patinar em vez de jogar vôlei — disse. — Mãe, eu conheço meus limites. Mas adoro patinar. Não entendo por que você não quer deixar.

— Se eu achasse que a única razão era essa, até poderíamos conversar — respondeu minha mãe. — Mas aulas de patinação são muito caras e acho que você só quer fazê-las para fofocar sobre Brandon Erlich na internet.

— Mãe, Brandon nem patina mais aqui! — gritei. — Ele está treinando na Califórnia agora.

— Mas os pais dele ainda moram aqui — observou ela. — E você iria querer que a sra. Daley a treinasse.

— Não sei nem se ela me aceitaria — disse. — O problema é dinheiro, não é? Você pode mandar Jonny para o acampamento de beisebol no verão, mas não tem dinheiro para eu ter aulas de patinação.

Mamãe ficou de todas as tonalidades possíveis de vermelho e então nós realmente começamos a discutir. Ela gritou comigo sobre dinheiro e responsabilidades e eu gritei com ela sobre o fato de não gostar de mim como gosta de Matt e Jonny (o que sei que não é verdade, mas ela estava errada em dizer que eu não entendia nada sobre dinheiro nem responsabilidades). Fizemos tanto barulho que Jonny saiu do quarto para ver o que estava acontecendo.

Mamãe veio até meu quarto uma hora depois e nós duas nos desculpamos. Ela falou que iria pensar sobre as aulas de patinação e que achava que vôlei seria uma opção melhor para a faculdade, porque eu poderia entrar para a equipe universitária se jogasse bem.

Ela não disse que eu nunca seria boa o suficiente na natação para uma equipe universitária, o que, na verdade, foi até legal da parte dela. Do jeito que as coisas vão, eu nunca vou ser boa o suficiente em nada.

E também não gosto muito das minhas duas melhores amigas ultimamente.

Além disso, ainda tenho prova de matemática amanhã, e nem posso fingir que já estudei.

Queria já estar na faculdade. Não sei como vou aguentar as próximas duas semanas, que dirá três anos no ensino médio.

13 de maio

Sexta-feira 13. Bem, as coisas não foram tão mal.

A prova de matemática não foi tão difícil quanto eu pensava.

Mamãe disse que, se eu quiser, posso ter aulas de patinação em julho. E, de qualquer modo, passarei o mês de agosto com papai. Depois, se eu quiser continuar, conversaremos novamente.

Megan almoçou com os amigos da igreja (eu não gosto de nenhum deles), e Sammi, com o namorado da semana. Por isso, acabei comendo com alguns colegas da equipe de natação, o que foi muito mais divertido do que ouvir Megan e Sammi discutindo sobre Deus. Dan, que será o capitão no ano que vem, disse que eu tinha uma braçada de crawl muito boa e que ele achava que, se eu treinasse, poderia participar dos revezamentos na próxima temporada.

E gosto de Peter (ele disse para Jonny e eu o chamarmos assim, que dr. Elliott é como o chamam no consultório). Alguns dos homens com quem mamãe saiu se esforçavam para lidar com a gente, mas Peter pareceu muito tranquilo. Mas não com a mamãe. Na verdade, ele gaguejou ao conversar com ela, tropeçou e quase caiu. Mas riu de si mesmo e falou que não era tão descuidado assim quando operava alguém.

Ele perguntou se nós ficamos sabendo sobre o asteroide e a Lua. Minha mãe se lembrou de ter ouvido algo a respeito, porque foi uma notícia importante quando os astrônomos anunciaram o que iria acontecer. Um asteroide vai colidir com a Lua, e Peter ouviu no rádio, enquanto dirigia até aqui, que ele estará visível à noite na próxima semana. Perguntei à mamãe se podíamos procurar o telescópio de Matt, e ela disse que deveríamos perguntar a ele, mas que tinha certeza de que não haveria problema.

Jonny e eu não discutimos por causa do computador depois que mamãe saiu. Eu queria ver um programa na tevê das 20h às 21h e ele queria ver outro das 21h às 22h, por isso deu tudo certo. O pessoal no fórum ainda estava discutindo se Brandon precisaria de dois saltos de quatro voltas para ganhar os Jogos Olímpicos ou se poderia vencer com apenas um.

Seria incrível se Brandon ganhasse uma medalha de ouro. Aposto que haveria um desfile e tudo o mais.

Já são 23h e mamãe ainda não voltou para casa. Acho que ela e Peter estão admirando a Lua.

A VIDA COMO ELA ERA • 19

15 de maio

Passei o fim de semana fazendo o trabalho de inglês.

Papai telefonou de manhã.

Matt falou que podemos usar o telescópio. Ele estará em casa em algumas semanas e jurou que vai me ensinar a dirigir.

Jonny foi nomeado o melhor jogador do ensino fundamental da semana.

16 de maio

De repente, a história da Lua é a coisa mais importante do mundo. Ou é isso, ou meus professores estão tão entediados com os trabalhos escolares quanto nós.

Eu até entenderia se estivéssemos aprendendo sobre astronomia. Mas durante as aulas de francês? Madame O'Brien nos fez falar sobre *la lune* durante toda a aula. E quer que a gente escreva uma redação sobre a Lua para a sexta-feira, porque na quarta à noite todos vamos estar do lado de fora de nossas casas para observar sua colisão com o asteroide.

Sammi disse que sempre acaba chovendo quando fazem um grande estardalhaço por causa de um eclipse ou de uma chuva de meteoros.

Mas não é só madame O'Brien que está empolgada com o asteroide. Na aula de inglês de hoje, discutimos a origem da palavra lunar. Eddie fez uma piada com lunático, mas o sr. Clifford estava tão animado com a origem das palavras que nem se aborreceu. Em vez disso, falou sobre gírias e metáforas que fazem referência à astronomia e também passou um novo trabalho. Podemos escrever sobre qualquer tema que se relacione à Lua. Para sexta-feira, claro.

Acho que a srta. Hammish também acredita que a situação da Lua é histórica porque, na aula de história, falamos sobre isso. Sobre como as pessoas, ao longo do tempo, observaram a Lua, os cometas e os eclipses. Na verdade, foi até interessante. Nunca pensei muito sobre o fato de que a Lua que vejo é a mesma que Shakespeare, Maria Antonieta, George Washington e Cleópatra viram. Para não mencionar os zilhões de pessoas de que nunca ouvi falar. Todos os Homo sapiens e Neandertais olharam para a mesma Lua que eu olho. Ela também aparecia e desaparecia do céu deles.

Claro que a srta. Hammish não se contentou em nos inspirar desse jeito. Ela também passou um trabalho. Podemos escrever uma redação sobre a astronomia no passado e como ela afetou alguém na história (por exemplo, se uma pessoa viu um cometa e teve medo dele ou profetizou alguma coisa) ou um artigo sobre o que vai acontecer na noite de quarta-feira.

De um jeito ou de outro, é para sexta-feira.

Não consigo entender os professores. Se eles conversassem um com o outro, pelo menos um deles perceberia como é injusto passar tantas tarefas para o mesmo dia. Eu não me importaria se soubesse como fazer um único trabalho para várias disciplinas: escrever, por exemplo, a redação para história e traduzi-la para o francês (talvez eu pudesse fazer isso se meu francês fosse bom o bastante, mas não é). Mas não sei como fazer dois pelo preço de um, então acho que terei que escrever três textos diferentes (um deles em francês) e entregar todos na sexta-feira.

Até lá, estarei de saco cheio da Lua.

Parece que tudo vai acontecer por volta das 21h30 de quarta-feira, e mamãe ficou tão interessada que assistimos ao noticiário da noite. Disseram que asteroides atingem a Lua com bastante frequência e que é por isso que ela tem crateras, mas esse asteroide será o maior a acertá-la até hoje. Se for uma noite de céu claro, será possível ver o impacto quando acontecer, talvez a olho nu, e certamente com binóculo. O jornal fez tudo parecer bastante dramático, mas eu ainda não acho que isso justifique três deveres de casa.

Mamãe assistiu ao noticiário local também — o que ela nunca faz, pois diz que as notícias são deprimentes —, e a previsão é de uma noite muito bonita. Céu claro e temperatura abaixo de 15 graus. Também disseram que, em Nova York, as pessoas estão organizando festas no Central Park e nos telhados dos prédios. Perguntei à mamãe se podíamos fazer uma e ela disse que não, mas provavelmente os nossos vizinhos estarão assistindo a tudo na rua, e será como se fizéssemos uma festa no quarteirão.

Eu não sei se vai ser interessante, mas, comparado a todo o resto em minha vida, pelo menos é algo diferente.

17 de maio

Tirei 82 na prova de matemática. Eu poderia ter acertado pelo menos outras quatro questões, mas cometi erros bobos.

Sei que a mãe de Sammi não olha suas notas há anos e que a de Megan sempre se preocupou com suas companhias, mas não acho que se importe muito com seu boletim. Sobrou para mim ficar com a mãe que trabalha em casa e tem tempo livre suficiente para verificar as coisas, me vigiar e pedir para ver as provas.

Não brigamos pela nota (afinal, alcancei a média), mas mamãe me deu um de seus famosos sermões do tipo "Você não deveria ser tão distraída", que ela repete pelo menos uma vez por semana, talvez mais se estiver inspirada.

Minha mãe disse que, já que sou tão distraída etc., pode ser uma boa ideia adiantar os trabalhos sobre a Lua, ainda mais porque eles não precisam ser sobre o que vai acontecer amanhã.

Ela sugeriu escrever sobre a chegada na Lua, em 1969. Então pesquisei no Google e descobri que muita gente não se importou com o fato de que homens pisaram lá. Todos assistiam a *Jornada nas Estrelas* (a série original, com aqueles efeitos especiais ruins quando diziam "Preparar teletransporte, Scotty") e estavam acostumados a ver o capitão Kirk e o Spock viajando pelo universo, por isso ver pessoas reais andando na Lua real não pareceu tão emocionante.

Acho isso engraçado. Pela primeira vez na história, homens estavam pisando na Lua e as pessoas preferiram assistir ao dr. McCoy dizendo "Ele está morto, Jim" pela milésima vez.

Eu não sabia muito bem como transformar isso em uma redação, mas mamãe e eu conversamos sobre como a ficção pode ser mais poderosa que a realidade e como, em 1969, havia muito cinismo por causa do Vietnã e dos anos 1960 etc., e que muita gente não acreditou que os homens estiveram realmente na Lua e achou que tudo aquilo era uma fraude.

Acho que vou escrever a redação em francês sobre o que vai acontecer amanhã à noite porque meu francês ainda não é bom o bastante para coisas como fraudes e cinismo. Para a aula de inglês, vou me concentrar em como a ficção pode ser mais emocionante que a realidade e, para história, falarei sobre como as pessoas na década de 1960 eram cínicas em relação ao que o governo lhes dizia.

Contei à mamãe que Sammi disse que com certeza vai chover amanhã à noite, pois sempre chove quando algo importante está para acontecer no céu. Ela riu e disse que não conhece nenhuma outra garota de 15 anos tão pessimista.

A VIDA COMO ELA ERA • 23

Estarei com papai quando Sammi fizer 16 anos. Tenho a impressão de que, se ela fizer uma festa, vai ter apenas garotos, então não acho que ela vá se importar.

Perto das 22h, aconteceu uma coisa meio esquisita. Eu estava escrevendo meu trabalho e mamãe estava brigando com Jonny para ele ir para a cama, quando o telefone tocou. Nunca recebemos ligações tão tarde, por isso todos pulamos. Atendi primeiro e ouvi a voz de Matt.

— Está tudo bem? — perguntei.

Matt nunca liga tão tarde e quase nunca à noite, durante a semana.

— Está — respondeu ele. — Só queria ouvir as vozes de vocês.

Falei para mamãe que era Matt. Jonny pegou o telefone da cozinha, e ela, o do quarto. Nós lhe contamos como estavam as coisas (eu reclamei sobre os três trabalhos sobre a Lua), e ele nos contou o que faltava fazer na faculdade. Em seguida, ele e mamãe conversaram sobre os preparativos para sua volta para casa.

Eram assuntos perfeitamente normais, mas algo não parecia certo. Jonny desligou primeiro e, em seguida, foi a vez de minha mãe. Mas consegui fazer com que Matt ficasse na linha por mais um minuto.

— Você tem certeza de que está tudo bem? — perguntei.

Ele fez uma pausa antes de dizer:

— Estou com uma sensação estranha. Acho que é essa história da Lua.

Era sempre Matt que me explicava as coisas. Mamãe tinha que escrever e cuidar de Jonny, e papai estava sempre no trabalho (enquanto morava por aqui), por isso era Matt quem eu procurava.

Não acho que ele seja vidente, talvez isso aconteça apenas porque ele é três anos mais velho que eu. Mas, sempre que eu tinha uma dúvida, ele parecia ter a resposta.

— Você acha que algo vai dar errado? — perguntei. — Não é como se o meteoro fosse atingir a Terra. Só a Lua.

— Eu sei — respondeu ele. — Mas as coisas podem ficar meio agitadas amanhã à noite. As linhas telefônicas podem ficar congestionadas com as pessoas ligando umas para as outras. Algumas vezes, elas entram em pânico mesmo sem motivo.

— Você acha mesmo que as pessoas vão entrar em pânico? — perguntei. — Por aqui, parece apenas uma desculpa para os professores passarem mais trabalhos.

Matt riu.

— Os professores não precisam de desculpa para isso — argumentou. — De todo modo, imaginei que fosse encontrar todos vocês em casa hoje à noite e que seria uma boa chance de dar um alô.

— Sinto sua falta — disse. — Estou feliz por você voltar para casa.

— Eu também — respondeu ele, fazendo uma pausa. — Você ainda escreve naquele diário?

— Claro! — respondi.

— Ótimo! — disse ele. — Escreva sobre o dia de amanhã. Talvez você se divirta lendo todos os detalhes daqui a vinte anos.

— Você só quer que eu registre suas frases inteligentes — respondi. — Para seus muitos biógrafos.

— Ah, também serve para isso — considerou. — Vejo vocês daqui a alguns dias.

Quando desligamos, não sabia dizer se me sentia melhor ou pior por ele ter ligado. Se Matt está preocupado, então também estou preocupada.

Mas talvez ele apenas esteja preocupado em sobreviver aos trabalhos e às provas.

DOIS

18 de maio

Algumas vezes, quando mamãe está se preparando para escrever um livro, ela diz que não sabe por onde começar, que o final está tão claro para ela que o início não parece mais importante. Eu me sinto assim agora, só que não sei como tudo isso vai terminar e nem mesmo qual será o final desta noite. Estamos tentando ligar para o telefone fixo e para o celular de papai há horas e tudo o que conseguimos ouvir são aqueles sinais de ocupado acelerados, indicando que os circuitos estão congestionados. Não sei durante quanto tempo mais mamãe continuará tentando ou se nós falaremos com ele antes que eu durma. Se eu dormir.

A manhã de hoje parece que foi há um milhão de anos. Lembro-me de ver a Lua no céu ao amanhecer. Era apenas uma metade, mas estava perfeitamente visível. Fitei-a, pensando sobre como o meteoro de hoje à noite colidiria contra ela e como isso seria emocionante.

Mas não conversamos sobre isso no ônibus para a escola. Sammi reclamou das regras para o baile: não podemos usar nada muito curto nem tomara que caia, mas ela quer um vestido que possa usar ao sair à noite.

Megan entrou no ônibus com alguns dos amigos da igreja e eles se sentaram juntos. Talvez tenham conversado sobre o meteoro, mas acho que apenas rezaram. Às vezes, eles fazem isso no ônibus, ou leem versículos da Bíblia.

O dia na escola foi normal.

A aula de francês foi chata.

Fiquei depois da aula para o treino de natação, e minha mãe foi me buscar. Ela disse que tinha convidado a sra. Nesbitt para ver o meteoro conosco, mas ela respondeu que preferia assistir de sua casa. Então seríamos apenas Jonny, mamãe e eu para o grande evento. Foi esse o nome que ela deu: o grande evento.

Mamãe também me disse para terminar cedo o trabalho de casa, para que pudéssemos fazer uma festinha depois do jantar. Foi o que fiz. Terminei dois dos trabalhos sobre a Lua, fiz o dever de matemática e, em seguida, jantamos e assistimos à CNN até as 20h30, mais ou menos.

A CNN só falou sobre a Lua. Eles reuniram um monte de astrônomos e dava para ver como eles estavam animados.

— Talvez eu possa ser astrônomo, depois de me aposentar como jogador de beisebol dos Yankees — disse Jonny.

Eu tinha pensado a mesma coisa (bem, não sobre jogar beisebol para os Yankees). Os astrônomos pareciam gostar do seu trabalho. Você podia ver como estavam felizes pelo fato de o asteroide colidir diretamente com a Lua. Eles tinham mapas, projeções de computador e gráficos, mas, na verdade, pareciam crianças grandes no Natal.

Mamãe pegou o telescópio de Matt e encontrou um binóculo muito bom que, de algum modo, estava desaparecido desde o último verão. Ela até assou biscoitos de chocolate para o evento, então saímos com um prato e guardanapos. Decidimos assistir da rua, pois imaginamos que teríamos uma visão melhor se ficássemos na frente da casa. Mamãe e eu levamos cadeiras de praia, mas Jonny resolveu usar o telescópio. Não sabíamos exatamente quanto tempo iria durar o impacto ou se haveria algo emocionante para ver depois.

Parecia que todos os vizinhos estavam do lado de fora hoje à noite. Algumas pessoas faziam churrascos noturnos nas suas varandas, mas a maioria estava na entrada de casa, como nós. A única pessoa que não vimos foi o sr. Hopkins, mas pela claridade na sala de estar eu sabia que ele estava assistindo pela tevê.

Era como uma grande festa no quarteirão. Na nossa rua, as casas eram tão distantes uma da outra que não dava para ouvir muita coisa, apenas um burburinho feliz.

Por volta das 21h30, tudo ficou silencioso. Era possível perceber que todos nós estávamos esticando os pescoços, olhando na direção do céu. Jonny olhava pelo telescópio e foi o primeiro a gritar que o asteroide estava se aproximando. Ele conseguia vê-lo no céu e, então, todos vimos — era a maior estrela cadente que se pode imaginar. Muito menor do que a Lua, mas maior do que qualquer coisa que eu já vira no céu. Parecia que estava em chamas, e todos gritamos animados ao vê-lo.

Por um momento, pensei em todas as pessoas ao longo da história que viram o cometa Halley e que não sabiam o que ele era, apenas que estava lá, causando medo e sendo incrível. Durante um milésimo de segundo, eu poderia ter sido uma garota de 16 anos na Idade Média, ou asteca, ou apache, olhando para o céu e admirando seus mistérios. Durante aquele minúsculo instante, eu fui todas as garotas de 16 anos da história, sem saber o que os céus previam para meu futuro.

A VIDA COMO ELA ERA • 29

E então ocorreu a colisão. Mesmo sabendo o que ia acontecer, foi um choque quando o asteroide realmente bateu na Lua. Na nossa Lua. Naquele segundo, acho que todos percebemos que aquela era Nossa Lua e que, se ela estava sendo atacada, então nós estávamos sendo atacados.

Ou talvez ninguém tenha pensado assim. Sei que a maioria das pessoas na rua celebrou, mas logo todos paramos de comemorar. Uma mulher gritou em alguma das casas depois da nossa e, em seguida, um homem gritou "Ai, meu Deus!", e outras pessoas começaram a berrar "O quê? O quê?" como se algum de nós tivesse a resposta.

Sei que todos aqueles astrônomos que eu tinha visto uma hora antes sabem exatamente o que aconteceu, como e por quê, e que explicarão tudo na CNN hoje e amanhã à noite. Acho que continuarão falando disso até a próxima grande notícia ocorrer. Só sei que eu não posso explicar, porque realmente não sei o que aconteceu e nem o porquê.

Mas o céu não exibia mais a metade da Lua. Ela estava inclinada, na posição errada, como se estivesse minguante, e parecia maior, muito maior, maior que a Lua que nasce no horizonte, só que não estava nascendo. Ela estava no meio do céu, grande demais e visível demais. Era possível ver, mesmo sem o binóculo, detalhes das crateras que, antes, eu observava com o telescópio de Matt.

Não era como se um pedaço grande da Lua tivesse voado pelo espaço. Nem como se tivéssemos ouvido o som do impacto ou como se o asteroide tivesse atingido o centro da Lua. Era como quando se jogam bolas de gude e uma delas bate na lateral de outra e a empurra na diagonal.

Ainda era a nossa Lua e ela ainda era apenas uma grande rocha no céu, mas não parecia mais inofensiva. Foi apavorante e dava para sentir o pânico crescer ao nosso redor. Algumas pessoas correram para os carros e foram embora. Outras começaram a rezar ou chorar. Uma família começou a cantar o hino nacional.

— Vou ligar para Matt — disse mamãe, como se fosse a coisa mais natural do mundo a se fazer. — Vamos entrar, crianças. Veremos o que a CNN vai dizer sobre isso tudo.

— Mãe, o mundo vai acabar? — perguntou Jonny, enquanto pegava o prato de biscoitos e enfiava um na boca.

— Não, não vai — respondeu ela, dobrando a cadeira e levando-a para a entrada da casa. — E sim, você tem que ir à escola amanhã.

Nós rimos. Eu estava pensando na mesma coisa.

Jonny pôs os biscoitos de lado e eu liguei a tevê. Mas a CNN não estava no ar.

— Talvez eu esteja errada — observou mamãe. — Talvez o mundo realmente vá acabar amanhã.

— Posso botar na Fox News? — perguntei.

Mamãe estremeceu.

— Não estamos tão desesperados assim — disse. — Tente um dos outros canais. Eles têm seus próprios astrônomos.

A maioria das emissoras estava fora do ar, mas o canal local parecia estar transmitindo a NBC da Filadélfia. Isso também era estranho, pois recebemos o sinal de Nova York.

Mamãe continuou tentando ligar para o celular de Matt, mas sem sucesso. Os repórteres da Filadélfia não pareciam saber muito mais do que nós, mas noticiaram alguns saques e pânico geral nas ruas.

— Veja como estão as coisas lá fora — pediu mamãe, e saí novamente.

Eu podia ver a claridade da tevê da sra. Nesbitt. Ainda estavam rezando no quintal de alguém, mas, pelo menos, a gritaria tinha parado.

Fiz um esforço para olhar para a Lua. Acho que tinha medo que ela tivesse aumentado e que estivesse vindo em direção à Terra para nos esmagar, mas não parecia maior. Ainda estava estranhamente deslocada e inclinada, e parecia muito grande para o céu noturno. E permanecia minguante.

— Meu celular está fora de área — gritou alguém a algumas casas de distância. Pela voz, parecia estar se sentindo como nós quando vimos que a CNN estava fora do ar. A civilização acabou.

— Dê uma olhada no seu celular — falei para mamãe quando voltei para casa e, ao fazê-lo, ela viu que o aparelho também não estava funcionando.

— Acho que os celulares estão fora de área nesta região do país — disse ela.

— Tenho certeza de que Matt está bem — comentei. — Vou ver os e-mails. Talvez ele tenha nos enviado um do laptop.

Então me conectei, ou melhor, tentei, porque não havia conexão com a internet.

— Ele está bem — disse mamãe, quando falei o que tinha acontecido. — Não há razão para pensar que não esteja. A Lua está no lugar certo. Matt vai ligar para nós quando tiver uma chance.

E essa foi a única coisa certa que mamãe falou durante toda a noite, porque cerca de dez minutos depois o telefone tocou, e era Matt.

— Não posso demorar — avisou ele. — Estou falando de um telefone público, e tem uma fila de pessoas me esperando terminar. Só queria avisar que estou bem.

— Onde você está? — perguntou mamãe.

— Na cidade — disse ele. — Quando percebemos que os celulares não estavam funcionando, alguns de nós viemos até aqui para telefonar. Falo com vocês amanhã, quando as coisas estiverem menos confusas.

— Tome cuidado — pediu mamãe, e Matt prometeu que ia tomar.

Acho que foi mais ou menos nessa hora que Jonny perguntou se podíamos ligar para papai e minha mãe começou a tentar falar com ele. Mas as linhas telefônicas estavam todas ocupadas. Pedi que ela ligasse para vovó em Las Vegas, mas também não conseguimos.

Sentamos na frente da tevê para ver o que estava acontecendo no resto do mundo. Mamãe e eu levantamos exatamente no mesmo momento para pegar biscoitos de chocolate na cozinha, o que foi engraçado. Eu fui mais rápida e trouxe os biscoitos para a sala. Todos começamos a devorá-los. Mamãe comia um biscoito, relaxava durante alguns instantes, e, em seguida, se levantava e tentava ligar para o papai e a vovó. Jonny, que costuma controlar a quantidade de açúcar que ingere, ficou apenas enfiando biscoitos na boca. Eu teria comido uma caixa inteira de chocolates se tivesse alguma em casa.

A conexão da tevê ia e vinha, mas não conseguimos mais sintonizar as emissoras a cabo. Finalmente, Jonny pensou em pegar um rádio e nós o ligamos. Não conseguimos ouvir as estações de Nova York, mas as da Filadélfia tinham um sinal bom.

Primeiro, ninguém parecia saber muito mais que nós. A Lua foi atingida, como tinham avisado. Mas algo saíra errado.

Antes que algum astrônomo pudesse aparecer e explicar às pessoas o que deu errado, houve um comunicado. Primeiro, ouvimos

A VIDA COMO ELA ERA • 33

pelo rádio, mas depois o sinal da tevê melhorou o suficiente para vermos as imagens, e o desligamos.

O jornalista que estava transmitindo as notícias deve ter ouvido o comunicado no seu ponto eletrônico, pois empalideceu e então falou: "Tem certeza? Isso foi confirmado?", fazendo silêncio durante alguns instantes para ouvir a resposta. Em seguida, virou o rosto para a câmera.

Mamãe apertou minha mão e a de Jonny:

— Tudo vai ficar bem — afirmou ela. — Seja o que for, sairemos dessa.

O jornalista limpou a garganta, como se ganhar alguns segundos fosse mudar o que ele tinha a dizer.

— Estamos recebendo relatórios de tsunamis por toda a parte — informou ele. — As marés. Como muitos sabem, a Lua controla as marés. E a Lua, bem, seja o que for que aconteceu nesta noite, às 21h37, e nós ainda não sabemos o que realmente aconteceu, mas o que quer que tenha sido, afetou as marés. Sim, sim, ouvi isso. As marés parecem estar muito acima do nível normal. As notícias que chegam vêm de pessoas em aviões que sobrevoavam o oceano na hora. Inundações massivas foram vistas em toda a costa leste. Algumas notícias foram confirmadas, mas todas as informações são preliminares. Algumas vezes, você ouve o pior e as coisas não são bem assim. Um segundo.

Pensei rapidamente em quem eu poderia conhecer na costa leste. Matt está em Ithaca e papai, em Springfield. Nenhum dos dois está próximo do oceano.

— Nova York — disse mamãe. — Boston.

Ela tem editores nas duas cidades e costuma ir até lá tratar de negócios.

—Tenho certeza de que todos estão bem — assegurei. — Amanhã você entra na internet e envia e-mails para todos para saber como estão.

— Certo, já temos uma confirmação — afirmou o jornalista. — Há informações sobre ondas gigantes, de seis metros ou mais, em Nova York. A energia elétrica foi interrompida na região, então os dados estão incompletos. A maré não parece diminuir. A Associated Press informou que a Estátua da Liberdade foi levada pelo mar.

Mamãe começou a chorar. Jonny olhava para a tevê como se o noticiário fosse transmitido em uma língua estrangeira.

Levantei-me e tentei ligar novamente para papai. Em seguida, para vovó. Mas tudo que eu ouvia era o sinal de ocupado.

— Temos notícias não confirmadas de que toda a região de Cape Cod foi inundada — disse o repórter. — Mais uma vez, não temos a confirmação. Mas a Associated Press informou que Cape Cod — ele fez uma breve pausa e engoliu em seco —, que Cape Cod está totalmente submersa. Isso também parece ter acontecido com as ilhas na costa da Carolina. Simplesmente desapareceram. — O jornalista fez silêncio novamente para ouvir o que estava sendo dito no ponto. — Certo. Temos a confirmação de danos em massa em Miami. Muitas mortes, muitas vítimas.

— Não sabemos se o que ele diz é verdade — ponderou mamãe. — Podem ter exagerado. Amanhã de manhã, iremos descobrir que nada aconteceu. Ou, se aconteceu, não foi tão ruim quanto pensaram que era. Talvez devamos desligar a tevê agora e esperar até amanhã para ver o que realmente aconteceu. Podemos estar nos assustando à toa.

Mas ela não desligou a tevê.

— Não há como saber o número de mortos — disse o jornalista. — Os satélites de comunicação não estão funcionando. As linhas telefônicas estão desligadas. Estamos tentando entrar em contato com um astrônomo de Drexel para que venha ao nosso estúdio e nos diga o que acha que está acontecendo. Mas, como vocês podem imaginar, os astrônomos estão bastante ocupados agora. Certo. Parece que estamos recebendo o sinal da rede nacional novamente, portanto vamos cortar para o estúdio principal para as informações ao vivo.

E, de repente, lá estava o âncora da NBC, parecendo tranquilizador, profissional e vivo.

— Esperamos um pronunciamento da Casa Branca em alguns instantes — disse. — As primeiras notícias são de danos em massa em todas as principais cidades da costa leste. Estamos transmitindo de Washington, D.C. Não conseguimos entrar em contato com a nossa sede em Nova York durante a última hora. Mas estas são as informações que temos. Tudo que irei noticiar foi verificado por duas fontes.

Era como uma daquelas listas no rádio que informam sobre o fechamento das escolas por causa da neve. Mas, em vez de serem apenas os distritos escolares da região, eram cidades inteiras. E não era apenas neve.

— A cidade de Nova York sofreu danos graves — continuou. — Staten Island e a parte leste de Long Island estão totalmente submersas. Cape Cod, Nantucket e Martha's Vineyard não estão visíveis. Providence e Rhode Island, na verdade, a maior parte de Rhode Island, não podem mais ser vistas. As ilhas na costa das Carolinas desapareceram. Miami e Fort Lauderdale estão sendo destruídas. Parece não haver calmaria. Acabamos de confirmar inundação em massa de New Haven e Atlantic City. Acredita-se que as vítimas na costa leste são centenas de milhares. Naturalmente, é muito cedo para dizer se esse número é exagerado. Apenas podemos rezar para que seja.

E então, do nada, apareceu o presidente. Mamãe o odeia tanto quanto odeia a Fox News, mas ela continuou sentada, hipnotizada.

— Estou fazendo este pronunciamento para vocês do meu rancho no Texas — informou ele. — Os Estados Unidos sofreram sua pior tragédia. Mas nós somos uma grande nação, teremos fé em Deus e estenderemos uma mão amiga a todos que precisarem.

— Idiota — resmungou mamãe, e ela soou tão normal que começamos a rir.

Levantei novamente e tentei telefonar, sem sucesso. Quando voltei, mamãe já tinha desligado a tevê.

— Estamos bem — disse ela. — Estamos no interior. Vou deixar o rádio ligado para ouvir se houver um aviso para evacuarmos a região, mas não acho que haverá. E, sim, Jonny, vocês têm que ir à escola amanhã.

Desta vez, não achamos graça.

Dei boa-noite e fui para o quarto. Deixei o rádio-relógio ligado e continuo ouvindo as notícias. As ondas parecem ter diminuído na costa leste, mas agora dizem que a região do Pacífico também foi afetada: São Francisco foi a primeira cidade, segundo informaram, e estavam preocupados com Los Angeles e San Diego. Havia notícias de que o Havaí desapareceu, bem como partes do Alasca, mas ninguém pode confirmar isso ainda.

Somente agora olhei pela janela. Tentei olhar para a Lua, mas estou com medo.

TRÊS

19 de maio

Acordei por volta das 6h com o som do telefone tocando. Vesti rapidamente o roupão e fui para o quarto de minha mãe.

— É seu pai — disse ela, me passando o fone.

Logo depois que mamãe e papai se separaram, cismei que nunca mais o veria ou ouviria falar dele. Por isso, sempre que ele ligava, eu me sentia ridiculamente aliviada. Foi assim que me senti na hora, como se um peso de centenas de quilos fosse tirado de meu estômago.

— Você está bem? — perguntei. — E Lisa? Ela está bem?

— Estamos bem — respondeu ele. — Sua mãe disse que está tudo bem onde vocês estão e que falaram com Matt ontem à noite.

— Isso mesmo — confirmei. — Tentamos várias vezes falar com você e com a vovó ontem, mas as linhas estavam todas ocupadas.

— Consegui falar com ela tarde da noite — contou papai. — Ela está bem. Um pouco abalada, mas isso é natural. Nós temos sorte, Miranda. Todos sobrevivemos sem problemas.

— Eu me sinto como se estivesse sonhando — disse. — Como se eu ainda estivesse dormindo e quando acordar nada disso terá acontecido.

— Todos nos sentimos assim — concordou ele. — Sua mãe disse que as aulas não foram canceladas. Acho que a ideia é seguirmos com nossas vidas e ficarmos felizes por ainda podermos fazer isso.

— Está bem — respondi. — Entendi a indireta. Mande um beijo para Lisa, está bem? Diga-lhe que fiquei preocupada com ela e o bebê.

— Pode deixar — disse ele. — Amo você, querida.

— Amo você também, papai — respondi.

Fiz um gesto para mamãe para ver se ela queria o fone de volta, mas ela balançou a cabeça, então desliguei.

— Você ficou acordada até muito tarde? — perguntei. — Aconteceu mais alguma coisa?

— Fui para a cama na mesma hora que você — disse ela. — Vi quando apagou as luzes. Mas não dormi muito bem. Sempre acordava e ligava o rádio, esse tipo de coisa.

— As ondas diminuíram? — perguntei. — E as inundações?

— Diminuíram e aumentaram de novo — respondeu mamãe. — A situação está muito ruim. — Ela meio que riu. — Para falar a verdade, muito ruim não é uma boa descrição. Está catastrófica. Ainda não se sabe a gravidade dos danos nem quantos países foram afetados.

— Países? — perguntei.

Por alguma razão, eu esqueci que havia outros países, que nós dividíamos a Lua com outros lugares.

— Não sei — disse mamãe. — Ninguém sabe. A Holanda foi dizimada; isso é quase certo. Na Austrália, a maior parte das cidades são costeiras, por isso elas foram muito atingidas. As marés simplesmente enlouqueceram. Acham que o asteroide era mais denso do que imaginaram, e a colisão foi maior. E que a Lua foi desviada do seu rumo, empurrada para mais perto da Terra. Pelo menos, essa era a teoria por volta das 5h.

— Mas a Lua não vai esmagar a Terra — falei. — Estamos bem, não é? Não vivemos próximo do mar.

— Os astrônomos têm certeza de que ela não vai esmagar a Terra — contou mamãe. — Pelo menos não em um futuro próximo. Mas acho que ninguém está fazendo previsões para depois disso.

Foi engraçado. Na verdade, fiquei feliz porque a escola estava aberta, como se isso provasse que tudo estava bem. Deixei mamãe, tomei um banho, e, quando me vesti e desci, ela já tinha começado a fazer o café e eu podia ouvir Jonny andando pela casa.

Mamãe fez panquecas, coisa que nunca faz durante a semana. Não achei que fosse ter apetite, mas comi mais do que devia. E Jonny também. Não me lembro de ter visto ela comer, mas ainda havia massa e talvez tenha feito um pouco para si depois que fomos para a escola.

Quando saí de casa para esperar o ônibus, olhei para cima e pude ver a Lua no céu claro. Ainda estava maior que o normal e não parecia tão pálida quanto costuma parecer à luz do dia. Parei de olhar e me concentrei nos arbustos.

No ônibus, todos conversaram sobre o que aconteceu ontem. Não que alguém soubesse ou entendesse algo de verdade. Alguns alunos pareciam achar a situação divertida, e algumas garotas choraram durante todo o trajeto.

Sentei do lado de Sammi, mas ela não falou muito. Megan não pegou o ônibus, seus amigos da igreja também não. Apenas metade dos alunos estava lá.

Eu fiquei irritada com quem agiu como se tudo fosse uma grande piada.

Também havia vários alunos ausentes na hora da chamada, mas a maior parte dos professores pareceu estar presente. A aula de história havia acabado de começar quando o primeiro raio caiu. Foi um clarão tão forte que a sala inteira se iluminou. A trovoada veio logo depois, alta o suficiente para fazer o prédio tremer. Pelo menos uma pessoa gritou, e fiquei feliz por não ter sido eu.

A srta. Hammish tentou fingir que a tempestade não estava acontecendo, mas não tinha como evitar que nós falássemos sobre a Lua. Ela perguntou quantos de nós conhecíamos alguém que vivia nas regiões costeiras e que poderia ter sido afetado.

Todos levantamos as mãos.

— Não é que eu realmente conheça alguém que more lá — disse Michelle Webster. — Mas todos os atores famosos moram em Hollywood ou em Nova York. Sei que não os conheço, mas sinto como se os conhecesse.

Muitos disseram se sentir assim também.

Acho que a srta. Hammish ia nos dizer que esse sentimento era normal, mas um raio atingiu uma das árvores do lado de fora da escola. A árvore começou a pegar fogo e ficamos sem luz.

Foi então que muitos alunos começaram a gritar. Michelle soluçava, eram soluços realmente histéricos, e outros começaram a chorar também. Sarah pegou o celular para telefonar para casa ou para a Emergência, mas não havia sinal e ela jogou o telefone longe. Os trovões continuavam a cair, e a árvore começou a soltar fumaça por causa do fogo e da chuva.

Foi muito estranho. Havia toda essa loucura ao meu redor, e a srta. Hammish estava tentando acalmar todo mundo, mas nós mal podíamos ouvi-la porque os trovões eram muito altos e todos os alunos da escola estavam gritando, não apenas na nossa turma, mas eu não senti nada. Não gritei nem chorei. Apenas observei as coisas: como os ventos ganhavam força, os galhos voavam do lado de fora, e a tempestade parecia não diminuir.

A srta. Hammish deve ter chegado à conclusão de que era um tornado, pois disse para nos levantarmos e irmos para o corredor. Não sei se os outros a escutaram, mas eu a ouvi, levantei e comecei a andar pela sala, levantando as pessoas das cadeiras até que todos entenderam o que deveriam fazer. Quando finalmente saímos da sala, havia muitos alunos sentados no chão do corredor, e nos juntamos a eles.

Eu estava um pouco chateada por não poder mais ver a tempestade. Para mim, não parecia um tornado. Parecia que o mundo estava acabando e que eu ia perder todos os acontecimentos porque estaria sentada no chão do corredor.

E então pensei: "Bem, que típico, nada acontece na minha vida nem quando o mundo está acabando", e comecei a rir. Não era um riso histérico (era muito engraçado que o mundo estivesse acabando e ainda assim nada acontecesse na minha vida), mas, quando comecei, não consegui mais parar. Outros alunos estavam rindo também, e o corredor se resumia a alunos rindo, chorando, gritando, e professores andando de um lado para o outro e entrando nas salas de aula para ter certeza de que estavam vazias. Estávamos completamente no escuro, exceto pelos clarões dos raios que podíamos ver através das janelas das salas de aula.

Consegui parar de rir, mas pensei que pelo menos ninguém estava cantando o hino nacional, e comecei a rir novamente. A frase "Às primeiras luzes da madrugada" não saía de minha cabeça, e eu continuei a ouvi-la repetidamente. "Às primeiras luzes da madrugada." "Às primeiras luzes da madrugada." Fiquei pensando em quantas pessoas cantaram "Às primeiras luzes da madrugada" ontem e hoje estavam mortas.

Ficamos no corredor durante quase uma hora. É muito difícil ficar histérico por tanto tempo. Depois, quando a tempestade parou, quase todos os alunos estavam quietos, a não ser por uma garota que continuava a gritar: "Não quero morrer!"

Como se algum de nós quisesse.

Voltamos para assistir ao segundo tempo, embora já estivéssemos no quarto tempo. Ainda chovia com raios e trovoadas, mas o vento diminuíra e os raios estavam mais distantes. Alguns dos alunos que choraram ainda tremiam. A luz ainda não tinha voltado, e, como os raios não estavam tão próximos nem eram tão frequentes, a sala de aula estava muito mais escura. O céu ainda estava cinza-escuro, e acho que todos nós achamos que a tempestade iria voltar a qualquer hora, e teríamos que retornar para o corredor. A srta. Hammish não disse para irmos para as aulas do quarto tempo. Então ficamos todos sentados lá.

Eu não consegui tirar o verso "Às primeiras luzes da madrugada" da cabeça e começava a desejar que a srta. Hammish nos distraísse com uma aula de história quando mamãe apareceu na porta.

Ela estava encharcada e parecia enfurecida e determinada. Pensei que algo havia acontecido com Matt, e o peso no estômago voltou imediatamente, como se nunca tivesse ido embora.

—Venha, Miranda — disse mamãe. — Pegue seus livros e vamos embora.

A srta. Hammish olhou para ela, mas não disse nada. Peguei meus livros e segui minha mãe para fora da sala de aula.

Pensei que, se eu não perguntasse o que aconteceu, nada teria acontecido, por isso continuei em silêncio enquanto saíamos da escola. Mamãe também não disse nada. Chovia forte, e os trovões ainda eram bastante altos. Pensei que o mundo ia mesmo acabar e que mamãe queria que eu estivesse em casa quando isso ocorresse.

Corremos para o estacionamento, e Jonny abriu a porta para mim. Pulei para dentro do carro e fiquei surpresa ao ver a sra. Nesbitt no banco do carona. Eu sabia que mamãe não ia querer que a sra. Nesbitt estivesse sozinha quando o mundo acabasse, mas não conseguia imaginar por que ela teria que pegar carona para algum lugar antes disso.

— Aqui, Miranda, pegue isso — disse mamãe, estendendo um envelope. Olhei em seu interior e vi dez notas de cinquenta dólares.

Ela ligou o carro. Olhei para Jonny, que apenas deu de ombros.

— Quando chegarmos ao supermercado, quero que Jonny vá para a seção de rações — avisou mamãe. — Jonny, você sabe o que o Horton come. Pegue areia de gato também e ponha os sacos no fundo do carrinho. Pegue os maiores que couberem dentro dele. Encha o carrinho com o máximo de ração seca que você puder.

— Horton gosta de comida enlatada — disse Jonny.

— Pegue as latas pequenas — respondeu ela. — As caras. Quantas você conseguir colocar nos espaços vazios. Empilhe as coisas no carrinho o mais alto que você conseguir. E, sra. Nesbitt, quando chegar à seção de produtos de higiene, não se esqueça de absorventes para mim e para Miranda. Muitos pacotes.

— Obrigada por me lembrar — falou a sra. Nesbitt.

— O que está acontecendo? — perguntei. — Alguém pode me dizer?

— É para o caso de o mundo acabar — observou Jonny. — Mamãe quer que estejamos prontos.

— Fui ao banco hoje de manhã — explicou minha mãe. — E enchi o tanque, o galão da gasolina já estava custando cinco dólares. Fui ao supermercado e, quando a luz acabou, tudo ficou caótico. Disseram apenas que custaria cem dólares por carrinho, não importa o que esteja dentro dele. Eu tinha muito dinheiro comigo, por isso enchi um carrinho, voltei e peguei a sra. Nesbitt e, depois, Jonny e você, para que pudéssemos encher um carrinho cada um.

— Você acha mesmo que vamos precisar dessas coisas? — perguntei. — Tudo vai voltar ao normal logo, não é?

— Não enquanto eu viver — falou a sra. Nesbitt.

— Nós não sabemos — falou mamãe. — Mas areia de gato não estraga. E se eu estiver errada e tiver jogado fora todo esse dinheiro, não tem problema. Prefiro que o mundo volte ao normal. Mas, caso demore um pouco, é melhor termos papel higiênico. Miranda, você vai para a seção de comida enlatada. Você sabe do que gostamos.

— Mãe, nós não comemos comida enlatada — falei.

— Agora comemos — disse ela. — Vegetais enlatados. Frutas. Sopas também. Muitas latas de sopa. Pegue as caixas de papelão na mala do carro e ponha-as no fundo do carrinho de supermercado. Encha-as até em cima também. Ponha o máximo que conseguir no carrinho.

Olhei pela janela. A chuva ainda caía, e os clarões dos raios podiam ser vistos à distância. A luz ainda não tinha voltado, e as esquinas com sinais de trânsito estavam confusas com carros parando e dando partida, sem saber exatamente o que fazer. Vi muitas árvores caídas e veículos que passavam por cima dos galhos menores espalhados pelas ruas.

Mamãe simplesmente continuou dirigindo.

A VIDA COMO ELA ERA • 45

— E as sobremesas? — perguntei. — Se o mundo acabar, vou querer comer biscoitos.

— Todos vamos querer biscoitos se o mundo acabar — concordou a sra. Nesbitt. — E batatas fritas e pretzels. Se o mundo vai acabar, por que eu tenho que me importar com a minha pressão arterial?

— Está bem, morreremos gordos — disse mamãe. — Peguem o que puderem e enfiem nos carrinhos. Mas, lembrem-se, se realmente precisarmos dessas coisas, estaremos melhor com uma lata de sopa do que com uma caixa de biscoitos velhos.

— Isso é o que você pensa — comentou a sra. Nesbitt.

— Pegue sopas da marca Progresso — falou mamãe. — Elas não precisam de água.

— Mãe — disse eu —, nós temos água.

— Isso me lembrou de uma coisa — observou ela. — Depois de pagar pelos primeiros carrinhos, ponham as coisas no carro e voltem para o supermercado. Sra. Nesbitt, pegue tudo que acha que vai querer. Miranda, vá para a seção de produtos de higiene e beleza. Pegue aspirina, água oxigenada e curativos.

— Ótimo — exclamei. — O mundo vai acabar, e vamos consertá-lo com curativos.

— E vitaminas — pediu mamãe. — Pegue muitas vitaminas. E laxantes. Cálcio. Vitamina D. É tão difícil tentar pensar em tudo que poderemos precisar.

— Talvez não precisemos — opinei. — Mamãe, amo você, mas acho que isso é loucura.

— Então, no Natal, vamos todos receber vitamina D de presente — disse ela. — Faça isso, está bem? A sra. Nesbitt, Jonny e eu temos as chaves do carro, então espere até que um de nós apareça e guardaremos suas coisas com as dos outros. Combinado?

— Combinado — respondi, porque achei que seria melhor concordar com ela.

— Depois de terminarmos a segunda rodada, vamos ver como as coisas ficam — continuou mamãe. — Aí veremos se vale a pena voltar.

Ela entrou no estacionamento do supermercado e eu tive uma noção real da loucura que estava acontecendo. Havia pessoas correndo atrás de carrinhos, gente gritando e dois homens brigando.

— Jonny, primeiro pegue um carrinho para a sra. Nesbitt — instruiu mamãe. — Fiquem todos calmos e lembrem-se de que temos dinheiro. É só o que estão aceitando, então temos uma vantagem. Sejam rápidos. Não discutam. Se vocês não conseguirem se decidir entre duas coisas, peguem as duas. Encham os carrinhos o máximo que puderem. Se tiverem algum problema, voltem para o carro. Não tentem achar ninguém dentro da loja. Combinado? Estão prontos?

Todos dissemos que estávamos. Jonny até parecia estar falando a verdade.

Mamãe encontrou uma vaga no fim do estacionamento e havia dois carrinhos lá. Saímos correndo do carro e os pegamos. A sra. Nesbitt e eu entramos juntas na loja, cada uma com seu carrinho.

O supermercado me lembrou o corredor da escola hoje de manhã. E, talvez por ter acabado de passar por tudo aquilo, o local não me assustou tanto quanto poderia. E daí que as pessoas estavam gritando, chorando e brigando? Abri caminho entre elas e corri para a comida enlatada.

Percebi que tinha esquecido as caixas de papelão para o fundo do carrinho. Não tinha nada que eu pudesse fazer, exceto pôr quantas latas coubessem dentro dele e torcer para que desse certo.

A VIDA COMO ELA ERA • 47

A não ser pelo total pavor que senti, foi até divertido, como naqueles programas em que alguém ganha cinco minutos no supermercado. A diferença é que havia dezenas de outros ganhadores e estávamos todos lá, ao mesmo tempo.

Eu não tive tempo para olhar muito ao redor, mas parecia que a maior parte das pessoas estava comprando carne e vegetais, e não havia muita gente brigando por cenouras em conserva. Também tive sorte com as sopas: a Campbell era muito mais popular que a Progresso, o que tornou minha vida mais fácil.

Quando enchi o carrinho até o máximo que aguentaria empurrar, fui para a fila do caixa e percebi que as pessoas simplesmente jogavam o dinheiro nos pobres funcionários apavorados. Peguei duas notas de cinquenta dólares e lancei-as na mesma direção. E então, como ninguém parecia estar empacotando, empurrei o carrinho para fora do mercado e voltei para o carro.

Estava chovendo mais, e a tempestade parecia se aproximar. Não estava tão ruim quanto a da manhã, mas era bem forte. Fiquei aliviada ao ver a sra. Nesbitt ao lado do carro, esperando por mim.

Jogamos as latas dentro da mala e guardamos os potes de vidro com um pouco mais de cuidado.

A sra. Nesbitt sorriu para mim.

— Durante toda a minha vida, sempre me comportei bem — disse ela. — Já estava na hora de poder empurrar algumas pessoas e não pedir desculpas.

— Sra. Nesbitt, que malvada! — brinquei.

— Pronta para a segunda rodada? — perguntou ela.

Eu disse que sim, e seguimos para o mercado. No caminho, um homem tentou roubar o carrinho da sra. Nesbitt.

— Preciso dele! — gritou ele. — Passe para cá!

— Vá pegar um para você! — gritou a sra. Nesbitt. — Isso é guerra, cara!

Fiquei com medo de que o homem pensasse que era isso mesmo. Não sabia o que fazer, então bati meu carrinho em suas costas, pegando-o de surpresa. Isso deu à sra. Nesbitt tempo suficiente para se livrar dele. Corri também, sem olhar para trás.

Comparado às batalhas no estacionamento, o mercado parecia quase tranquilo. Fui até a seção de produtos de higiene e beleza e a encontrei quase vazia. Acho que o restante do mundo não percebeu que precisaria de vitamina D.

A melhor parte de pegar analgésicos foi que eu sabia que estava levando mais que cem dólares deles. Enchi o carrinho até quase transbordar, parei mais uma vez na seção de enlatados e fui para a seção de doces, onde coloquei caixas e mais caixas de biscoitos no fundo do carrinho. Até me lembrei de pegar os recheados que Matt adora.

Desta vez, encontrei mamãe descarregando as coisas no carro. Ela comprou atum, salmão e sardinha suficientes para o resto de nossas vidas.

A mala da van parecia tão desorganizada quanto a loja, já que nada estava nas sacolas. Mamãe tentava guardar tudo da melhor maneira possível, mas as coisas caíam, e eu passei tanto tempo catando-as do chão quanto ela passou tirando as compras do carrinho.

Um homem se aproximou de nós. Ele tinha um carrinho, mas parecia desesperado.

— Por favor — pediu. — Por favor, me ajudem.

— Você já tem um carrinho — respondeu mamãe.

— Preciso que venham comigo — disse ele. — Minha esposa está grávida de sete meses e nós temos uma criança de 2 anos. Preciso de fraldas e comida de bebê e nem sei o que mais. Por favor, venham comigo para que eu possa usar seu carrinho. Por favor, por minha esposa e meus bebês.

Mamãe e eu olhamos para ele. Ele aparentava ter quase 30 anos e parecia sincero.

— Miranda, volte para o mercado e veja do que mais precisamos — orientou mamãe. — Irei com ele.

Terminamos de enfiar as coisas na van e, em seguida, nós três voltamos lá para dentro.

Ao entrarmos, me senti mais segura ao ver a sra. Nesbitt. Ela estava na seção de culinária gourmet. Deve ter imaginado que seria melhor aproveitar a situação em grande estilo.

Também encontrei Jonny terminando as compras na seção de bebidas. Ele parecia estar se divertindo.

Examinei a seção de sucos e peguei alguns em latas ou caixas. Nunca imaginei que precisaríamos tomar suco em lata, mas as garrafas eram muito difíceis de carregar. Também peguei um pouco de leite longa-vida.

Várias prateleiras já estavam quase vazias, e as pessoas começaram a brigar por caixas. Havia ovos quebrados no chão e líquidos derramados, e caminhar por ali estava ficando difícil.

Ainda havia espaço em meu carrinho, então fui até a parte de biscoitos salgados e peguei algumas caixas de pretzels. Vi pacotes de amendoim e joguei vários dentro dele. A seção de confeitaria parecia bem vazia, por isso enchi o carrinho com embalagens de sal e sacos de açúcar e, só porque eu senti vontade, um saco de gotas de chocolate.

Joguei minhas duas notas de cinquenta dólares para o caixa e abri caminho até a van. O estacionamento estava ficando mais confuso, e a chuva ainda caía forte. Jonny estava lá, mas logo mamãe apareceu e disse para voltarmos e pegarmos tudo que encontrássemos. Não havia mais muita coisa no mercado, mas consegui encher o carrinho com feijão-de-lima, couve-de-bruxelas e outras iguarias do fim do mundo.

Quando finalmente entramos na van, mamãe não nos deixou falar até que tivesse manobrado para sair do estacionamento. Mas aí já estávamos cansados demais para conversar.

Ela começou a dirigir de volta para casa. As ruas estavam piores que antes. Em determinado ponto, Jonny e eu tivemos que sair da van para tirar um galho enorme da pista. Outras pessoas apareceram e nos ajudaram, mas fiquei com medo até voltarmos para o carro e mamãe começar a dirigir de novo.

Estávamos na metade do caminho quando a sra. Nesbitt disse:

— Pare naquele shopping.

— A senhora acha uma boa ideia? — perguntou mamãe, mas dirigiu até o estacionamento, que estava praticamente vazio.

— Jonny, vá até a loja de produtos para animais — disse a sra. Nesbitt. —Vou à loja de presentes. Laura, vá à loja de plantas.

— Boa ideia — concordou mamãe. — Vou comprar mudas. Teremos legumes frescos durante todo o verão.

Não sobrou muito para eu fazer, por isso fui à loja de antiguidades, sem saber ao certo por quê. Mas eu também não sabia por que a sra. Nesbitt queria tanto ir à loja de presentes. Não deviam estar vendendo cartões de Feliz Dia do Fim do Mundo.

A melhor coisa da loja de antiguidades foi eu ser a única cliente. Ainda não havia luz, e os clarões dos raios continuavam próximos

A VIDA COMO ELA ERA • 51

demais, mas foi o único local em que eu estive em muito tempo que não parecia um hospício. A mulher atrás do balcão até perguntou: "Posso ajudar?"

Eu não quis revelar nosso segredo – que estávamos estocando produtos para o fim do mundo – para não lhe dar ideias. Por isso, disse que não, agradeci e continuei olhando.

Eu ainda tinha duzentos dólares no envelope e sabia que, se soubesse do que mais precisaríamos, podia comprar praticamente qualquer coisa. Então, vi três lampiões a óleo. Agarrei-os e voltei para a frente da loja.

— Temos óleo com essência para eles, se quiser — informou a mulher.

— Vou levar tudo — respondi.

— A luz vai voltar logo — disse a mulher. — Pelo menos foi o que ouvi no rádio.

— Minha mãe está preocupada — contei. — Isso vai fazer com que ela se sinta melhor.

A loja tinha uma caixa registradora antiga, então a vendedora conseguiu registrar as compras. Paguei com duas notas de cinquenta dólares e ainda recebi troco.

Fui a primeira a chegar ao carro. Fiquei lá, me molhando cada vez mais, até que Jonny apareceu.

— Horton nunca mais vai sentir fome — disse ele.

Mal tinha espaço para tudo que Jonny comprou, mas rearrumamos as compras como pudemos. Logo depois, a sra. Nesbitt apareceu cheia de sacolas.

— Comprei todas as velas da loja — contou ela. — Lojas de presentes sempre têm velas.

— Sra. Nesbitt, a senhora é genial! — exclamei. — Eu comprei lampiões a óleo.

— Nós duas somos geniais! — disse ela.

Entramos na van e esperamos por mamãe. Quando ela apareceu, trazia uma dúzia de plantas. Não tinha ideia de como iríamos arrumá-las no carro, mas acabou sendo fácil. A sra. Nesbitt sentou em meu colo e usamos o espaço dela para colocar as mudas de tomate, pepino, vagem e morango.

— Quanto mais colhermos, mais tempo a comida enlatada irá durar — falou mamãe. — Muito bem, precisamos comprar mais alguma coisa?

— Pilhas — respondi. O rádio portátil na loja me fez lembrar delas.

— Fósforos — lembrou a sra. Nesbitt.

— Aquela loja de conveniência deve ter — disse mamãe. — E, como não vendem gasolina, deve estar tranquilo por lá.

Ela estava certa. Havia apenas um outro carro no estacionamento. Mamãe comprou todas as pilhas, caixas de fósforos e barras de sabão que tinham. Também comprou um bolo de café e uma caixa de rosquinhas.

— Se o mundo acabar amanhã — disse ela —, devemos aproveitar hoje.

Deixamos a sra. Nesbitt em casa e carregamos a comida e os mantimentos para ela. Não perdemos tempo discutindo sobre a divisão de latas de sopa ou se ela podia pegar mais velas. Simplesmente dividimos as coisas para que ela tivesse o bastante. Ficamos com a comida de gato e as mudas. Eu me certifiquei de que ela ficaria com um dos lampiões e óleo suficiente.

Levamos muito tempo tirando as coisas da sra. Nesbitt e mais tempo ainda para esvaziar o carro ao chegarmos em casa. Mamãe pegou algumas sacolas, nós as enchemos e deixamos tudo na sala de jantar, menos as rosquinhas, que comemos assim que terminamos de descarregar.

—Vou guardar tudo depois — decidiu ela. — Obrigada, crianças. Não conseguiria fazer isso sem vocês.

E, então, ela começou a chorar.

Isso foi há duas horas. Acho que ela ainda não parou.

QUATRO

20 de maio

Hoje não teve aula.

A energia elétrica voltou por volta das 4h. Ainda está escuro e nublado lá fora, por isso foi bom poder acender as luzes.

Horton tem agido como um maníaco nos últimos dias. Ele parece acordar assustado das sonecas e corre pela casa durante toda a noite, passando de quarto em quarto. Ele correu para minha cama por volta da meia-noite e choramingou — o que me acordou, naturalmente. Depois, cheirou meu rosto para ter certeza de que era eu. Nós dois dormimos, mas ele me acordou de novo por volta das 2h, quando começou a correr pela casa, miando feito um louco. Ele não está ajudando a ninguém agindo assim.

Matt nos enviou um e-mail. Ele está bem, tudo está bem, embora também haja apagões por lá, mas a faculdade continua com a programação normal. Ele disse que é complicado fazer os exames finais com pouca luz, mas os professores disseram que isso será levado em conta durante a correção. Ele ainda planeja voltar para cá na quarta-feira.

Mamãe deixou que eu e Jonny usássemos a internet por meia hora, cada um. Eu usei parte do tempo para acessar a página de fãs de Brandon. Havia uma discussão para contarmos onde moramos e como estão as condições. Faltavam muitos nomes; eu sei que alguns deles são de pessoas que vivem na região de Nova York ou na costa oeste. Havia catorze mensagens privadas esperando por mim. Doze pessoas perguntaram como eu estava e se sabia de algo sobre Brandon. As outras duas só perguntaram se eu sabia de algo sobre Brandon.

Com tudo o que está acontecendo, esqueci que Brandon treina em Los Angeles agora. Acho que ninguém ouviu falar dele ou leu alguma notícia sobre ele.

Contei sobre como as coisas estão aqui, no noroeste da Pensilvânia, e acrescentei que não vi nem ouvi nada sobre Brandon. Eu não costumo esbarrar com os pais dele ou com a sra. Daley todos os dias, mas acho que fiz parecer que sou mais próxima deles do que realmente sou. Ou talvez todos estejam apenas desesperados para ouvir como Brandon está e ter certeza de que está vivo.

Tenho que acreditar que ele está.

Mamãe, Jonny e eu passamos grande parte do dia arrumando a comida e os mantimentos. Não sei do que Horton está reclamando. Jonny trouxe comida suficiente para ele para durar alguns anos. Mamãe estava quase rindo de si mesma ao ver toda a comida que nos obrigou a comprar. Com a volta da eletricidade, as coisas parecem muito mais normais. E, com o dia tão nublado, não dá para ver a Lua no céu.

Ih. As luzes estão piscando. Espero que a energia não caia de

21 de maio

O presidente fez um pronunciamento na tevê hoje à noite. Não disse nada que nós já não soubéssemos. Tsunamis e inundações. Números desconhecidos de mortos, a Lua fora da órbita etc. Segunda-feira é um dia nacional de luto e nós devemos rezar muito.

Ele falou – e não parecia muito satisfeito – que nós precisamos nos preparar para o pior. Jonny perguntou à mamãe o que isso significava. Ela disse que não sabe, mas acha que o presidente sabe e não quer contar porque é um canalha perverso.

Foi a primeira coisa normal que mamãe falou nos últimos dias, e todos rimos.

O presidente anunciou que quase todas as refinarias de petróleo em alto-mar desapareceram, e que a maior parte dos reservatórios de petróleo deve estar perdida no mar. Acho que isso faz parte do pior.

Mamãe disse depois que isso não significa apenas que as companhias de petróleo vão nos extorquir, mas que pode não haver gasolina e petróleo suficientes para aquecer todas as casas no inverno. Mas eu não acho que isso seja verdade. Estamos apenas em maio e há tempo para trazerem petróleo até aqui. Eles não podem deixar as pessoas congelarem até a morte.

Quando o presidente terminou, concluiu dizendo que os governadores de cada estado falariam em seguida, e que devíamos ouvir o que o nosso tinha a dizer.

Em seguida, o governador apareceu e também não parecia muito satisfeito. Ele falou que não haveria aulas em todo o estado até segunda ou terça-feira, mas que elas retornariam na quarta, menos em alguns distritos. Ele afirmou que o estado estava analisando a possibilidade de racionar gasolina, mas que, no momento, pedia por um sistema de honra. As pessoas deviam abastecer somente se estivessem com menos de um quarto do tanque cheio. Também falou que, se descobrisse que os postos de gasolina estavam cobrando mais do que deviam, enfrentariam sérias consequências. Mamãe riu ao ouvir isso.

Ele não sabe quando os apagões vão terminar. Não estão ocorrendo só aqui, falou. Todos os estados reportaram falta de energia elétrica.

Jonny ficou preocupado porque o governador não disse nada sobre os Phillies e os Pirates, seus times de beisebol. Os Phillies estavam em São Francisco na quarta-feira, e ninguém disse se eles estavam bem.

Mamãe falou que o governador tem um monte de coisas para pensar e um monte de coisas para anunciar, mas então parou e comentou:

— Sabe, ele *deveria* ter dito se os Phillies e os Pirates estão bem. Aposto que o governador de Nova York contou a todos como os Yankees e os Mets estão.

Pensei em dizer que ninguém dá notícias sobre como os patinadores estão, mas não pareceu valer a pena.

Eu me sentirei melhor quando Matt estiver em casa.

22 de maio

À tarde, Jonny perguntou se podíamos ir ao McDonald's ou a outro lugar. A luz está indo e voltando nos últimos dias, então mamãe esvaziou o congelador e acabamos com tudo que tinha dentro dele.

Ela disse que podíamos tentar, e entramos na van para procurar comida.

A primeira coisa que percebemos foi que a gasolina aumentou. Agora o galão custa sete dólares e há filas em todos os postos de gasolina.

— Quanta gasolina temos no tanque? — perguntei.

— O suficiente, por enquanto — respondeu ela. — Mas acho que vamos usar o carro de Matt na próxima semana. Esta lata-velha está consumindo muito.

— Quando você acha que o preço da gasolina vai cair? — perguntei. — Não pode ficar caro assim para sempre.

— Vai aumentar antes de diminuir — disse mamãe. — Temos que ser cuidadosos com os locais aonde vamos. Vamos parar de andar por aí no carro e sair apenas com destino certo.

— Eu ainda posso ir para o treino de beisebol, não é? — perguntou Jonny.

— Podemos organizar caronas — disse mamãe. — Estamos todos no mesmo barco agora.

Quando chegamos à rua do McDonald's e do Burger King, percebemos que quase não havia trânsito. Fomos até o McDonald's, mas estava fechado, assim como o Burger King, o KFC e o Taco Bell. Todos os restaurantes de fast-food estavam fechados.

— Devem estar fechados porque hoje é domingo — arrisquei.

— Ou porque amanhã é um dia nacional de luto — completou Jonny.

— Provavelmente estão esperando a luz voltar totalmente — disse mamãe.

Foi estranho ver todas as lojas fechadas. Tão estranho quanto ver a Lua grande demais e brilhante demais.

Acho que sempre pensei que, mesmo que o mundo acabasse, o McDonald's continuaria funcionando.

Mamãe dirigiu um pouco mais e encontramos uma pizzaria aberta. O estacionamento estava lotado e havia uma dúzia de pessoas de pé do lado de fora, esperando para entrar.

Mamãe nos deixou sair e entramos na fila. Todos foram bastante simpáticos, e conversamos sobre os locais fechados e os abertos. O shopping está fechado, mas um dos supermercados ainda está aberto, mesmo sem muita coisa dentro dele.

Jonny perguntou se alguém sabia algo sobre os Phillies e um dos homens na fila tinha notícias. Eles jogaram na quarta-feira, e o jogo acabou antes da colisão do asteroide. Eles pegaram um avião fretado para o Colorado e aparentemente estavam bem.

Perguntei se alguém conhecia a família de Brandon ou a sra. Daley, caso soubessem algo sobre ele, mas ninguém os conhecia.

Havia muitos rumores circulando. Deveríamos nos preparar para não ter eletricidade durante todo o verão. Algumas pessoas ouviram falar que a Lua ia colidir com a Terra até o Natal. Um homem falou que conhecia alguém no comitê escolar, e que estavam pensando em cancelar o restante do ano letivo, e todas as crianças na fila comemoraram, incluindo Jonny. Este rumor é muito melhor que o de que a Lua vai colidir com a Terra, mas não acho que nenhum deles irá acontecer.

Não que eu saiba o que irá acontecer.

Quando mamãe voltou para perto de nós, estávamos quase no restaurante. Ela parecia um pouco animada, mas não nos disse o porquê.

Levamos mais meia hora até conseguirmos fazer o pedido, e então já não tinha sobrado muita coisa. Mas conseguimos uma pizza de muçarela e alguns pães de alho. Não me lembro de ter ficado tão animada com comida antes.

Caminhamos de volta para o carro. Quando entramos, mamãe falou que tinha encontrado uma padaria aberta e comprou biscoitos, um bolo e alguns pães. Nada estava fresco, mas ainda estavam bons.

Paramos na casa da sra. Nesbitt e a trouxemos para nosso banquete. A eletricidade estava funcionando, então esquentamos a pizza e os pães de alho, que estavam gostosos. De sobremesa, comemos bolo de chocolate e Jonny bebeu um dos leites que comprei. O resto de nós bebeu refrigerante. Horton ficou por perto, esperando ganhar guloseimas.

— Esta pode ser a última vez que comemos esse tipo de comida por algum tempo — comentou minha mãe. — Não devemos esperar por pizzas, hambúrgueres e frango até as coisas voltarem ao normal.

— Durante a Segunda Guerra Mundial, houve racionamento — disse a sra. Nesbitt. — Provavelmente haverá agora. Nós juntaremos nossos pontos para o racionamento e ficaremos bem.

— Eu queria confiar no presidente — falou mamãe. — Não consigo imaginá-lo lidando com isso.

— As pessoas funcionam sob pressão — comentou a sra. Nesbitt. — Foi o que nós fizemos, afinal de contas.

Então, a energia elétrica acabou. Por algum motivo, isso pareceu engraçado, e todos rimos. Mamãe pegou o Banco Imobiliário e nós jogamos até a luz natural acabar. Minha mãe levou a sra. Nesbitt para casa, e eu vim para o meu quarto, onde estou usando uma combinação de luz de vela e de lanterna para escrever.

Fico pensando quando a eletricidade voltará de vez. Vai ser um verão muito quente sem ar-condicionado.

23 de maio

O dia nacional de luto significou cerimônias fúnebres no rádio. Muitos religiosos, muitos políticos, muitas músicas tristes. Ainda não há um número exato de mortos, mas talvez seja porque as pessoas ainda estão morrendo. Com a perda de grande parte do litoral, os oceanos continuam invadindo e destruindo mais regiões e mais prédios, e os moradores que não quiseram sair ou não puderam por causa das rodovias congestionadas estão se afogando.

Mamãe diz que nós estamos muito no interior e não temos que nos preocupar.

A luz voltou por uma hora hoje à tarde. Matt mandou um e-mail dizendo que ainda planeja chegar na quarta-feira.

Eu sei que estou sendo boba, mas continuo achando que, quando Matt voltar, tudo vai melhorar. Como se ele fosse empurrar a Lua de volta para o lugar dela.

Queria ter aula amanhã. Fico pensando nos almoços da cantina, em como sempre reclamei deles e como gostaria de comer um agora.

24 de maio

A luz voltou por volta das 9h, e mamãe nos colocou no carro e dirigiu, procurando por lojas que pudessem estar abertas. Encontramos um supermercado funcionando, mas ele só tinha produtos escolares, brinquedos para animais e esfregões.

Foi tão estranho andar por aquele mercado enorme e ver todas as prateleiras vazias. Havia poucos empregados e um segurança, mas nem imagino o que ele estava protegendo.

Mamãe não achou que iremos sentir fome suficiente para comer lápis, por isso não compramos nada.

Muitas das lojas de aparelhos domésticos colocaram tapumes nas vitrines. Havia vidros quebrados nos estacionamentos, então acho que foram saqueadas. Não sei por quê, já que não há luz para ligar tevês de tela plana e tudo o mais.

Foi engraçado ver quais lojas estavam abertas. A loja chique de sapatos tinha tapumes nas vitrines, mas funcionava. Mamãe disse que, mesmo que o mundo acabe, ela não vai pagar cem dólares por um par de tênis.

A loja de produtos esportivos estava fechada, com a vitrine coberta com tapume, e tinha um aviso pintado em letras grandes: NÃO TEMOS MAIS ARMAS NEM RIFLES.

Mamãe ainda tinha algum dinheiro, e percebi que ela queria comprar mais alguma coisa. Ela agora olha para as sopas, os vegetais e a água oxigenada estocados em casa e sente orgulho de si mesma.

Finalmente, achamos uma loja de roupas aberta. Havia um funcionário e mais ninguém. Era o tipo de loja na qual normalmente não entraríamos, pequena e mal-iluminada, onde tudo parecia sujo.

Minha mãe comprou duas dúzias de meias e roupas íntimas. Ela perguntou se vendiam luvas e, quando o funcionário as encontrou escondidas em uma gaveta, comprou cinco pares.

Em seguida, fez uma cara assustadora de "eu-acabo-de-ter-uma-ideia-incrível", que aparecia cada vez mais nos últimos dias, e perguntou se vendiam roupa íntima térmica.

Eu quase morri de vergonha, e Jonny também não pareceu muito satisfeito, mas, quando o funcionário encontrou ceroulas, mamãe também comprou todas.

O vendedor pareceu entrar no jogo e começou a pegar cachecóis, luvas e gorros de inverno. Mamãe parecia possuída e comprou tudo, mesmo que não coubesse em nós.

—A senhora pode abrir uma loja agora — falou o funcionário, o que provavelmente era um modo de dizer: "Ainda bem que encontrei alguém ainda mais louco do que eu. Talvez ela compre tudo e eu possa ir para casa."

Carregamos um monte de sacolas para a van.

— O que vamos fazer com luvas de criança? — perguntei para mamãe. —Vamos dar para o bebê de Lisa?

A VIDA COMO ELA ERA • 63

— Você tem razão... — disse mamãe. — Coisas de bebê. Eu devia ter me lembrado.

Ela voltou para a loja e, quando saiu, veio carregada de camisas, macacões, meias e até um casaquinho para neném.

— Nenhum irmão ou irmã de vocês vai passar frio neste inverno — garantiu ela.

Foi muito gentil da parte dela, mas acho que está ficando maluca. Conheço Lisa, e ela nunca vai querer que seu bebê use as coisas que aquela loja vende.

Na verdade, vai ser engraçado ver mamãe fazendo a grande apresentação para Lisa e papai. Imagino que ela fará isso quando for pegar Jonny no acampamento de beisebol e nos levar para a casa dele, em agosto. Claro que até lá os pais de Lisa já os terão visitado, e o bebê vai ter roupas para o resto da vida. E então mamãe vai entregar todas aquelas meias e outras coisas, e Lisa vai precisar fazer um esforço para parecer grata.

Talvez, se a loja continuar aberta, mamãe possa devolver as compras. Sei que eu não vou usar ceroulas no próximo inverno.

25 de maio

Mamãe e Matt já deveriam ter chegado em casa. Temos energia elétrica, por isso Jonny está assistindo a um DVD, mas ele também está preocupado.

Foi um dia longo e estranho, e já estou achando que esta será uma noite longa e estranha. Pela primeira vez em uma semana, o céu está completamente claro, e conseguimos ver a Lua. Ela está tão grande e brilhante que nem precisamos das luzes acesas, mas, mesmo assim, todas estão ligadas. Não sei por que Jonny e eu precisamos delas acesas, mas precisamos.

As aulas recomeçaram hoje, mas isso não melhorou as coisas, como achei que aconteceria. Apenas metade dos alunos estava no ônibus. Megan estava lá, mas se sentou com os amigos da igreja, por isso só nos cumprimentamos. Sammi não apareceu.

É estranho como eu não tive vontade de ligar para elas nos últimos dias. O telefone funcionou na maior parte do tempo, mas não recebemos nem fizemos muitas ligações. É como se estivéssemos tão ocupados cuidando de nós mesmos que não queremos saber da vida de mais alguém.

A escola estava exatamente como na semana passada, mas não parecia a mesma. Havia muitos alunos ausentes e vários professores faltaram também. Não havia substitutos para eles, por isso juntaram as turmas, e todos tivemos mais tempos livres.

Não temos dever de casa desde a semana passada, e ninguém parecia saber o que deveríamos fazer. Alguns dos professores passaram as tarefas normais e outros nos fizeram falar sobre o que está acontecendo.

Foi engraçado, não sabíamos sobre o que devíamos falar ou não. Mamãe pediu que eu e Jonny não contássemos a ninguém que nós praticamente compramos o supermercado na semana passada. Ela falou que é melhor que as pessoas não saibam o que temos, como se alguém fosse invadir a cozinha e roubar as latas de sopa. Ou as ceroulas. Ou as duas dúzias de sacos de areia para gato.

Eu não sei se os outros não contaram sobre o que as mães compraram, mas muitos alunos não pareceram dizer muita coisa, se é que isso faz sentido.

Em vez de ir para o quinto tempo, fomos para o auditório. Normalmente, quando acontece uma reunião, somos divididos em dois grupos porque não há lugar para todos lá dentro, mas, com tantos alunos ausentes, havia espaço suficiente.

Não era realmente uma reunião, pelo menos não do tipo que tem um motivo específico. A sra. Sanchez subiu no palco e fez alguns anúncios.

Começou dizendo que estava feliz por todos estarmos sãos e salvos, e agradeceu aos professores por tudo o que fizeram, o que foi engraçado, já que muitos não estavam lá.

Depois, falou que o que aconteceu não é apenas uma crise local, embora nós pudéssemos pensar assim, pois não temos sempre luz e o McDonald's não está aberto. Ela sorriu quando disse isso, como se fosse uma piada, mas ninguém riu.

— Esta é uma crise que o mundo inteiro está enfrentando junto — disse. — Tenho plena fé em nossa capacidade, como habitantes da Pensilvânia e dos Estados Unidos, de superarmos tudo isso.

Alguns alunos riram nessa hora, embora obviamente esse não fosse o objetivo.

Então, ela chegou à parte em que disse que todos teríamos que fazer sacrifícios. Como se não estivéssemos fazendo sacrifícios há uma semana. Como se, por milagre, os supermercados fossem reabrir e a gasolina não fosse mais custar nove dólares o galão.

Não teremos mais atividades extracurriculares. O teatro, o baile de formatura e a viagem dos veteranos foram cancelados. A piscina não está mais aberta. A cantina não terá mais comida quente. A partir de terça-feira, não haverá serviço de ônibus para o ensino médio.

Engraçado. Quando ela falou sobre o baile de formatura, muitos alunos começaram a gritar, e eu achei que eles estavam sendo infantis. Mas, quando ela disse que a piscina seria fechada, gritei "Não!", e quando avisou que não haveria mais ônibus, quase todos gritaram e vaiaram.

E ela deixou que fizéssemos isso. Acho que sabia que não conseguiria nos interromper. Quando o sinal tocou, ela desceu do palco e os professores nos disseram para ir para as próximas aulas, o que a maioria de nós fez.

No entanto, alguns alunos entraram nas salas de aula e começaram a quebrar as janelas. Eu vi os policiais chegando e os levando embora. Acho que ninguém se machucou.

Senti muita falta de Sammi no almoço, mas Megan me fez companhia. Seus olhos brilhavam iguais aos de mamãe quando via algo para comprar e armazenar.

— Foi a primeira vez em uma semana que saí de perto do reverendo Marshall — contou. — Estamos dormindo na igreja, descansando por uma ou duas horas por noite para podermos continuar rezando. Não é maravilhoso o que Deus está fazendo?

Uma parte de mim queria dizer a Megan para calar a boca, enquanto a outra parte queria ouvir sobre o que Deus estava fazendo de tão maravilhoso. Mas o que eu mais queria era comida quente.

— O que sua mãe acha disso? — perguntei.

A mãe de Megan gostava do reverendo Marshall, mas nunca foi tão doida por ele quanto a filha.

— Ela não entende — disse ela. — É uma boa mulher, mas não tem fé. Eu rezo pela alma dela, assim como rezo pela sua.

— Megan — comecei, como se estivesse tentando trazer de volta à realidade a amiga que amara durante tantos anos —, não há mais comida quente. Durante metade do tempo, não temos luz. Eu moro a oito quilômetros da escola, o galão de gasolina está custando nove dólares e não podemos mais usar a piscina.

— São apenas preocupações terrenas — observou Megan. — Miranda, se arrependa de seus pecados e aceite o Nosso Senhor. No paraíso você não vai se preocupar com comida e com o preço da gasolina.

Ela podia ter razão. O problema é que não vejo mamãe, papai, Lisa, Matt (especialmente Matt — acho que agora ele é budista) ou Jonny se arrependendo de seus pecados e aceitando ninguém, mesmo se isso significar uma passagem para o paraíso. E eu não quero estar lá se eles não estiverem comigo (certo, eu ficaria bem sem Lisa).

Pensei em dizer isso a Megan, mas seria como explicar a mamãe que eu não usaria as ceroulas independentemente do que a Lua fizer conosco. Então deixei Megan, fui sentar com a equipe de natação e fiquei me lamentando junto com eles.

Dan falou que ouvira a mãe, que conhecia praticamente todos os treinadores na área, dizer que as escolas na Pensilvânia fecharam as piscinas, assim como as escolas mais próximas, em Nova York. Sem eletricidade, os filtros não funcionam, e, sem os filtros, a água não seria limpa. Por isso, não haveria mais treinos por enquanto.

Karen se lembrou da piscina do clube, mas alguns colegas disseram que ele estava fechado. A cidade tem uma piscina pública, mas é ao ar livre e não tem aquecimento, e, se estivesse funcionando, não poderíamos usá-la até o fim de junho.

Então eu me lembrei do lago Miller's Pond. Algumas pessoas nunca tinham ouvido falar dele. Acho que vivem nos condomínios novos e não conhecem o meu lado da cidade. Ainda está muito frio para nadar lá. Mas, assim que esquentar, a água é pura e não precisa de filtro de limpeza. Além disso, ele é bem grande.

Concordamos, então, que começaríamos a nadar em Miller's Pond daqui a dois finais de semana. Agora tenho algo pelo que esperar. E acho que Dan ficou impressionado por eu ter encontrado uma solução.

Se ao menos eu conseguisse resolver o problema da comida quente... É incrível como sinto falta do macarrão com queijo da cantina.

Ouvi Matt e mamãe chegando! Matt está em casa!

28 de maio

As coisas parecem bem melhores agora que Matt chegou. Ele tem treinado beisebol com Jonny (eu busco a bola), e isso deixa Jonny feliz. Matt e mamãe vasculharam a casa, toda a comida que compramos e as coisas que os avós de mamãe esconderam no sótão e no porão: novelos de lã e uma agulha de crochê (mamãe disse que há muitos anos não pratica, mas acha que, assim que começar, se lembrará de tudo), frascos para compotas e equipamentos para fazer conservas, um abridor de latas manual, um batedor de ovos e todos os utensílios que as cozinhas tinham antigamente.

Ele e mamãe passaram o dia todo ontem organizando a comida para sabermos quanto atum e quantas latas de pêssego compramos. Acho que temos o suficiente para o resto da vida, mas minha mãe disse que ficará aliviada quando os supermercados reabrirem. Só ouvi-la cogitar essa possibilidade já me anima.

Matt e eu ainda não conversamos de verdade. Ele não sabe mais do que eu sobre o que aconteceu e o que vai acontecer, mas ainda

A VIDA COMO ELA ERA • 69

acho que, se eu ouvir o que ele tem a dizer sobre a situação, acreditarei mais que ela é real.

As aulas foram melhores na quinta-feira. Mais alunos apareceram (incluindo Sammi) e mais professores também.

A escola de ensino médio fica a oito quilômetros daqui, e mamãe disse que dá para ir caminhando se o tempo estiver bom. O colégio de Jonny perdeu o serviço de ônibus e, como fica longe, mamãe está tentando organizar caronas. Matt pegou as nossas bicicletas e vai passar o fim de semana as consertando. Eu costumava andar de bicicleta o tempo todo e acho que é um modo tão bom quanto qualquer outro de andar por aí (com certeza chegarei à escola mais rápido desse jeito do que a pé).

Peter apareceu esta noite e foi uma bela surpresa, especialmente para mamãe. Ele trouxe um saco de maçãs que ganhou de um dos pacientes. Ele e mamãe não tinham para onde ir, então prepararam doce de maçã para todos nós. Comemos macarronada com molho marinara pela décima vez na semana, por isso a sobremesa quente foi uma alegria. Matt foi buscar a sra. Nesbitt e realmente foi um evento especial: seis para o jantar, com prato principal e sobremesa.

Claro que na hora de comermos a luz apagou novamente. Durante boa parte do dia não tivemos eletricidade, mas já estamos acostumados a isso agora. Tivemos energia durante uma hora ontem na escola, e foi como se nenhum de nós soubesse o que fazer com ela. Em casa, quando temos luz, corremos para ligar a tevê. Podemos ouvir o rádio sempre, mas mamãe quer que economizemos as pilhas, então o usamos apenas de manhã e no final da noite.

É um modo tão estranho de viver. Não acredito que ficaremos assim por muito mais tempo. Por outro lado, estou começando a me esquecer de como era a vida normal, com relógios marcando a hora certa, lâmpadas acendendo quando apertamos o interruptor, internet, postes de rua, supermercados, McDonald's e...

Matt me disse que não importa como o futuro será, nós estamos vivendo um momento muito especial na história. Ele falou que a história nos afeta, mas que também podemos afetar a história, e que qualquer um pode ser um herói se quiser.

Matt sempre foi meu herói, e acho que é muito mais difícil ser um do que ele faz parecer, mas entendi o que quis dizer.

De qualquer modo, sinto falta de sorvete, de nadar na piscina e de me sentir tranquila ao olhar para o céu à noite.

29 de maio

Hoje de manhã, a eletricidade voltou por volta das 9h, e mamãe fez o que sempre faz ao perceber que temos luz: começou a lavar a roupa.

Mas só tivemos energia por cerca de quinze minutos, e ela não funcionou mais durante o dia todo.

Há cerca de dez minutos, todos acordamos por causa de um barulho estranho. Corremos na direção do som: era a máquina de lavar voltando a funcionar.

Quem iria imaginar que o ciclo de enxágue poderia ser tão assustador?

Mamãe disse que vai ficar acordada até poder colocar as roupas na secadora. Ela não acha que teremos energia por tempo suficiente para secá-las completamente, mas que vale a pena arriscar.

Eu queria muito ter luz às 14h em vez de às 2h. Mas acho que deveria considerar mamãe uma heroína da lavagem de roupa noturna.

A VIDA COMO ELA ERA • 71

30 de maio

Nem sempre sei há quanto tempo estamos sem energia elétrica. Ela voltou no meio da noite, mas quando acordei hoje de manhã já tinha acabado de novo.

Passamos cada vez mais tempo fora da casa, porque é melhor ficar ao ar livre e o sol fornece luz natural. Já nos acostumamos a olhar para a Lua e isso não nos incomoda mais como antes.

Porém, deixamos uma luz acesa na sala para vermos quando a energia elétrica voltar e entrarmos para fazer o que for preciso. Hoje ela acendeu por volta das 13h, e corremos para dentro de casa.

Mamãe entrou na internet, o que me surpreendeu. Geralmente ela passa o aspirador de pó ou lava roupa. Ela já desistiu de acertar a hora dos relógios.

Mas hoje à tarde não fez nada disso e entrou na internet, pois ouviu no rádio esta manhã que estavam começando a divulgar a listagem de mortos.

Ela encontrou os nomes da maioria dos editores com quem já trabalhou e de seu agente, além de muitos escritores que conheceu ao longo dos anos. Achou os nomes de dois colegas da faculdade e de um amigo antigo, que conheceu antes de nos mudarmos para cá, além do padrinho de casamento de papai e sua família. E viu o nome de dois primos em segundo grau e dos filhos deles. Em menos de dez minutos, encontrou mais de trinta nomes conhecidos. Mas há uma notícia boa: ela procurou pelo nome do filho, da nora e dos netos da sra. Nesbitt e não os achou em nenhuma lista.

Pedi que procurasse o nome de Brandon e ela o fez, mas não encontrou o nome dele. Claro que ainda há milhões de pessoas desaparecidas, mas, pelo menos, ainda há esperança de que ele esteja vivo. Não acesso muito o fórum de discussão, mas, quando entro, ninguém parece saber de nada. Acho que isso é um bom sinal.

Havia nomes de pessoas conhecidas que eu poderia procurar: crianças com quem fui ao acampamento de verão, colegas da natação e antigos amigos do primeiro grau que se mudaram para Nova York, Califórnia ou Flórida. Mas não tentei encontrá-los. Eles não faziam parte de minha vida diária e, por alguma razão, parece errado descobrir se estão mortos quando não penso muito neles vivos.

Jonny procurou por jogadores de beisebol. Muitos deles estavam relacionados como mortos contabilizados e outros como desaparecidos/prováveis mortos.

Matt buscou garotos de sua turma do ensino médio. Apenas três foram listados como mortos, mas vários deles foram relacionados como desaparecidos/prováveis mortos.

Só para testar, ele procurou nossos nomes, mas nenhum deles estava nas listas.

E é por isso que sabemos que estamos vivos hoje.

31 de maio

O primeiro dia sem o serviço de ônibus. Claro que iria chover.

Não foi uma chuva assustadora como da outra vez. Nada de tempestade nem de tornados. Apenas a boa e velha chuva de sempre caindo.

Matt acabou levando Jonny e a mim para a escola. Mamãe ficou em casa para aproveitar a energia elétrica e escrever seu livro. Eu não havia pensado em como deve ser difícil para ela trabalhar sem computador. Ou sem agente e editores.

A VIDA COMO ELA ERA • 73

Mais da metade dos alunos faltou, e Jonny disse que havia ainda menos crianças no colégio dele. No entanto, a maioria dos professores foi, e adiantamos bastante a matéria. Tivemos eletricidade quase até as 14h, e, embora estivesse escuro do lado de fora, a escola estava bastante animada. Vazia, mas animada.

Quando Jonny voltou para casa, contou que todos os testes de nivelamento foram cancelados. Fiquei me perguntando sobre o que fariam com as provas finais, que deveriam começar em duas semanas. Não fizemos nenhum trabalho da escola e ninguém passa dever de casa porque nunca se sabe se teremos luz.

Peter falou, durante o fim de semana, que ouviu boatos de que as aulas serão encerradas na semana que vem e que todos nós seremos aprovados automaticamente, para o caso de as coisas voltarem ao normal em setembro.

Não sei se quero ou não que isso aconteça. Tirando a parte de voltar ao normal em setembro. Isso eu sei que quero.

CINCO

2 de junho

Hoje, recebemos circulares da escola para levarmos para casa. Elas diziam que não haverá provas finais neste semestre e que serão consideradas apenas as notas dos testes feitos antes de 19 de maio. Na aula de amanhã, saberemos nossas médias. Se quisermos aumentá-las, devemos falar com os professores na semana que vem e ver se há como fazer isso. As aulas terminarão oficialmente em 10 de junho e voltarão em 31 de agosto, a menos que sejamos avisados do contrário.

Mas ainda estão planejando a formatura. Ao ar livre, em uma data que poderá ser remarcada.

É estranho pensar que não haverá provas finais. Não que eu esteja estudando para elas. Não faço trabalho algum há semanas.

Mas me sinto mal pelos alunos que estão na corda bamba: só precisam de uma boa nota para não serem reprovados. Sammi, por exemplo. Sei que ela esteve abaixo da média em francês durante todo o ano. E eu já a vi estudar para a prova final e tirar uma boa nota, o que provavelmente era o que ela planejava fazer.

Provavelmente ela não se importa. Na verdade, a não ser pela Turma dos Nerds, que estão se preparando para entrar numa faculdade muito boa, duvido que alguém ligue.

A VIDA COMO ELA ERA • 75

3 de junho

Recebi as notas e elas são o que eu já esperava. A de matemática diminuiu por causa dos testes idiotas (ou por causa dos testes em que eu fui uma idiota), por isso sei que vou ter que conversar com minha mãe no fim de semana sobre o que devo fazer.

Hoje, tudo o que serviram no almoço foram sanduíches de manteiga de amendoim e geleia em um pão branco velho. Cada um podia comer um.

Eu não quero reclamar sobre estar com fome, porque sei que, comparado a um monte de gente, estou comendo bem. No café, tivemos cereal com leite em pó. Não tem o mesmo gosto do leite de verdade, mas é melhor que nada, e isso é graças à mamãe, que comprou caixas dele no Dia das Compras Malucas.

E, mesmo que esteja enjoada de atum, macarrão ou frango em lata, não posso dizer que não estamos jantando. Por isso, não é exatamente o fim do mundo se o almoço for sanduíche de manteiga de amendoim e geleia. Sei que deveria agradecer por termos tanto. Todos sabem que a razão para a escola fechar tão cedo é porque a comida para nós está acabando, e não sabem como solucionar isso.

Almocei com Megan, Sammi, Dave, Brian e Jenna. Megan não comeu com o grupo da igreja, o que foi uma bela novidade. Metade da equipe de natação não foi à escola.

Entramos na fila e pegamos nossos sanduíches. As pessoas estavam reclamando e fazendo queixas, o que não foi muito agradável. Fomos para nossa mesa e, embora devêssemos ter mastigado os sanduíches bem devagar para fazê-los durar a refeição inteira, nós os engolimos de uma vez. Três mordidas e 25 minutos sem ter o que fazer.

Menos Megan. Ela partiu o sanduíche em dois pedaços quase iguais e deu pequenas mordidas nele. Levou mais tempo para terminar a primeira parte do sanduíche do que nós levamos para comer o pão inteiro, e então perguntou se alguém queria a outra metade.

Todos (menos eu) disseram que sim.

Ela olhou ao redor da mesa e deu o que restava para Dave. Eu não tenho ideia de por que ela o escolheu, mas ele não perguntou. Só comeu rapidamente a metade do sanduíche, antes que alguém mais tivesse a chance de fazê-lo.

Não sei por quê, mas isso me incomodou.

4 de junho

Mamãe e eu conversamos sobre minhas notas. Vou ficar com 95 em inglês, 94 em história, 90 em francês, 91 em biologia e 78 em matemática.

— Eu posso pedir para refazer o teste de matemática — comentei.

— Se for bem, talvez fique com 80.

— E qual a razão para isso? — perguntou ela.

Eu fiquei tão feliz por ela não estar brava que apenas falei que estava tudo bem e mudei de assunto. Mas, à noite, comecei a pensar naquilo. Encontrei Matt e nos sentamos do lado de fora da casa, sob a figueira. Mamãe a chama de grande erva daninha, mas ela é bonita quando floresce e é a última árvore a perder as folhas no outono, por isso eu a adoro.

— Matt, mamãe acha que vamos morrer? — perguntei.

Eu não poderia perguntar isso a ela, pois sabia que ela mentiria.

Matt ficou calado por mais tempo do que eu gostaria. O que eu queria que ele fizesse era rir e dizer que não, que tudo ficaria bem quando os sistemas elétricos voltassem a funcionar e quando as pessoas descobrissem um modo de trazer gasolina para cá para que os caminhões possam começar a transportar comida novamente.

— Mamãe está preocupada — disse ele. —Todos estamos.

— Porque vamos morrer? — perguntei, elevando a voz. — Porque vamos passar fome até morrer ou algo assim?

— Não acho que mamãe tenha medo de que nós passemos fome até morrer — observou. — Ela começou a horta e nós ainda temos muita comida enlatada. Pode ser que as coisas voltem ao normal até o outono; talvez um pouco antes ou um pouco depois. Temos comida suficiente até lá se a horta continuar boa. E, mesmo se as coisas não voltarem exatamente ao normal, isso não significa que não vão melhorar. Mamãe é otimista, e eu também.

— Então por que ela disse que não tem problema eu tirar nota baixa em matemática? — perguntei. — Quando foi que mamãe parou de se preocupar com nossas notas?

Matt riu.

— Essa história toda é por causa disso? — perguntou ele.

— Matt, não é engraçado — respondi. — Não sou uma criança, mas é mais provável mamãe falar com você do que comigo. O que ela acha que vai acontecer? Vocês passam o dia inteiro juntos. Ela deve conversar com você.

— Agora, a principal preocupação dela é Jonny e o acampamento de beisebol — contou ele. — Ela quer que Jonny tenha o verão mais normal possível. Quem sabe como vai ser o próximo? E... — Ele parou por um momento. — Ouça, isso é só entre nós dois, certo?

Assenti.

— Se Jonny estiver no acampamento, então mamãe não tem que alimentá-lo — falou Matt. — E se você e Jonny passarem agosto com papai, mamãe não terá que alimentar nenhum de vocês. Ela já está comendo menos: não toma café da manhã e só come na hora do almoço se eu obrigá-la. Coisa que faço quase sempre. Com as aulas acabando duas semanas antes, são duas semanas a mais que você e Jonny terão que almoçar em casa. Neste momento, isso é mais importante para mamãe do que sua nota de matemática.

Eu não sabia o que dizer. Olhei para o céu. O pôr do sol havia acabado de começar. Essa costumava ser minha hora favorita do dia, mas, agora, a Lua fica tão grande no fim do dia que parece que vai nos atingir. Quase não olho mais para o céu.

— Ouça — falou Matt, pegando minha mão e a segurando. — Se as coisas voltarem ao normal, nenhuma universidade no mundo se importará com seu 78. Eles saberão que as coisas ficaram fora de controle nesta primavera. Uma nota 78 em matemática no primeiro ano não a impedirá de entrar na faculdade.

— E se as coisas não voltarem ao normal? — perguntei.

— Então não vai fazer diferença, de qualquer modo — argumentou ele. — Promete não contar para a mamãe o que nós conversamos?

— Prometo — assegurei.

— E não comece a pular refeições — pediu. — Precisamos que você seja forte, Miranda.

— Prometo — repeti.

Mas não podia deixar de pensar que não sou forte. Será que eu deixaria de comer por causa de Jonny, se fosse necessário? Foi isso que Megan fez no almoço, na sexta-feira?

Será que as coisas voltarão ao normal?

5 de junho

A sra. Nesbitt chegou aqui por volta das 17h de hoje. Não me lembro da última vez em que a vi tão feliz ou animada.

A VIDA COMO ELA ERA • 79

Até uma visita da sra. Nesbitt é uma novidade agora. A energia elétrica não funciona durante boa parte do dia e na maior parte da noite, por isso não podemos ver tevê ou usar a internet. Não há dever de casa e ninguém tem vontade de conversar.

— Tenho uma guloseima maravilhosa — falou ela, enquanto segurava uma tigela coberta com um pano de prato.

Ficamos ao seu redor para ver o que ela tinha para nos mostrar. A sra. Nesbitt retirou o pano, como um mágico retira um coelho da cartola, mas tudo o que vimos foram toalhas de rosto. Ela riu ao ver a expressão em nossos rostos. Em seguida, desembrulhou as toalhas com cuidado. E lá estavam dois ovos.

Não eram muito grandes, mas foram os ovos mais bonitos que eu já vi.

— Onde a senhora os encontrou? — perguntou mamãe.

— Um de meus alunos trouxe para mim — falou a sra. Nesbitt.

— Não foi uma graça da parte dele? Ele tem uma fazenda a cerca de dezesseis quilômetros da cidade e ainda tem ração para as galinhas, então elas ainda botam ovos. Ele trouxe dois para mim e para algumas outras pessoas. Falou que tem o suficiente para a família, se forem cuidadosos, e acharam que nós gostaríamos de comer uma guloseima especial. Eu não poderia apreciá-los sozinha.

Ovos. Bons e velhos ovos de verdade. Toquei num deles apenas para me lembrar de como era a casca de um ovo.

Primeiro, mamãe pegou duas batatas e uma cebola e picou-as, fritando-as em azeite de oliva. O cheiro das batatas e da cebola fritas era suficiente para nos deixar tontos. Enquanto elas cozinhavam, discutimos que pratos poderíamos fazer com os ovos. Fizemos uma votação e escolhemos que seriam mexidos. Ficamos pela cozinha e observamos mamãe bater os ovos com leite em pó. Claro que não tínhamos manteiga e, como não queríamos usar óleo de cozinha, minha mãe usou um pouco de spray para cozinhar e uma frigideira antiaderente.

Recebemos quantidades iguais de ovos, batatas e cebolas. Observei mamãe para ter certeza de que ela não iria comer menos. Cada um ganhou duas colheradas pequenas de ovos, e comemos aos poucos para fazer a comida durar mais.

Em seguida, Matt pulou da cadeira e falou que ele também tinha uma guloseima especial que estivera guardando, e que hoje era o dia ideal para isso. Ele correu para o quarto e voltou com uma barra de chocolate.

— Encontrei-o em minha mochila, ao desarrumá-la — contou. — Não sei há quanto tempo estava lá, mas chocolate não estraga.

Então, cada um de nós ganhou um pedaço de chocolate de sobremesa. Eu já tinha quase me esquecido do quanto gosto de chocolate e de que há algo nele que torna a vida um pouco mais maravilhosa.

Após o jantar, resolvemos cantar. Nenhum de nós tinha uma bela voz e nem todos sabíamos as mesmas músicas, mas Horton era nossa única plateia e não se importava. Cantamos durante mais de uma hora e rimos, e a sra. Nesbitt contou histórias de quando mamãe era uma garotinha.

Quase parecia que éramos felizes de novo.

6 de junho

Hoje na hora do almoço, Megan fez a mesma coisa com o sanduíche. Dessa vez, deu a outra metade para Sammi.

Se ela continuar assim, vai se tornar a garota mais popular do colégio.

Esperei por ela depois da escola e, levando-a para longe dos amigos da igreja, perguntei:

— Por que você não está comendo todo o seu almoço?

— Não tenho fome — disse ela.

Amo Megan e ela não é gorda, mas eu já a vi devorar hambúrgueres duplos e batatas fritas grandes com milk-shake. Olhei para ela — realmente olhei para ela — e percebi que devia ter perdido uns quatro quilos. Todos nós estamos emagrecendo, por isso não é tão fácil perceber. É como a Lua: se eu não olhar para ela, posso fingir que ainda é a mesma.

— Você está comendo alguma coisa? — perguntei.

— Claro que estou — respondeu ela. — Só não preciso comer tanto. Deus me alimenta; a comida, não.

— Então por que você ainda come metade de seu sanduíche? — perguntei. Eu não sei por quê. Não foi uma pergunta racional, então não havia razão para esperar uma resposta racional.

— Imaginei que as pessoas não fossem perceber se eu comesse pelo menos a metade — disse ela.

— Elas percebem — informei. — Eu percebo.

— É só por mais uns dias — disse ela. — Na semana que vem, ninguém vai ver se estou ou não estou comendo.

— Não é possível que digam na igreja que você não deve comer — comentei.

Megan me lançou um daqueles olhares compadecidos que sempre me fazem querer bater nela e falou:

— O reverendo Marshall não tem que nos dizer o quanto comer. Ele acredita que nós ouviremos a voz de Deus.

— Então é Deus quem está dizendo para você não comer? — perguntei. — Como assim? Ele ligou para você e disse: "Divida seu sanduíche de manteiga de amendoim e geleia com os pobres infelizes"?

— Estou começando a achar que você é a pobre infeliz — alfinetou Megan.

— E eu estou começando a achar que você está maluca — respondi. Tenho pensado nisso há algum tempo, mas até então não tinha dito em voz alta.

— Por quê? — perguntou Megan e, por alguns instantes, ela realmente pareceu zangada, como ficava quando tínhamos 12 anos. Mas então abaixou a cabeça, fechou os olhos e moveu os lábios, como se estivesse rezando.

— O que foi? — perguntei.

— Pedi perdão a Deus — informou ela. — E se eu fosse você, Miranda, pediria o perdão divino também.

— Deus não quer que você morra de fome — avisei. — Como você pode acreditar em um Deus que pediria isso a você?

— Mas Ele não está pedindo — argumentou ela. — Sinceramente, Miranda, você está fazendo uma tempestade num copo d'água por causa de metade de um sanduíche.

— Prometa que você não vai parar de comer — pedi.

Megan sorriu, e eu acho que isso foi o que mais me assustou.

— Vou obter meu alimento como Deus quiser — disse ela. — Há muitos modos diferentes de se ter fome, sabe? Algumas pessoas têm fome de comida, outras têm fome do amor de Deus.

Em seguida, ela me deu um daqueles olhares típicos dela, para que eu soubesse qual era o meu caso.

— Coma seu sanduíche amanhã — pedi. — Faça isso por mim. Se você insiste em passar fome, pelo menos espere até sábado, quando não vou mais precisar ver isso.

—Você não precisa ver agora — falou e afastou-se de mim para se juntar aos amigos da igreja.

7 de junho

Sonhei com Becky na noite passada. Ela estava num paraíso, que parecia muito o litoral de Nova Jersey, tal como eu me lembrava de verões passados, quando as marés eram previsíveis, e o Atlântico era a piscina mais incrível de todo o mundo. Becky tinha a mesma aparência de antes de adoecer, com suas longas tranças louras. Quando era mais nova, sempre senti inveja do cabelo dela.

— Este é o Céu? — perguntei.

— Sim, é — respondeu ela. E, então, fechou um portão gigantesco, de maneira que eu fiquei de um lado, e ela e o oceano, do outro.

— Deixe-me entrar — pedi. — Megan lhe disse para não me deixar entrar no Céu?

Becky riu. Há muito tempo não pensava no riso dela. Ela estava sempre rindo, o que me fazia rir. Às vezes, gargalhávamos durante vários minutos sem ter ideia de por que estávamos rindo.

— Não é culpa de Megan — esclareceu ela. — A culpa é sua.

— O que eu fiz de errado? — perguntei.

Bem, choraminguei, na verdade. Mesmo dormindo, acho que poderia ter feito uma pergunta melhor.

— Você não pode entrar no Céu porque não está morta — afirmou Becky. — Você não é boa o suficiente para estar morta.

— Eu serei. Prometo — disse eu e, em seguida, acordei.

Estava tremendo de tanto que o sonho me perturbou. Não foi um pesadelo. Foi apenas... eu não sei. Não sei com que palavras descrever o que senti ao ser trancada do lado de fora do Céu e ficar tão desesperada a ponto de querer morrer.

A escola é uma completa perda de tempo. As únicas aulas que ainda tenho são inglês e história; todos os outros professores desapareceram. Na aula de inglês, o sr. Clifford lê contos e poemas em voz alta. A srta. Hammish tenta pôr as coisas em perspectiva histórica para nós, mas, de vez em quando, alguém na turma começa a chorar. Eu ainda não chorei na escola, mas já cheguei perto. Quando não estamos em sala de aula, perambulamos pelo prédio e espalhamos boatos. Um dos garotos contou que sabe onde há uma lanchonete aberta, mas não nos disse o local. Outra garota ouviu falar que a energia elétrica nunca voltará e que os cientistas estão trabalhando para aperfeiçoar a energia solar. E, claro, muitos alunos dizem que a Lua está se aproximando tanto da Terra que, até o Natal, já estaremos todos mortos. Sammi parece estar convencida disso.

Hoje, na hora do almoço, Megan partiu seu sanduíche em dois e deu uma metade para Sammi e outra para Michael.

Ao fazer isso, olhou para mim e piscou.

8 de junho

Ultimamente, estou tentando não saber o que está acontecendo. Pelo menos, essa é a desculpa que me dou para não me preocupar com o que ocorre fora da nossa pequena região da Pensilvânia. Quem se importa com terremotos na Índia, no Peru ou até mesmo no Alasca?

Eu sei. Isso não é verdade. Eu sei quem se importa. Matt se importa e mamãe se importa e, se houver algum jogador de beisebol envolvido, Jonny se importa também. Conhecendo papai, ele também se importa. Assim como a sra. Nesbitt.

Só eu não me importo. Só eu finjo que a Terra não está desmoronando ao meu redor, pois não quero que isso esteja acontecendo. Não quero saber que houve um terremoto no Missouri. Também não quero saber que o meio-oeste pode sumir nem que estão acontecendo coisas além de maremotos e tsunamis. Não quero ter mais nada a temer.

Não comecei a escrever este diário para que ele seja um registro do nosso fim.

9 de junho

Penúltimo dia de aula, seja lá o que isso significa.

No dia desta semana que tivemos eletricidade, alguém aproveitou para imprimir algumas centenas de folhetos, dizendo que, se quiséssemos, deveríamos trazer cobertores, comida e roupas para os necessitados de Nova York e Nova Jersey na sexta-feira.

Eu gostei de receber esse folheto. Gostei da ideia de ajudar alguém. Imagino que não podemos levar as coisas até os moradores do Missouri porque o galão de gasolina está custando quase doze dólares e não há muitos postos abertos.

Coloquei o folheto na frente de mamãe, que estava sentada à mesa da cozinha, olhando pela janela. Ela anda fazendo isso cada vez mais ultimamente. Não que haja muito mais que ela possa fazer.

O folheto chamou a atenção dela. Ela o leu até o fim. Depois, o pegou e rasgou-o em duas partes, depois em quatro e em oito.

— Não vamos doar nada — disse.

Por um momento, fiquei realmente imaginando se aquela era minha mãe e não uma impostora que se apropriara do corpo dela. Mamãe é sempre a primeira a doar as coisas. Ela é a rainha das coletas de comida, de doações de sangue e de ursinhos para as crianças pobres. É uma das coisas que mais gosto nela, embora saiba que nunca serei tão generosa assim.

— Mãe — falei —, podemos doar um cobertor ou dois.

— Como você sabe disso? — perguntou ela. — Como você pode saber o que vamos precisar neste inverno?

— Neste inverno? — falei. — Tudo vai ter voltado ao normal no inverno!

— E se não voltar? — retrucou. — E se nós não conseguirmos combustível para o aquecimento? E se a única coisa que vai evitar que congelemos até a morte for um cobertor, mas nós não o tivermos porque o doamos em junho?

— Combustível para o aquecimento? — disse eu. Eu me sentia uma completa idiota, capaz apenas de repetir o que ela dizia, como um papagaio. — Nós teremos combustível para o aquecimento no inverno.

— Espero que você esteja certa — respondeu ela. — Mas, nesse meio-tempo, não vamos doar nada para ninguém que não seja da família.

— Se a sra. Nesbitt agisse assim, não teria dividido os ovos conosco — falei.

— A sra. Nesbitt é da família — retrucou minha mãe. — Os pobres infelizes de Nova York e de Nova Jersey podem arranjar seus próprios malditos cobertores.

— Está bem — respondi. — Desculpe ter dado a ideia.

Esse era o momento em que mamãe deveria voltar a si, pedir desculpas e dizer que o estresse estava acabando com ela. Mas não o fez e, em vez disso, voltou a olhar pela janela.

Fui atrás de Matt, o que não foi difícil, já que também não havia nada para ele fazer. Estava deitado na cama, fitando o teto. Acho que é isso que farei a partir da semana que vem.

A VIDA COMO ELA ERA • 87

— Combustível para o aquecimento — disse eu.

— Ah! — exclamou ele. — Você sabe sobre isso?

Não tinha certeza se devia dizer que sim ou que não, por isso dei de ombros.

— Estou surpreso por mamãe ter lhe contado — admitiu ele. — Ela deve ter chegado à conclusão de que, se não conseguirmos nada até o outono, você vai acabar percebendo.

— Nós não temos combustível para o aquecimento? — perguntei. Virei a srta. Papagaio.

— Então ela não lhe contou — comentou ele. — Como você descobriu?

— Como vamos sobreviver sem combustível para o aquecimento? — perguntei.

Matt sentou-se e me encarou.

— Em primeiro lugar, talvez as reservas de petróleo já estejam cheias de novo no outono — começou ele. — Nesse caso, pagaremos o que custar e teremos combustível. Em segundo lugar, as pessoas sobreviveram durante milhões de anos sem combustível para o aquecimento. Se elas conseguiram, nós conseguiremos. Temos um fogão a lenha. Podemos usá-lo.

— Um fogão a lenha — repeti. — Ele aquece o solário. E talvez a cozinha.

— Vamos estar melhor do que quem não tem um fogão a lenha — argumentou ele.

Achei que seria besteira sugerir aquecimento elétrico.

— E o gás natural? — perguntei. — Quase todo mundo na cidade usa o aquecimento a gás natural. A companhia de gás fornece. Não poderíamos converter o aquecedor para gás?

Matt balançou a cabeça.

— Mamãe já falou com alguém na companhia de gás. Não há garantias de que terá gás no próximo inverno. Temos sorte por ter o fogão a lenha.

— Isso é ridículo — opinei. — Estamos em junho. Está 29 graus lá fora. Como alguém pode saber como vai ser no inverno? Talvez a Lua nos aqueça. Talvez os cientistas descubram como transformar pedras em petróleo. Talvez já estaremos morando no México.

Matt sorriu.

— Talvez — repetiu ele. — Mas, por enquanto, não conte a Jonny, está bem? Não sei como você descobriu, mas mamãe não quer que nenhum de nós se preocupe além do necessário.

— Quanto nós temos que nos preocupar? — perguntei, mas Matt não respondeu e voltou a fitar o teto.

Fui até o armário e contei os cobertores. Então fui lá para fora e esperei que o calor do sol me fizesse parar de tremer.

10 de junho

Último dia de aula. Último sanduíche de manteiga de amendoim e geleia em um pão branco cada vez mais duro.

Na verdade, hoje foi um sanduíche aberto. Acho que o pão da cantina acabou, o que é uma ótima razão para terminar o ano letivo.

Megan dividiu seu sanduíche aberto de manteiga de amendoim e geleia em quatro pedaços. Ela me ofereceu um, mas recusei.

— Eu fico com a parte dela — falou Sammi. — Não tenho vergonha de pedir.

— Você não precisa pedir — falou Megan, dando a Sammi dois pedaços. Brian e Jenna ficaram com os outros dois.

Sammi parecia esfomeada, comendo um sanduíche e meio.

Depois do almoço, quase todos foram para casa. Não havia sentido em ficar na escola depois de a comida acabar.

Fui para casa, vesti um maiô e fui até Miller's Pond. O tempo já está quente o suficiente para nadar há algumas semanas, mas a água do lago ainda está bastante fria. A natação e a tremedeira me impediram de pensar em como estava faminta.

Mas, quando saí do lago e me sequei, comecei a pensar em manteiga de amendoim e geleia. Será que sobrara alguma coisa? Será que o pão da cantina acabou, mas ainda havia manteiga de amendoim e geleia guardadas? Será que os professores, zeladores ou o pessoal da cantina ficaram com as sobras? Será que o comitê escolar pegou o resto da manteiga de amendoim e da geleia? Será que sobrou mais manteiga de amendoim ou mais geleia? Talvez não houvesse sobras de geleia, apenas de manteiga de amendoim. Ou talvez houvesse vidros e vidros de geleia, mas nada de manteiga de amendoim. Talvez tivesse sobrado até bastante pão, mas eles não queriam dar para os alunos.

Hoje comemos uma lata de atum e uma lata de ervilhas no jantar. E eu não consegui parar de pensar em manteiga de amendoim e geleia.

SEIS

11 de junho

Papai ligou. Ou melhor, ligou e conseguiu falar conosco. Ele disse que tentou ligar várias vezes ao dia nas duas últimas semanas. Nós acreditamos, já que também tentamos ligar para ele e não conseguimos.

Foi ótimo ouvir sua voz. Papai falou que ele e Lisa estavam bem e não há nenhum problema com a gravidez. E disse que os supermercados de Springfield estão todos fechados, mas que eles têm uma boa quantidade de comida em casa. "Até agora, está tudo bem."

Mamãe também recebeu uma ligação do acampamento de Jonny hoje, e eles ainda planejam abrir. Portanto, o plano continua sendo Jonny ir para o acampamento, e, depois, mamãe e eu irmos até lá, buscá-lo, e ela nos levar para Springfield. Papai perguntou a Matt se ele viria também, mas Matt disse que acha que mamãe vai precisar dele por perto em agosto, por isso ficará em casa.

Sei que isso magoou o papai, apesar de ser verdade e ele provavelmente saber disso. De todo modo, ele disse que talvez Matt pudesse vir junto e, ao menos, vê-los. Poderíamos jantar juntos. Por um instante, esquecemos que todos os restaurantes estão fechados. Por um instante, as coisas pareceram normais de novo.

Matt falou que gostou da ideia, e mamãe disse que adoraria ter companhia na viagem de volta.

Jonny perguntou se papai sabia alguma novidade sobre o Red Sox. Ele disse que achava que os jogadores estavam bem, mas que realmente não tinha certeza. Acho que papai deveria imaginar que Jonny perguntaria algo assim e deveria ter pensado em uma resposta. Ele poderia ter mentido e dito que todos estavam bem.

Mas, sabendo o quanto Jonny é fanático pelos Yankees, talvez papai devesse ter dito que o estádio de Fenway está boiando no mar.

12 de junho

Peter veio à tarde e nos trouxe uma lata de espinafre.

— Sei que é bom para mim — disse ele. — Mas realmente detesto comer isso.

Mamãe riu, como costumava fazer antigamente.

— Fique para o jantar — convidou ela. — Prometo não servir espinafre.

— Não posso — respondeu. — Não deveria me afastar do hospital agora, mas precisava descansar, ao menos por uma hora.

Todos sentamos no solário, felizes por ter uma visita. Mas era óbvio que Peter não estava relaxando.

Finalmente, mamãe disse:

— Se esta é uma consulta a domicílio, ao menos nos diga que doença temos.

Peter riu, mas era o tipo de risada falsa que costumo ver ultimamente.

— Vocês não estão doentes — afirmou. — Mas eu queria lhes dizer para começar a usar qualquer repelente de inseto que vocês tenham. E se souberem de um lugar que ainda venda algum, comprem. Paguem o preço que for, mas comprem.

— Por quê? — perguntou Jonny. Acho que mamãe, Matt e eu não queríamos saber.

— Vi três casos de febre do Nilo Ocidental na última semana — respondeu Peter. — E soube por outros médicos que eles também estão vendo casos por aí. Ouvi rumores sobre malária. São boatos, mas isso não significa que não seja verdade.

— Doenças transmitidas por mosquitos — disse Matt.

— Exatamente — confirmou Peter. — Os mosquitos parecem estar felizes, mesmo quando ninguém mais está.

— Temos um pouco de repelente que sobrou do verão passado — lembrou mamãe. — Mas não sei quanto tempo vai durar.

— Usem roupas que cubram o corpo — avisou Peter. — Vistam meias, camisas de mangas compridas e calças quando estiverem fora de casa. Não usem perfume. E matem qualquer mosquito que vocês virem por perto.

Tenho certeza de que são bons conselhos, mas vou continuar nadando em Miller's Pond. Não sei o que vou fazer se mamãe tentar me impedir.

15 de junho

Choveu nos últimos dias, tempestades fortes. Mas não houve apagões. Se não há eletricidade, não tem como haver apagões.

Hoje de manhã, a energia elétrica voltou por alguns minutos e então Jonny gritou:

— Ei, vejam, é um "acendão".

Esse é o tipo de piadas que fazemos agora.

Na verdade, até que estava aconchegante com a chuva. Não podíamos ir a lugar algum, por isso ficamos em casa lendo, jogando e fingindo não nos preocuparmos. Era como se estivéssemos presos em casa por causa de uma nevasca, só que sem neve.

Mas hoje o sol está brilhando, e, apesar de a luz da Lua ser estranha em pleno dia, o sol ainda é um grande alívio. Nenhuma umidade, a temperatura em cerca de 26 graus: o tempo perfeito.

Sem avisar a mamãe, vesti o maiô, uma calça jeans e uma camiseta e fui para Miller's Pond. Cheguei por volta das 10h, e já havia algumas pessoas lá, aproveitando o tempo bom.

Dan estava entre elas e foi muito bom vê-lo. Nadamos pelo lago, apostamos corrida (ele ganhou, mas por pouco) e brincamos de pega-pega na água com outros nadadores.

Pareciam as férias de verão.

Depois de sairmos da água, nos secamos à luz do sol. Estava um pouco lamacento ao redor do lago, e tivemos que matar alguns mosquitos, mas até isso nos lembrou do verão.

Dan e eu conversamos deitados sob o sol. Primeiro, tentamos falar sobre coisas sem importância, mas ultimamente não há muita coisa sem importância.

— Ano que vem, estarei no último ano do colégio — disse ele.

— Supondo que haverá aulas no ano que vem. Supondo que haverá um ano que vem.

— Haverá um ano que vem — afirmei. Naquele momento, era impossível não pensar assim.

Dan sorriu.

— Percebi que você não está garantindo que haverá aula — considerou ele.

— Com minha sorte, haverá — disse —, e minhas notas deste ano valerão para o ano que vem.

— Meus pais e eu íamos olhar algumas faculdades agora no verão — contou ele. — Visitar algumas universidades no caminho até a casa de meus avós. Eles moram na Flórida. — Fez uma pausa. — Moravam. Achamos os nomes deles em uma lista.

— Lamento — disse eu.

— Eles gostavam de lá — observou. — Estavam sempre ocupados. Achamos que deve ter sido tudo muito rápido, com os primeiros tsunamis. Eles moravam em frente à praia, e provavelmente foi o que aconteceu.

— Os pais de minha mãe morreram há séculos — comentei. — Quando ela era pequena. Ela foi criada pelos avós, na casa em que moramos agora. A mãe de meu pai está em Las Vegas, e nós sabemos que ela está bem.

— Eu tento não pensar sobre isso — disse ele. — Isto é, sobre o que vai acontecer. Mas acabo pensando. E fico com tanta raiva. Sei que não é culpa de ninguém, mas o governo deveria ter feito alguma coisa.

— Como o quê? — perguntei.

— As pessoas deveriam ter sido avisadas — disse ele. — Os moradores do litoral deveriam ter sido evacuados. Mesmo se fosse um alarme falso. E deve haver algo que se possa fazer sobre a eletricidade. E o preço da gasolina. E a comida. Em algum lugar, deve haver comida que não está chegando até nós.

— Eu acho que ficar com raiva não resolve coisa alguma — ponderei.

Nós dois matamos mosquitos e começamos a rir. Matar em uníssono parecia um balé. E, então, Dan disse a coisa mais incrível:

— Se houver um mundo — começou ele — e se houver aula, você gostaria de ir ao baile de formatura comigo no ano que vem?

— Só se você me der um buquê — disse eu. — E formos de limusine.

— Uma das grandes — retrucou ele. — E será de orquídeas.

— Você em um smoking — continuei. — E eu em um vestido longo.

— Seremos o rei e a rainha do baile — garantiu Dan.

— Seria uma honra, vossa majestade — disse eu.

Dan curvou-se e beijou minha mão. Nossos rostos se encontraram e nos beijamos. De verdade. Foi o momento mais romântico de minha vida e teria sido ainda mais romântico se um garotinho não tivesse gritado:

— Uuuh, beijo, eca!

E isso acabou com o clima.

Fomos andando para a minha casa e nos beijamos novamente na frente da porta.

— Está marcado — disse ele.

—Verei você antes disso, não é? — perguntei. — O baile de formatura é daqui a um ano.

Ele riu.

— Encontre-me no lago amanhã — disse ele. —Às 10h, se não estiver chovendo.

— Estarei lá — respondi, e nos despedimos com um beijo.

Foi um momento totalmente mágico, então, naturalmente, tinha que ser interrompido por Jonny.

Ele abriu a porta, deu uma olhada em Dan e falou:

— Mamãe está furiosa. Melhor falar com ela.

Encontrei-a no solário.

— Onde você esteve? — gritou ela.

— Saí — respondi. Uma das melhores respostas de todos os tempos: "saí."

— Sei disso. Saiu para onde? O que você estava fazendo?

A VIDA COMO ELA ERA • 99

— Nadando — disse eu. — Em Miller's Pond. E eu pretendo continuar fazendo isso durante todo o verão, então não venha com sermões sobre mosquitos, está bem?

Acho que nunca vi mamãe tão zangada. Por um momento, realmente acreditei que ela fosse me bater, coisa que nunca fez.

Não sou completamente idiota, por isso, pedi desculpas.

— Sinto muito — disse eu. — Mas o que exatamente eu fiz de errado?

— Você saiu daqui sem me dizer para onde ia ou quanto tempo ia demorar — respondeu minha mãe.

— Não sabia que precisava — argumentei. — Saio sem avisar há anos.

— A vida não está normal — lembrou, e pude ver que tinha se acalmado um pouco. — Pensei que você tivesse idade o bastante para entender isso.

— E eu pensei que eu tivesse idade o bastante para sair em plena luz do dia sem que isso se tornasse uma crise — respondi.

— A idade não tem nada a ver com isso — observou ela. — Como você se sentiria se olhasse ao redor, não me encontrasse e não tivesse ideia de onde fui, ou por quê, ou quando voltaria? Pense nisso, Miranda. Como você se sentiria?

Pensei naquilo e senti um aperto no estômago.

— Eu ficaria apavorada — confessei.

Mamãe deu um meio-sorriso.

— Que bom — comentou. — Odiaria saber que você não sentiria minha falta.

— Mãe, me desculpe — disse eu. — A verdade é que tive medo de você me dizer que eu não podia ir. E eu queria tanto. Então saí sem avisar. Lamento muito.

— Por que eu diria para você não ir? — perguntou ela.

— Por causa dos mosquitos — admiti. — A febre do Nilo Ocidental, malária e tudo o mais.

—Ah, sim — disse minha mãe. — E tudo o mais.

Respirei fundo e esperei mamãe me dizer para nunca mais sair de casa novamente. Mas ela não falou nada.

— Então? — perguntei, já esperando que ela dissesse não, que eu gritasse com ela e nós tivéssemos uma briga realmente feia.

— Então o quê? — perguntou ela.

— Posso ir a Miller's Pond?

— Claro que pode — respondeu ela. — Adoraria enrolar você, Matt e Jonny em mantas e protegê-los de tudo, mas sei que não posso. Vocês precisam ter um pouco de diversão. Para você, é nadar Para Jonny, é o beisebol, e, para Matt, correr.

— E para você? — perguntei.

— Jardinagem — respondeu ela. — Mesmo que este ano esteja cultivando vegetais, e não flores. Não vou desistir do jardim apenas porque há uma chance de pegar febre do Nilo Ocidental. Não espero que você pare de nadar. Havia outras pessoas no lago?

—Algumas. Incluindo Dan, da equipe de natação.

— Muito bem — comentou. — Prefiro pensar que há pessoas lá, por segurança. Só me avise, a partir de agora, aonde você está indo.

— Amo você — disse eu. Não me lembrava da última vez que tinha dito isso para mamãe.

— Amo você também, querida — respondeu ela. — Está com fome? Quer almoçar?

Pensei em como era estranho mamãe perguntar se eu queria almoçar e não o que eu queria almoçar.

— Não estou com muita fome — menti. —Talvez eu coma mais tarde.

A VIDA COMO ELA ERA • 101

— Está bem — respondeu ela. — Estarei no jardim, se precisar. Tem algumas ervas daninhas lá fora à minha espera.

Fui para o quarto, tirei o maiô ainda úmido e vesti uma camiseta e um short. Pensei em mamãe, em Dan me beijando, em como estava faminta e em quanto tempo conseguiria ficar sem comer. Pensei em mosquitos, no baile e no fim do mundo.

E então saí e ajudei mamãe com as ervas daninhas.

16 de junho

Dan e eu nadamos. E nos beijamos também. Gosto tanto das duas coisas que não sei qual prefiro.

17 de junho

Hoje mamãe foi ao correio e voltou para casa com um sorriso no rosto. Não há mais entrega de cartas, por isso ela vai à cidade algumas vezes durante a semana e pega a correspondência. A única coisa que recebemos são cartas (as pessoas estão escrevendo mais, pois não há outro modo de comunicação). Ah, claro, e contas. As contas nunca param. Mas nenhuma propaganda ou catálogos. Apenas cartas e contas, e não há como saber quanto tempo isso vai durar.

Vi mamãe conversando com Jonny sobre algo e, então, hoje à noite, ela nos contou o que houve.

— Recebi uma carta do acampamento de beisebol de Jonny — revelou ela durante o jantar (salmão, cogumelos em conserva e arroz). — Ele vai começar na data marcada. Lá tem comida suficiente para umas duas semanas e deve ficar aberto, no mínimo, por esse período. Mas tem uma pegadinha.

— Pegadinha — comentou Matt comigo. — Isso é jargão de beisebol.

Fiz uma careta para ele.

— Que pegadinha? — perguntei.

— Os proprietários do acampamento têm uma fazenda no terreno — contou mamãe. — Além de jogar beisebol, os garotos trabalharão na fazenda. E terão leite fresco e ovos, além de legumes.

— Uau! — exclamei e falava sério. Ainda penso nos dois ovos que a sra. Nesbitt trouxe. — Isso é ótimo. Parabéns, Jonny.

— É, vai ser legal — respondeu ele.

Acho que Jonny preferia só jogar beisebol.

Olhei para mamãe e ela estava praticamente radiante de felicidade. Durante duas semanas, talvez até mais, Jonny terá comida fresca e não apenas enlatada. Ovos, leite e legumes. Durante duas semanas, haverá uma pessoa a menos para se preocupar.

Não é à toa que mamãe estava sorrindo.

19 de junho

Dia dos Pais. Tentamos ligar para papai algumas vezes, mas sem sucesso. De vez em quando, ainda conseguimos fazer ligações locais, mas não me lembro da última vez que tivemos sorte com as chamadas de longa distância.

Fico imaginando se papai tentou nos ligar, se ficou magoado por não telefonarmos ou se ele sequer pensou em nós. Talvez seja bom Lisa estar grávida.

Sei que isso é besteira. Verei papai em algumas semanas, passarei um mês com ele, Lisa e Jonny em Springfield. E ele deve pensar em nós tanto quanto pensamos nele.

Mais do que nós, provavelmente. Às vezes, um dia inteiro passa e eu me dou conta de que não pensei em papai nem uma vez.

21 de junho

Está amanhecendo e estou escrevendo agora porque acabei de acordar de um pesadelo, mas é tarde demais para voltar a dormir e cedo demais para sair da cama.

Ontem foi um dia chato. Está muito quente, mais de 32 graus todos os dias na última semana, e as noites não estão mais frescas. Geralmente a eletricidade volta no meio da noite e nunca funciona por mais que uma hora, então a casa não refresca nem mesmo com o ar-condicionado central ligado. Mamãe recebeu uma carta da companhia elétrica na última semana, desculpando-se pelo inconveniente. Ela disse que é a primeira vez que uma empresa pública pediu desculpas a ela.

A melhor parte do dia é nadar no lago. Quando estou na água, sinto como se nada de ruim tivesse acontecido. Penso nos peixes, que não sabem o que está havendo. O mundo deles não mudou. Na verdade, provavelmente é melhor ser um atum, uma sardinha ou um salmão agora. Há menos chance de terminar como almoço de alguém.

Os mosquitos estão piorando ou talvez as pessoas estejam apenas preocupadas com a febre do Nilo Ocidental, mas há menos gente no lago. Isso seria bom para mim e para Dan, se Karen e Emily, da equipe de natação, não tivessem começado a ir para o lago na mesma hora que nós.

Nadar ficou mais divertido porque apostamos corridas, trocamos dicas e brincamos de jogos realmente competitivos de pega-pega na água. Mas, depois de nadar, é menos divertido, porque Dan e eu não podemos correr para o bosque para ficarmos a sós.

Não sei por que Karen e Emily estão indo na mesma hora que nós, se é uma coincidência ou se Dan lhes contou que é o horário em que nadamos.

Sinto falta de beijá-lo. Sinto falta da sensação ridícula de ter um namorado e estar em um encontro. Fico imaginando se, algum dia, terei um encontro de verdade novamente. Tudo está fechado: os restaurantes, os cinemas e o rinque de patinação. Dan pode até ter carteira de motorista, mas ninguém mais dirige por dirigir, e ele mora do outro lado da cidade.

Isso é tudo muito idiota. Mas acho que é uma das razões por que tive o pesadelo.

Peter apareceu à noite. Trouxe um vidro de nozes variadas. Mamãe olhou para o pote como se fosse um jantar de cinco pratos no Dia de Ação de Graças: peru com recheio, purê de batata, batata doce, vagem, salada, sopa e torta de abóbora. Ou talvez isso tenha sido o que eu pensei.

— Sou alérgico a amendoim — disse Peter, como se pedisse desculpas. — Alguém me deu isso há alguns meses e ele ficou esquecido no armário.

Mamãe convidou-o para o jantar e, em sua homenagem, preparou quase um banquete. Ela abriu uma lata de frango e misturou algumas passas brancas nele, o que quase parecia uma salada de frango, se você pensar que salada de frango é frango em lata e passas brancas. Ela também serviu beterraba e vagem com cebolas em conserva. De sobremesa, cada um recebeu um figo e uma romã.

— E pensar que isso é o mais próximo que cheguei de um romance — comentei e todos riram, talvez por tempo demais.

A VIDA COMO ELA ERA • 105

Quando mamãe colocou a vagem e a cebola na mesa, Jonny perguntou se era Natal. Tenho que admitir que as cebolas pareceram demais para mim também. Mamãe e Peter não comeram muito, embora ele tenha fingido que foi a melhor refeição que já fez. Assim, sobrou mais comida para Matt, Jonny e eu, e nós certamente comemos tudo.

Peter sempre traz a morte com ele, junto com espinafre e amendoins. Ele disse ter visto vinte casos de febre do Nilo Ocidental durante a semana, além de cinco mortes. Falou também que duas pessoas morreram com alergia alimentar.

— As pessoas estão tão famintas que estão se arriscando a comer alimentos aos quais são gravemente alérgicas — contou.

Ele e mamãe foram para o quintal depois do jantar e se sentaram no balanço. Eu conseguia escutá-los sussurrando, mas não tentei ouvir o que diziam. Deve ser horrível ser médico atualmente. Antes, ele curava as pessoas. Agora, elas apenas morrem.

Peter foi embora antes do pôr do sol. Ele estava de bicicleta e, com a iluminação da rua desligada, é perigoso sair de casa depois de escurecer. Além disso, sem energia elétrica, quase todos vão para a cama depois que o sol se põe.

— Estamos dormindo com as galinhas — mamãe costuma dizer.

Ela parou de nos lembrar que podemos usar as lanternas apenas para trocar de roupa e ir para a cama. Todos já percebemos a importância do estoque de pilhas.

Talvez por causa da natação e da brincadeira que fiz sobre romance, sonhei que Dan e eu tivemos um encontro de verdade. Ele me buscou em casa, me deu um buquê de flores, e fomos de carro para um parque de diversões.

Foi muito divertido. Andamos no carrossel e na roda gigante. Entramos em uma montanha-russa incrível que descia a 160 quilômetros por hora, mas eu não senti medo, estava adorando. E, enquanto ela corria, nos beijamos. Foi extraordinariamente emocionante.

— Estou com fome — falei, e o sonho mudou. Agora Dan não estava mais lá. Eu estava em uma barraca e havia mesas compridas cheias de comida. Havia tantas coisas para escolher: frango frito, salada de atum de verdade, pizza, legumes e frutas. Laranjas do tamanho de toranjas. E até sorvete.

Resolvi comer um cachorro-quente completo. Exagerei na mostarda, no ketchup, nos acompanhamentos, no chucrute e na cebola picada sobre a salsicha. Estava prestes a dar uma mordida quando ouvi alguém dizer:

—Você só pode comer depois de pagar.

Virei-me e olhei para o caixa. Peguei minha carteira e estava indo pagar quando percebi que quem estava lá era Becky.

— Você não pode pagar com dinheiro — avisou ela. — Aqui é o Céu e você tem que morrer antes de poder comer o cachorro-quente.

Olhei ao redor da barraca com mais atenção. Todos ali eram pessoas que já haviam morrido, como o sr. Nesbitt, vovô, os avós de minha mãe e meu professor de matemática do sétimo ano, o sr. Dawkes. Anjos serviam a comida, e até Becky estava vestida com uma roupa branca e tinha asas.

— Quero muito o cachorro-quente — disse eu. — Mas não quero morrer.

—Você não pode ter tudo o que quer — rebateu ela.

— Não seja descuidada — disse o sr. Dawkes. Era isso o que ele sempre dizia quando devolvia um teste em que eu cometera muitos erros bobos. O que era até bastante engraçado, já que ele morreu ao ultrapassar um sinal vermelho na Washington Avenue.

Lembro-me de implorar pelo cachorro-quente e de Becky tirá-lo de mim e comê-lo. Nunca quis tanto alguma coisa como queria aquele sanduíche.

Acordei com a garganta queimando e um gosto de bile na boca. Nem gosto tanto assim de cachorro-quente.

O que eu queria mesmo são panquecas, do tipo que mamãe costumava preparar em ocasiões especiais. Panquecas com manteiga e calda quente. Agora que pensei sobre isso, temos mistura para panqueca e calda. Fico imaginando se realmente poderíamos fazer panquecas. Fico imaginando se acordar viva é uma ocasião especial o suficiente.

Quando mamãe acordar, perguntarei a ela sobre as panquecas, mas não sobre o que seria uma ocasião especial. Acho que ela quer que nós pensemos que vamos acordar todas as manhãs por muitos anos.

Talvez mamãe esteja certa. O nascer do sol está bonito. Nós todos ainda estamos vivos e eu realmente não estou pronta para ir para o Céu. Não enquanto eu puder nadar em Miller's Pond, ir a encontros imaginários com Dan e sonhar com a possibilidade de comer panquecas com calda quente por cima.

22 de junho

O melhor dia em muito tempo.

Para começar, mamãe fez panquecas. Bem, não eram panquecas como nos lembrávamos delas, mas quase isso. Água em vez de leite, claras de ovos desidratadas em vez de ovos (o que as deixou mais fofas e menos pesadas), sem manteiga, mas com muita calda.

Nós adoramos. Mamãe sorriu como não a via sorrir há semanas. Jonny pediu para repetir e mamãe preparou mais para ele; para todos nós, na verdade, porque comemos feito leitões. Mamãe pediu a Matt para buscar a sra. Nesbitt e ela ganhou panquecas também.

Foi incrível não sentir fome, querer comer mais ou desejar algo diferente.

Então, depois de fazer a digestão (mamãe insistiu), fui para o lago. Dan já estava lá e Emily também, mas Karen não apareceu. O dia estava um pouco cinza, mas ainda estava úmido e quente, e a água estava ótima. Nadamos, apostamos corrida e nos divertimos. Depois – mas que dia feliz – Emily teve que ir embora para fazer alguma coisa em casa, e Dan e eu ficamos a sós (bem, havia meia dúzia de pessoas além de nós no lago, mas não as conhecíamos, então era como se estivéssemos a sós).

Continuamos nadando mais um pouco e depois saímos da água, nos enxugamos (não foi o tipo de dia em que podíamos nos secar ao sol) e demos uma pequena caminhada pelo bosque ao redor do lago.

Foi maravilhoso. Demos as mãos, nos abraçamos, nos beijamos. Conversamos também e passamos algum tempo sem fazer nada, apenas sentados em silêncio, deixando as árvores e os pássaros nos envolverem.

Mas, sob toda essa felicidade, eu me perguntava se Dan teria me notado se as coisas estivessem normais. Claro, ele era legal comigo na escola e nas aulas de natação, mas há uma grande diferença entre elogiar minha braçada de crawl e me abraçar apertado no meio do mato enquanto nos beijamos.

Se, um dia, alguém ler esse diário, com certeza morrerei de vergonha.

Dan me trouxe para casa, mas não entrou. Era hora do almoço e há um acordo tácito de que não podemos visitar os outros na hora das refeições (Peter não parece entender isso, mas ele sempre traz comida).

Quando entrei na cozinha, havia um cheiro diferente e agradável que não consegui identificar, e então vi mamãe esmurrando uma coisa branca irregular. E ela sorria de verdade enquanto batia.

— Estou fazendo pão — disse ela. — As panquecas me fizeram pensar no que tínhamos e me lembrei de ter comprado fermento. Guardei na geladeira e me esqueci dele, mas lá estava. Estou usando água em vez de leite, mas não tem problema. Vamos ter pão fresco.

— Você está brincando — falei. Parecia bom demais para ser verdade.

— Tenho fermento o suficiente para seis pães — disse mamãe. — Estou assando dois hoje: um inteiro para nós, uma metade para a sra. Nesbitt e a outra para Peter. Assim que terminarmos nosso pão, assarei outro. Não tem sentido guardar. Comeremos pão enquanto pudermos. E então procurarei receitas sem fermento e teremos alguma coisa parecida com pão até a farinha acabar. Só queria ter pensado nisso antes.

— Podemos guardar um pouco para o outono — sugeri. — Depois que Jonny e eu voltarmos de Springfield.

E apenas porque era um desses dias especiais, assim que acabei de falar, o telefone tocou. Fazia tanto tempo que não ouvia aquele som, que praticamente tive um ataque do coração. Atendi e era papai. Jonny e Matt estavam no parque, por isso não falaram com ele, mas eu falei.

Foi muito bom ouvir sua voz. Ele e Lisa estão bem. Ela se consultou com o obstetra e o bebê está saudável. Papai disse que tenta telefonar para nós, para a vovó e para os pais de Lisa três vezes por dia. Ele conversou com a vovó há alguns dias e ela está bem. Lisa conseguiu falar com os pais há uma semana e eles estão bem também.

Ele disse que mal pode esperar para nos ver e tem certeza de que vamos conseguir nos virar. Springfield não tem tido nenhuma entrega de alimentos nas últimas semanas, mas ele e Lisa armazenaram algumas coisas quando tudo começou a acontecer. Os dois têm alguns amigos que saíram de lá rumo ao sul e deixaram para eles todas as suas comidas em lata e em caixa. Além disso, papai ouviu dizer que os agricultores locais estão plantando comida e que alguns caminhões estão nas estradas novamente; e depois, as coisas não podem ficar assim para sempre.

Ouvir papai dizendo tudo isso e sentir o cheiro de pão que vinha da cozinha me fez ficar mais otimista.

Mamãe ficou orgulhosa quando os pães saíram do forno. Eles têm uma cor marrom-dourada e um gosto muito melhor que o pão comprado pronto. Matt foi de bicicleta até a casa da sra. Nesbitt e ao consultório de Peter e entregou-lhes as guloseimas.

Jantamos manteiga de amendoim e geleia no pão fresco. Foram sanduíches abertos porque cortamos as fatias de pão grossas.

Mamãe disse que, se continuarmos a comer assim, terminaremos gordos e subnutridos, mas não me importo. Foi maravilhoso.

Então, já que tudo que é bom sempre pode ficar melhor, a eletricidade voltou às 19h, quando finalmente seria útil. E permaneceu funcionando durante três horas inteiras.

Mamãe lavou roupa três vezes e conseguiu usar a secadora duas vezes. Eu passei o aspirador na casa inteira. Lavamos todos os pratos

A VIDA COMO ELA ERA • 111

no lava-louça. Ligamos o ar-condicionado central e esfriamos a casa. Para completar, Matt assou uma fatia de pão na torradeira e todos beliscamos. Eu tinha me esquecido de como as torradas são gostosas: crocantes por fora e macias por dentro.

Há alguns dias, Matt foi até o sótão e trouxe um aparelho de tevê preto e branco de verdade, com uma antena embutida. Mamãe diz que elas eram conhecidas como orelhas de coelho, o que eu acho bastante bobo.

Já que tínhamos luz, ligamos a tevê e conseguimos sintonizar em duas emissoras. Não conseguimos mais sinal nos outros aparelhos — não temos mais recepção da tevê a cabo.

Ver uma imagem na tevê foi emocionante. Uma das emissoras era religiosa. A outra reprisava programas como Seinfeld e Friends. Adivinhe qual canal escolhemos?

Assistir a séries de tevê foi como comer torrada. Há dois meses, isso era tão normal na minha vida que eu nem percebia. Mas agora é como se fosse uma mistura de Papai Noel, Coelho da Páscoa, Fada dos Dentes e o Mágico de Oz.

Temos lençóis limpos para dormir, uma casa limpa, roupas limpas, louça limpa. Passamos a noite rindo. Quando fomos para a cama, a temperatura não era de 32 graus. Não estamos com fome. Não estamos preocupados com papai. E sei como é a sensação de ser beijada por um garoto.

Se eu pudesse, repetiria o dia de hoje várias e várias vezes. Não posso imaginar um dia mais perfeito.

24 de junho

Estou tão irritada com mamãe que poderia gritar. E não ajuda em nada o fato de que ela está furiosa comigo também.

O dia começou ótimo. O sol estava brilhando e o tempo, perfeito para nadar. Havia pão suficiente para cada um de nós comer uma fatia no café da manhã. Mamãe trouxe alguns morangos do jardim e cada um ganhou dois.

Fui para o lago e nem me importei que Karen e Emily estivessem lá. Nadamos, apostamos corrida e nos divertimos.

Acho que elas desconfiam que algo está acontecendo entre mim e Dan, porque, ao sairmos do lago, elas logo sumiram. Dan e eu demos nosso passeio pelo bosque. Quando estamos juntos, sinto como se tudo fosse dar certo. Gosto de pensar que faço ele se sentir assim também.

Dan me levou em casa e encontramos mamãe na entrada da garagem.

— Estou indo comprar gasolina — disse ela. — Dan, quer uma carona para a cidade?

Dan disse que sim e perguntei se eu podia ir também. Mamãe concordou. Nós também buscamos a sra. Nesbitt, pois ela queria ir à biblioteca.

Dois postos de gasolina na cidade ainda têm combustível. Você entra na fila e paga adiantado: doze dólares pelo galão ou trinta e cinco dólares por três galões, apenas com dinheiro trocado e um máximo de três galões. Normalmente, demora uma hora para pegar a gasolina. Depois, você vai ao outro posto e compra mais três galões. Em seguida, se tiver tempo e dinheiro, você volta para o primeiro posto e começa tudo de novo.

Por isso, enquanto mamãe espera na fila, há tempo suficiente para ir à biblioteca ou fazer outra coisa. Muitas vezes, mamãe deixa Matt e Jonny no parque e eles jogam beisebol enquanto ela espera a gasolina. Mas, como tínhamos certeza de que iria chover, eles

A VIDA COMO ELA ERA • 113

resolveram não ir e, por isso, tinha espaço para a sra. Nesbitt, Dan e eu.

Mamãe entrou na fila e a sra. Nesbitt, Dan e eu caminhamos até a biblioteca. Poucos lugares ainda estão abertos na cidade, por isso a biblioteca se tornou bem popular. Claro que não é como antigamente. Sem eletricidade, lá dentro está bastante escuro. Não dá para escanear os livros e os empréstimos funcionam em um sistema de honra. Quatro livros por pessoa e você deve devolvê-los assim que puder.

Temos muitos livros em casa, mas mamãe tem insistido para que Matt, Jonny e eu usemos a biblioteca o máximo possível. Acho que ela tem medo de que não fique aberta por muito mais tempo.

Todos pegamos livros para levar. Guardei os da sra. Nesbitt e os meus na minha mochila. Dan e eu nos beijamos entre as estantes e, depois, quando saímos da biblioteca, ele foi na direção de sua casa, e a sra. Nesbitt e eu fomos para o posto de gasolina para fazer companhia para mamãe enquanto ela esperava.

Mas, enquanto caminhávamos, vi uma fila longa no pátio da escola primária. Havia cerca de cinquenta pessoas nela, e vimos alguns policiais por perto para garantir que todos permanecessem em seus lugares.

Corri para ver o que estava acontecendo.

— Eles estão dando comida — disse um homem. — Uma sacola por família.

Acenei para que a sra. Nesbitt fosse até lá e a deixei na fila.

— Vou buscar Dan — avisei. — Encontraremos com a senhora aqui.

Então corri — literalmente — até a casa de Dan. Não demorei muito para encontrá-lo e explicar o que estava acontecendo. Nós dois corremos de volta para o pátio da escola. Quando chegamos lá, a sra. Nesbitt estava umas vinte pessoas à nossa frente. Não podíamos simplesmente furar a fila e nos juntar a ela, mas gritamos para avisar que estávamos lá.

Não havia problemas na fila, já que os policiais estavam se certificando de que nós nos comportássemos. As crianças que poderiam estar choramingando estavam brincando nos balanços e foi bom vê-las se divertindo. Nós todos estávamos animados para receber a comida, mesmo que não soubéssemos exatamente o que seria. Era como se fossem compras de Natal.

De vez em quando, um dos policiais explicava as regras para nós. Uma sacola por família. Todas as sacolas eram idênticas. Quem criasse confusão não receberia a sacola. Não era necessário pagar, mas um agradecimento cairia bem.

Não nos importamos quando começou a chover. Foi uma garoa. Como estava muito úmido, achamos que ela limparia o céu e o tempo voltaria a ficar bom.

Dan e eu demos as mãos, rimos e aproveitamos nosso tempo juntos. Nos esticamos para a frente para ver o que acontecia e aplaudimos quando a sra. Nesbitt finalmente entrou na escola. Aplaudimos de novo quando ela saiu, carregando uma sacola.

Finalmente, chegou a nossa vez. Havia mais policiais dentro da escola, nitidamente vigiando as sacolas. Foi assustador vê-los com armas de verdade.

Mas todos se comportaram muito bem. Quando alguém chegava à frente da fila, tinha que mostrar um documento de identidade contendo o seu endereço. Por sorte, Dan e eu estávamos com nossos cartões da biblioteca. Cada um de nós recebeu uma sacola plástica

A VIDA COMO ELA ERA • 115

e foi orientado a sair, o que nós fizemos. Quando chegamos lá fora, vimos os policiais dizendo às pessoas para não entrarem na fila; a comida estava acabando.

Encontramos a sra. Nesbitt do lado de fora do parquinho.

— Tem arroz — comentou ela. — E feijão, e todo tipo de mantimentos.

Eu fiquei tão animada que dei um beijo em Dan bem na frente da sra. Nesbitt. Não que ela tenha parecido chocada. Dan me deu um abraço e se despediu.

— Minha mãe vai ficar tão feliz — disse ele, o que resumia muito bem a situação.

— Talvez aconteça mais vezes — falei. — Talvez seja o começo de tempos melhores.

— Tomara — respondeu. Ele me beijou de novo e foi para casa.

Peguei a sacola da sra. Nesbitt e fomos andando para o posto de gasolina. Eu não conseguia parar de pensar em como mamãe ficaria animada ao ver que eu estava levando comida.

É uma caminhada de mais de meio quilômetro até o posto de gasolina e a chuva já estava mais pesada, com relâmpagos soando ao longe. Comentei com a sra. Nesbitt que queria ter um guarda-chuva para ela, mas ela apenas riu.

— Não vou derreter — respondeu.

Quando chegamos, não encontramos o carro de mamãe, o que significava que ela já estava a caminho do segundo posto de gasolina. Foram mais cinco quarteirões de caminhada. A sra. Nesbitt e eu estávamos encharcadas quando finalmente a encontramos, mas isso não importava. Tínhamos arroz e feijão, leite em pó, sal, caixas de mistura para sopa, vegetais desidratados, cereais e gelatina de limão.

Havia apenas dez carros à frente de mamãe quando chegamos. Eu já estava muito molhada, então me ofereci para descer do carro e pagar, o que fiz. Foi tão estranho entrar na loja de conveniência e vê-la com as prateleiras completamente vazias e cartazes dizendo: O CAIXA ESTÁ ARMADO E FOI TREINADO PARA ATIRAR.

Imaginei que a sra. Nesbitt estaria contando a mamãe sobre a comida e a fila enquanto eu pagava pela gasolina. Tudo o que sei é que ela estava com um humor ótimo antes de eu sair do carro e muito quieta quando voltei.

Não sei se mamãe achou que seis galões eram suficientes para um dia ou se queria levar a sra. Nesbitt para casa porque ela estava muito molhada, mas voltamos logo depois e a deixamos em casa. Qualquer esforço de minha mãe para parecer sociável enquanto a sra. Nesbitt ainda estava no carro terminou assim que ficamos a sós.

— O quê? — perguntei quando finalmente ficamos sozinhas. — O que eu fiz desta vez?

— Conversaremos em casa — respondeu ela. Os dentes dela estavam tão cerrados que ela parecia até uma ventríloqua.

Entramos na cozinha e eu joguei a mochila e a sacola de mantimentos sobre a mesa.

— Pensei que você fosse ficar feliz — disse eu. — Temos toda esta comida agora. O que fiz de errado?

— Às vezes, não entendo você — começou ela, como se a criatura agindo de forma misteriosa fosse eu. — Você viu as pessoas na fila e o que foi que fez?

— Entrei na fila — respondi. — Não era isso que eu deveria fazer?

A VIDA COMO ELA ERA • 117

—Você deixou a sra. Nesbitt lá e foi atrás de Dan — disse mamãe.
— Essa parece ser a parte de que se esqueceu.

— Certo — assenti. — Fui atrás de Dan e voltamos direto para a fila.

— E se a comida tivesse acabado quando você voltou? — perguntou minha mãe. — O que teria acontecido então?

— Então não teríamos todas essas coisas gostosas — disse eu. — Arroz, feijão e gelatina de limão. Eu não sabia que a comida acabaria em tão pouco tempo. Além disso, que diferença faz? Os mantimentos não acabaram, Dan conseguiu uma sacola para levar para casa, e eu e a sra. Nesbitt também. Não sei por que está tão irritada.

— Quantas vezes tenho que explicar a você? — perguntou ela. — A família é tudo o que importa. Dan tem que se preocupar com a dele e você com a sua. E, antes que comece a falar sobre Peter, ele traz comida sempre que vem aqui, e o mínimo que eu podia fazer era dar a ele um pouco de pão.

Eu teria mesmo mencionado Peter se ela não tivesse feito isso antes. E nem ousaria dizer que a sra. Nesbitt não era da família.

— Havia suficiente para todos nós — argumentei.

— Pura sorte — retrucou ela. — Não deixarei Jonny, Matt ou você morrerem de fome porque você quer ajudar um amigo. Não é hora para amizades, Miranda. Temos que nos preocupar apenas com nós mesmos.

— Mas não foi assim que você nos criou — questionei. — O que aconteceu com dividir e compartilhar?

— Compartilhar é um luxo — respondeu. — E não podemos arcar com luxos agora.

Por um momento, mamãe pareceu muito triste em vez de zangada. Vi nos seus olhos uma expressão que me lembrava de quando ela e papai se separaram.

—Você acha que vamos morrer — disse eu.

A tristeza imediatamente desapareceu e a raiva tomou seu lugar.

— Não repita isso! — gritou ela. — Nenhum de nós vai morrer. Não vou deixar isso acontecer.

Eu até tentei confortá-la.

— Está tudo bem, mãe — afirmei. — Sei que você está fazendo tudo o que pode por nós. Mas Dan e eu temos algo maravilhoso. Como você e Peter. É especial. Se não fosse assim, eu nunca diria a ele sobre a comida.

Mas mamãe não pareceu confortada. Surgiu em sua face um olhar horrorizado, quase igual ao daquela primeira noite.

—Você está dormindo com ele? — perguntou ela. —Vocês estão tendo um caso?

— Mãe!

— Se for isso, é melhor nunca mais vê-lo — advertiu. — Vou proibir você de ir até o lago. Não vou deixar que saia sozinha desta casa de novo. Entendeu? Não posso deixar você se arriscar a engravidar — falou, me agarrando pelos ombros e me puxando para bem perto de seu rosto. — Entendeu o que eu disse?!

— Entendi! — gritei. — Entendi que você não confia em mim.

— Se eu não confio em você, certamente não confio em Dan — disse ela. —Vocês dois não podem ficar a sós. Estão proibidos!

— Tente nos proibir! — gritei. — Eu amo Dan, ele me ama e nada do que você disser ou fizer vai nos impedir!

—Vá para seu quarto agora! — ordenou. — E não pense em sair de lá até eu deixar. AGORA!

Não precisei de nenhum incentivo. Corri para meu quarto e bati a porta o mais forte que pude. E então comecei a chorar. Foi um choro histérico e soluçante.

A VIDA COMO ELA ERA • 119

Não sou Sammi. Não sou idiota. Eu adoraria fazer amor com Dan. Adoraria fazer sexo com qualquer um antes deste mundo estúpido acabar. E mesmo tendo dito a mamãe que Dan e eu nos amamos, sei que não é verdade. Não temos um pelo outro o tipo de sentimento que eu quero sentir pelo primeiro homem com quem fizer amor.

Metade do tempo não consigo nem imaginar o que Dan está sentindo. Eu pensei que ele fosse tentar avançar o sinal comigo, mas não tentou. Nós nos beijamos, nos abraçamos e só.

E mamãe parece achar que somos animais no cio.

É tão injusto. Desde que as aulas acabaram, não vi Sammi nem Megan. Dan é praticamente o único amigo que me sobrou no mundo. Mesmo não tendo um caso, mesmo não sendo namorados, ele ainda é a única pessoa que vejo que não é da família, além de Peter. Eu rio com ele. Converso com ele. Me importo com ele. E mamãe faz isso parecer algo ruim, como se não pudéssemos mais ser amigos, como se a família fosse a única coisa que importasse.

Se é assim que o mundo é agora, espero que ele acabe logo.

Odeio mamãe por me fazer sentir desse jeito. Odeio mamãe por me fazer achar que, para cada dia bom, deve haver dez, vinte ou cem dias ruins.

Odeio mamãe por não confiar em mim. Odeio mamãe por me deixar com mais medo.

Odeio mamãe por me fazer odiá-la.

Eu a odeio.

25 de junho

Exceto por ir ao banheiro (e eu apenas fui quando achei que ninguém me veria), fiquei em meu quarto durante todo o dia de ontem. Deixei a porta fechada e, em um ataque de revolta que eu sabia ser idiota, li à luz da lanterna durante quatro horas.

Matt bateu à porta hoje de manhã.

— O café está servido — avisou.

— Nunca mais vou comer — respondi. — Assim haverá mais comida para você e Jonny.

Matt entrou no quarto e fechou a porta atrás de si.

— Pare de agir como um bebê — disse ele. —Você provou o que queria. Agora vá até a cozinha e tome o café da manhã. Talvez seja bom dar um beijo de bom-dia em mamãe enquanto estiver lá.

— Não vou falar com ela até que se desculpe — retruquei.

Que engraçado. Eu ainda sentia mais raiva do que fome. Ou, talvez, apenas soubesse que mesmo se tomasse café eu continuaria com fome, então não faria diferença.

Matt balançou a cabeça.

—Achei que fosse mais madura que isso — admitiu. — Esperava mais de você.

— Não ligo para o que você acha — respondi, o que era uma grande mentira. Eu me importo demais com o que Matt pensa de mim. — Não fiz nada de errado. Mamãe me atacou sem motivo algum. Por que você não diz que esperava mais dela?

Matt suspirou.

— Eu não estava aqui — disse ele. — Eu só ouvi a versão de mamãe sobre o que aconteceu.

— Ela se lembrou de dizer que foi horrível comigo? — perguntei. — Que ela agiu como se eu fosse uma criminosa? Ou ela se esqueceu de tudo isso?

— Se você quer saber se ela começou a chorar e disse que se sentia terrível pelo que houve, então a resposta é não — falou

Matt. — Mas ela se sente mal por você estar passando por tudo isso. Mamãe está no limite. Ela tem que cuidar de nós três e da sra. Nesbitt. E você a conhece. Ela também está preocupada com papai, Lisa e o bebê, e com Peter. Está morta de preocupação com Peter. Ele trabalha doze horas por dia, sete dias por semana e ela não tem ideia se ele está comendo.

Pensei que eu fosse começar a chorar de novo, o que não queria fazer.

— Mamãe acha que todos vamos morrer — disse eu. — Não é? E você? Tudo isso será em vão? Nós vamos simplesmente morrer?

— Mamãe não acredita em nada disso, nem eu — disse Matt. Eu tive certeza de que ele pensara bastante sobre aquilo e que não estava dando só uma resposta automática. — Mas isso não quer dizer que o pior já passou, porque não acho que seja o caso e mamãe também não. Se tudo ficar do jeito que está, temos uma chance real de sobreviver. Todos os cientistas estão trabalhando para melhorar a situação. Aquela sacola de comida de ontem mostra que as coisas estão melhorando.

— Mas o pior tem que ser o que está acontecendo agora — comentei. — Como as coisas poderiam ficar piores?

Matt sorriu.

— Você não quer realmente que eu responda a isso, não é? — perguntou.

Nós dois rimos enquanto eu balançava a cabeça.

— Mamãe está mais preocupada com a sra. Nesbitt do que conosco — falou Matt. — Ela pediu para a sra. Nesbitt vir morar aqui, mas ela enfiou na cabeça que seria um incômodo, o que só torna as coisas mais difíceis para mamãe.

— Sei que mamãe não quer que a gente morra — admiti. Pensei muito sobre o que queria dizer para que não saísse do jeito errado. — Mas acho que talvez ela também não queira que vivamos. Nós devemos simplesmente nos esconder em nossos quartos e não sentir nada. E se formos resgatados, ótimo, mas se não, bem, talvez viveremos um pouco mais. Se é que se pode chamar isso de vida. Sei que mamãe lhe diz coisas que não me conta, mas estou errada? Porque eu realmente me sinto cada vez mais desse jeito. Gostaria de estar errada porque me assusta que mamãe se sinta assim. Mas não acho que esteja.

— Mamãe não pode adivinhar o futuro melhor do que você, eu ou qualquer outra pessoa — disse Matt. — Horton poderia estar na CNN, supondo que ainda haja uma CNN, e ter tanta chance de acertar quanto qualquer um. Mas ela acha, e eu também, que nós vamos passar por tempos muito difíceis. Piores do que agora. Então ela acredita que quanto mais nos precavermos agora, mais chances teremos quando as coisas piorarem. Por isso, sim, provavelmente ela está parecendo superprotetora. Sei que ela está com medo de mandar Jonny para o acampamento, mas está absolutamente determinada que ele vá e que não saiba o quanto está preocupada. Portanto, não conte isso a ele também.

— Não contarei — prometi. — Mamãe não tem que se preocupar comigo. Não sou idiota, Matt. Mas não quero parar de sentir as coisas. Preferiria morrer.

— Ninguém está lhe pedindo isso — afirmou. — E mamãe não quer que você pare de nadar ou de ver Dan. Ela fica feliz quando você está feliz. Mas ela não quer que Dan seja o seu único amigo. Por que não visita Megan ou Sammi? Eu gostaria de ouvir algumas histórias boas sobre Sammi.

A verdade é que eu quase não penso em Sammi ou Megan. É como se elas fossem uma parte do mundo que já tivesse acabado para mim. Mas, como havia acabado de fazer um grande discurso sobre sentimentos, imaginei que não pudesse confessar isso. Por isso, concordei e disse a Matt que me vestiria e resolveria as coisas com mamãe.

Mas, quando a vi na cozinha, não me senti com vontade de ser legal com ela. E eu percebi que ela não estava nem um pouco ansiosa para ser legal também. Ela e Jonny estavam sentados à mesa, parecendo meio mal-humorados.

Sem nem pensar antes sobre isso, falei:

— Jonny, quer ir a Miller's Pond comigo hoje de manhã?

O rosto de Jonny se iluminou e eu vi que fiz a coisa certa no que se referia à mamãe.

— Seria ótimo — respondeu ele.

Não tenho ideia de por que Jonny ainda não tinha se oferecido para ir. Não sou dona de Miller's Pond. Mas ele está sempre jogando beisebol ou, pelo menos, treinando com Matt. E Matt, quando não estava jogando bola, estava correndo. Talvez achassem que nadar era coisa minha e quiseram me dar espaço.

Jonny vestiu a sunga e uma calça jeans enquanto eu tomava café e, assim que ficamos prontos, caminhamos juntos até o lago. Para minha sorte, Emily e Karen não estavam lá, então Dan e eu perdemos um bom tempo em que poderíamos ter ficado sozinhos.

Mas valeu a pena ver como Jonny ficou feliz na água. Havia mais dois garotos que ele conhecia da escola e os três brincaram juntos. Depois, nadamos, jogamos polo aquático e apostamos corrida de revezamento. Foi outro dia quente de verão, por isso todos deitamos no chão depois de nadar e nos secamos ao sol. Dan, no fim das contas, torce para os Phillies. Ele e Jonny falaram sobre beisebol, o que deixou meu irmão mais feliz ainda.

Estive tão envolvida em meus problemas que não percebi o quanto tudo isso está afetando Jonny. Até ver sua animação ao conversar com Dan sobre os melhores jogadores de segunda base de todos os tempos, não tinha notado que ele estava tão entediado. Ele passa tempo com Matt, e Matt sempre foi ótimo com ele, mas nesta época do ano, quando Jonny não está jogando bola, está assistindo aos jogos na tevê ou acompanhando as notícias pela internet.

Jonny é tão apaixonado por beisebol quanto eu costumava ser por patinação. Fico realmente feliz que o acampamento vá abrir. Ele merece passar algumas semanas fazendo o que mais gosta.

Acho que, como Jonny estava comigo, Dan não quis me levar em casa. Mas tudo bem, porque assim tive mais uma chance de conversar com meu irmão.

— Estive pensando em uma coisa — falou, e eu logo entendi que era algo importante para ele. Meu primeiro pensamento foi que não devia ser nada bom. — Você lembra que quero jogar na segunda base para os Yankees?

Como Jonny quer isso desde que nasceu, não fiquei exatamente surpresa com o assunto, por isso apenas assenti.

— Sei que mamãe está fazendo o melhor que pode — disse Jonny —, mas não acho que estou comendo de maneira balanceada. Proteína e coisas assim. Eu tenho 1,67 m e não acho que vou crescer muito mais se não começar a comer hambúrgueres e rosbife.

— Estamos comendo melhor do que muitas pessoas — argumentei.

— Melhor do que as pessoas daqui — disse Jonny. — Mas e se os garotos de 13 anos no Japão ou na República Dominicana estiverem comendo hambúrgueres e crescendo? Não vejo como posso chegar a 1,80 m comendo atum enlatado. E se eu acabar medindo só 1,70 m?

Eu teria rido se ele não parecesse tão sério. Além disso, Matt não riria. Matt não ria de minhas perguntas idiotas.

— Você está tomando suas vitaminas? — perguntei.

Jonny assentiu.

— Bem, elas vão ajudar — afirmei. — Ouça, Jonny, não sei como vai ser o dia de amanhã, muito menos os próximos anos. Mesmo se as coisas voltarem ao normal e o beisebol for como é agora, quer dizer, como foi no ano passado, os jogadores daqui a alguns anos podem ser todos mais baixos do que costumavam ser. Ou talvez haja menos competição para você porque, bem, não haverá tantos jogadores da segunda base por aí. Não acho que as coisas possam estar melhores na República Dominicana ou no Japão. Os garotos de sua idade podem não crescer até 1,80 m também, ou podem não ter tempo para treinar beisebol como você.

— O que quer dizer que você acha que todos estão mortos — disse ele.

— Não exatamente — respondi, e subitamente fiquei grata pela forma como Matt conversa comigo ultimamente. — O que eu acho é que o mundo inteiro está passando por momentos difíceis; não é só a Pensilvânia. E provavelmente existem garotos na República Dominicana e no Japão que estão preocupados do mesmo jeito que você. Eu só não sei se eles têm vitaminas ou atum enlatado. Mas de uma coisa eu tenho certeza. É como papai sempre diz: a única maneira de ser o melhor em algo é fazer o melhor que você pode. Se você é o melhor jogador da segunda base que pode ser, tem a mesma chance que os outros de conseguir jogar na segunda base para os Yankees.

—Você odeia tudo isso? — perguntou Jonny.

— Sim — respondi. — E sinto falta de hambúrgueres também.

Quando chegamos, encontrei mamãe na cozinha, com farinha e fermento e copos medidores espalhados na bancada. Devia estar fazendo uns 40 graus, juntando o calor do lado de fora da casa e o forno ligado.

— Posso ajudar, mãe? — perguntei. — Queria aprender como se faz pão.

Mamãe sorriu. De verdade. Sorriu como se eu fosse uma filha há muito tempo desaparecida, a filha boa, que ela acreditava que estava perdida para sempre.

— Eu adoraria — respondeu.

Então fizemos pão e suamos juntas. Gosto de socar a massa. Imaginei que ela era a Lua e bati nela com vontade.

SETE

2 de julho

Hoje, mamãe levou Jonny para o acampamento de beisebol. Ela voltou bastante animada, porque encontrou um posto de gasolina próximo à Liberty que vende cinco galões de combustível por setenta e cinco dólares. Fica mais caro do que comprar aqui, mas os postos locais só vendem até dois galões, e mamãe disse que vale a pena pagar mais por uma quantidade maior de gasolina.

Uma das coisas que não pergunto à mamãe é quanto tempo o dinheiro dela vai durar. Por outro lado, a única coisa em que podemos gastar é gasolina, então acho que não faz muita diferença.

A temperatura estava próxima dos 40 graus e não temos energia elétrica há três dias. Matt decidiu que deveríamos cortar uma árvore. Ele pediu que eu catasse gravetos. Achei uma ideia idiota, mas, pelo menos, há sombra nos bosques. E é muito mais fácil juntar gravetos do que cortar uma árvore.

Depois de juntar quatro sacolas, trouxe-as para casa. Matt ainda estava ocupado com a árvore. Na velocidade em que ia, levaria uma semana para cortá-la.

Eu perguntei se queria ajuda e ele disse que não.

Mas eu não achei que seria legal eu sentar em algum lugar e ler enquanto ele estava trabalhando. E, sinceramente, não havia muito o que fazer dentro de casa. Tirei as ervas daninhas da horta de vegetais, já que mamãe faz isso todos os dias, e lavei a louça. E então, apenas para provar que eu sirvo para alguma coisa, limpei os banheiros e lavei o chão da cozinha.

Matt entrou e bebeu água.

— Muito impressionante — disse ele. — Você tem algum outro plano para hoje?

Tive um pouco de medo de confessar que não tinha, então apenas murmurei.

— Por que não visita Sammi e Megan? — perguntou ele. — Você encontrou com elas depois do fim das aulas?

Não. Mas elas também não vieram me visitar.

Apenas para evitar que Matt insistisse no assunto, resolvi visitá-las em casa. Eu me sentia como em uma história de Jane Austen. Nenhuma das heroínas dela tinha telefone ou computador, e, agora, eu também não tenho mais.

Levei quinze minutos para caminhar até a casa de Sammi e suei durante todo o trajeto. Não fiquei muito feliz ao chegar lá e descobrir que não havia ninguém em casa.

Por um instante, fiquei imaginando se a família dela fez as malas e foi embora (algumas pessoas estão se mudando para o sul, pois dizem que as coisas melhores estão lá), mas havia roupas no varal. É engraçado pensar na mãe de Sammi pendurando roupas no varal. Claro que é isso que nós também fazemos agora, mas ela nunca foi muito do tipo dona de casa.

Não tinha motivo para ficar ali esperando alguém aparecer, por isso fui até a casa de Megan. Bati à porta e a mãe dela a abriu imediatamente.

Ela pareceu mais que feliz em me ver. E isso me deu uma sensação de *déjà-vu*. Era o mesmo olhar que a mãe de Becky costumava me dar.

A VIDA COMO ELA ERA • 129

— Miranda! — exclamou a sra. Wayne, me puxando para dentro da casa. — Megan vai ficar tão feliz em vê-la. Megan, Miranda está aqui!

— Ela está no quarto? — perguntei.

A sra. Wayne assentiu.

— Ela mal sai de lá — comentou. — A não ser para ir à igreja. Estou tão feliz por você estar aqui, Miranda. Tente colocar algum juízo na cabeça dela, por favor.

— Vou tentar — prometi, mas nós duas sabíamos que nada que eu dissesse mudaria as ideias de Megan. Nunca pude mudar a cabeça dela sobre qualquer coisa.

Megan abriu a porta do quarto e pareceu feliz de verdade em me ver. Estudei sua aparência com atenção. Ela tinha perdido um pouco de peso, mas não tanto quanto eu temia.

Mas o que me deixou assustada foi que ela estava radiante. Megan realmente irradiava alegria interior. E isso não faz sentido hoje em dia.

— Como vai? — perguntou ela, parecendo realmente interessada em tudo que eu lhe dissesse.

E contei quase tudo: que Dan e eu nos encontramos quase todos os dias, que Jonny estava indo para o acampamento e que Matt estava cortando uma árvore. Não falei sobre a comida que ainda temos porque não se fala mais sobre isso.

Depois de conversarmos sobre mim, perguntei como ela estava. Se possível, Megan pareceu ainda mais radiante. Estava praticamente radioativa.

— Ah, Miranda — disse ela. — Se você soubesse o quanto estou feliz.

— Que bom que você está feliz — disse eu, mas sinceramente achei que ela estava maluca, e, por pior que as coisas estejam, eu ainda não acho bom as pessoas enlouquecerem.

— Você também poderia ser feliz se abraçasse Deus — continuou ela. — Confesse seus pecados, renegue Satã e entregue seu coração a Deus.

—Você está indo muito à igreja? — perguntei. Depois de Megan me ouvir tagarelar sobre Dan, o mínimo que podia fazer era ouvi-la tagarelar sobre o reverendo Marshall.

— Todos os dias — respondeu ela. — Mamãe sabe que vou durante as manhãs, mas ela fica irritada se eu não volto à tarde. E não quero que mamãe fique zangada porque quero vê-la no Paraíso. Mas às vezes, à noite, quando ela está dormindo, eu saio de fininho e volto. Seja a hora que for, o reverendo está lá. Ele reza dia e noite por todos nós, pecadores.

Por alguma razão, duvido que ele esteja rezando por mim, mas acho que também não gostaria que ele estivesse. Pelo menos Megan está indo à igreja e saindo de casa.

Ainda precisava fazer algumas perguntas.

— Então você ainda está comendo? — quis saber. Engraçado como "ainda" pode ter dois significados diferentes.

— Eu como, Miranda — disse Megan, e sorriu para mim como se eu fosse uma criança tola. — Seria suicídio se eu parasse totalmente de comer. Não é a vontade de Deus que alguém cometa suicídio.

— É bom ouvir isso — respondi.

Ela me olhou com tanta piedade que tive que olhar para o outro lado.

—Você age como eu agia antes — afirmou. — Depois que Becky morreu.

É estranho. Megan, Sammi e eu éramos tão próximas de Becky, mas quase não conversamos sobre ela depois de sua morte. Foi quando começamos a nos distanciar, como se Becky — e até mesmo a sua doença — fosse a cola que nos unia.

— O que tem ela? — perguntei. Fiquei imaginando se Megan sonha com Becky como eu, três ou quatro vezes por semana ultimamente.

— Eu fiquei com tanta raiva — contou Megan. — Com raiva de Deus. Como Ele podia deixar alguém como Becky morrer? Com tantas pessoas terríveis no mundo, por que Becky tinha que morrer? Eu odiava Deus de verdade. Eu odiava tudo e todos, e odiava até Deus.

Tentei me lembrar de como Megan ficou. Foi há pouco mais de um ano, por isso não deveria ser tão difícil. Mas toda aquela época foi horrível. Becky esteve doente por tanto tempo e, quando parecia que os tratamentos estavam fazendo efeito, ela morreu, de repente.

— Mamãe ficou preocupada comigo — lembrou Megan. — O reverendo Marshall tinha acabado de chegar aqui e ela me levou para vê-lo. Eu gritei com ele. Como Deus pôde fazer aquilo com Becky? Como Ele pôde fazer aquilo comigo? Pensei que o reverendo Marshall fosse me dizer para voltar para casa, que eu entenderia quando fosse mais velha, mas não foi o que fez. Ele disse que nós nunca realmente conseguimos entender a vontade de Deus. Nós temos que confiar, ter fé n'Ele e seguir as regras que nos deu mesmo sem entendê-las. O Senhor *é* meu pastor, Miranda. Quando o reverendo Marshall me fez compreender isso, todas as minhas dúvidas e toda a raiva se foram. Deus tem Suas próprias razões para o que nós estamos passando. Talvez, quando estivermos no Paraíso, conseguiremos entender, mas até lá tudo que podemos fazer é pedir por Seu perdão e obedecer a Sua vontade.

— Mas Ele não pode querer que você morra de fome — argumentei.

— Por que não? — perguntou ela. — A vontade d'Ele era que Becky morresse. A morte pode ser uma bênção, Miranda. Pense em como Becky deixou de sofrer.

— Mas você não pode rezar pedindo para morrer — disse eu.

— Rezo para aceitar a vontade de Deus sem questionamentos — respondeu ela. — Rezo para ser merecedora de Seu amor. Rezo pela vida eterna no Paraíso. Rezo por você, Miranda, por mamãe e papai, e até mesmo pela outra família de papai. E rezo como o reverendo Marshall diz que devemos, pelas almas de todos os pobres pecadores, para que eles possam ver a luz e ser poupados das chamas eternas do inferno.

— Obrigada — agradeci, já que não tinha algo melhor para dizer.

Megan olhou para mim com piedade.

— Sei que você não acredita — disse ela. — E vejo a tristeza em seus olhos. Você é feliz, Miranda? Está em paz com o mundo?

— Não, claro que não — respondi. — Mas não acho que deveria. Por que estaria feliz quando não há comida suficiente, as pessoas estão ficando doentes e eu não posso nem ligar o ar-condicionado?

Megan riu.

— Tudo isso é tão sem importância — observou. — Esta vida nada mais é que um piscar de olhos se comparada à vida eterna. Reze comigo, Miranda. A única coisa que me impede de ser completamente feliz é saber que as pessoas que amo não estão salvas.

— Bem, ninguém disse que você pode estar feliz com tudo — disse eu. — Sei que deveria estar contente por você, Megan, mas, sinceramente, acho que está louca. E, se o reverendo Marshall é quem está deixando você assim, acho que ele é mau. Esta vida, esta existência diária, é o único presente que recebemos. O pecado para mim é jogá-la fora e querer estar morta.

A Megan que costumava ser minha melhor amiga teria discutido comigo. E depois cairíamos na gargalhada. Esta Megan ajoelhou-se e começou a rezar.

Quando voltei para casa, retornei ao bosque e juntei mais três sacolas de gravetos. Talvez eu acabe nas chamas eternas do inferno, como Megan disse. Mas, até isso acontecer, pretendo ficar aquecida com as chamas de um fogão a lenha.

3 de julho

Hoje à noite, depois do jantar, mamãe falou:

— Estava pensando sobre uma coisa na volta para casa ontem. O que vocês acham de passarmos a fazer só duas refeições por dia?

Acho que até Matt ficou surpreso, já que não concordou imediatamente.

— Quais seriam as duas refeições? — perguntei, como se isso fizesse diferença.

— Com certeza jantaríamos — garantiu mamãe. — É importante comermos uma refeição juntos. Mas poderíamos decidir a cada dia se queremos o café da manhã ou o almoço. Eu pularia o café. Nunca fiz muita questão de comer de manhã mesmo.

— Algumas vezes, eu deixo de almoçar na faculdade — disse Matt. — Não seria nada de mais pular o almoço.

— Claro que é voluntário — observou mamãe. — Não estamos nem perto de ficar sem comida. Mas pensei que, como Jonny está fora, talvez todos pudéssemos comer um pouco menos.

Imaginei Jonny na fazenda, comendo ovos e bebendo leite e, por um segundo, realmente o odiei.

—Tudo bem, mãe — respondi. — Posso pular uma refeição. Vou sobreviver.

Fico pensando em como será na casa de papai e Lisa. Estou começando a criar grandes fantasias sobre Springfield. Sonho com uma cozinha cheia de comida, uma geladeira funcionando, lojas vendendo legumes frescos, ovos, tortas, biscoitos e chocolate. E me imagino no ar-condicionado, com tevê, com internet, em uma temperatura de 26 graus, piscinas cobertas e nenhum mosquito.

Ficarei feliz com qualquer uma dessas alternativas. Bem, qualquer uma delas mais o chocolate.

4 de julho

Feliz Dia da Independência!

Rá!

Horton nos deixou acordados durante toda a noite, miando na frente da porta do quarto de Jonny. Ele está muito mal-humorado e só comeu metade de sua ração ontem (e mamãe nem precisou pedir).

Estamos sem luz há três dias. A temperatura tem ficado em cerca de 37 graus e as noites não são muito mais frescas.

Sonhei que o Céu era um palácio de gelo, frio, branco e convidativo.

Pulei o café da manhã hoje e estava faminta quando fui nadar. Tentarei pular o almoço amanhã. Durante todo o tempo que passei com Dan (não foi muito, já que Emily estava praticamente em cima de nós todo o tempo), só consegui pensar em comida. No quanto eu

A VIDA COMO ELA ERA • 135

senti falta do café da manhã. No que ia comer na hora do almoço e em quantos pães poderemos assar antes de o fermento acabar.

Penso em Jonny fazendo três refeições por dia com comida de verdade, comida da fazenda, e em como mamãe veio com essa história de duas refeições só depois que ele partiu, e isso me deixa com muita raiva. É como se ela achasse que as necessidades de Jonny estão em primeiro lugar. Ela tem que garantir sua alimentação para que ele possa chegar a 1,80 m. Só para ter certeza, vamos lhe dar um pouco da comida de Miranda.

Espero que o meu mau humor seja apenas por causa do Quatro de Julho. Este sempre foi um dos meus feriados favoritos. Adoro os desfiles, a feira e os fogos de artifício.

Neste ano, Matt trouxe a sra. Nesbitt para jantar. Depois de comermos, sentamos na varanda e cantamos músicas patrióticas. Horton guinchou junto com nossas canções e foi difícil dizer qual de nós era o pior cantor.

Sem dúvida, este é o pior verão de minha vida e ainda temos dois meses pela frente.

6 de julho

Sem energia elétrica nos últimos cinco dias. Nenhum de nós quer dizer isso, mas todos pensamos que talvez a eletricidade nunca mais volte.

Hoje à tarde, a temperatura foi de 36 graus. Mamãe está nos fazendo beber muita água.

Matt ainda está cortando árvores e eu ainda estou juntando gravetos. É difícil imaginar que um dia sentirei frio novamente.

Acho que um brunch será a melhor opção para mim. Nado de manhã e, quando volto para casa, como. Assim, não tenho que ver Matt tomar o café da manhã ou mamãe comer metade de um almoço e me sentir culpada por comer mais que ela.

7 de julho

Pouco depois de voltar do lago, a eletricidade voltou. Estivemos sem luz durante quase uma semana e ficamos extasiados pelo seu retorno.

Mamãe sempre deixa uma pilha das roupas que mais precisam ser lavadas dentro da máquina de lavar, que ela ligou imediatamente. Agarrei o aspirador de pó e comecei a limpar o chão da sala de estar. Mamãe ligou o lava-louça e o ar-condicionado central (hoje, quando acordei, a temperatura era de 33 graus). Matt ligou a tevê com orelhas de coelho, mas tudo que conseguimos foi um sinal de transmissão de emergência, seja lá o que for isso.

Depois de dez minutos gloriosos, a luz acabou. Tudo parou: o aspirador, o ar-condicionado, a lavadora, o lava-louça e o conge-lador que faria cubos de gelo para nós pela primeira vez em uma semana.

Ficamos por perto, realmente por perto, esperando os aparelhos voltarem a funcionar. Mamãe ficou olhando para a lavadora; eu, segurando o aspirador.

Depois de cerca de quinze minutos, desisti e guardei o aparelho. Mamãe tirou os pratos do lava-louça, enxaguou-os e os guardou.

Ela esperou a máquina de lavar funcionar até o meio da tarde. Depois, nós duas retiramos as roupas encharcadas de sabão e as levamos para a banheira. Passamos o que pareceu horas enxaguan-do-as e torcendo-as para que pudéssemos pendurá-las no varal.

E eu juro que, quinze minutos depois de pendurarmos as roupas, começou a cair um temporal. Pensei que mamãe fosse chorar

A VIDA COMO ELA ERA • 137

(eu com certeza tive vontade), mas ela ficou bem até Matt finalmente voltar para dentro de casa. Ele passa o tempo todo cortando
madeira, e acho que não ia deixar alguns raios e trovões atrapa-
lharem seu trabalho.

Mamãe estourou. Ela gritou com Matt por ficar no bosque
durante um temporal. Seu rosto ficou tão vermelho que tive medo
de ela ter um derrame. Matt também gritou com ela. Ele sabia o que
estava fazendo, cada minuto era importante; se estivesse correndo
perigo, teria voltado.

Então a eletricidade voltou. Todos corremos para fora de casa,
retiramos as roupas do varal e as enfiamos na secadora. Mamãe
colocou uma segunda leva na máquina de lavar. Ligamos o ar-condicionado e Matt entrou na internet para ver se havia alguma novidade (apenas uma lista da semana passada com nomes de desapare-
cidos e mortos).

Desta vez, a energia elétrica funcionou por quarenta minutos,
tempo suficiente para terminar o ciclo da máquina de lavar roupas.
Parou de chover e mamãe pôde pendurá-las no varal.

Os cubos de gelo não congelaram totalmente, mas mesmo
assim foram um luxo maravilhoso em nossos copos de água. A casa
refrescou e ficou menos úmido e quente do lado de fora.

Mamãe e Matt ainda estão conversando. Horton ainda quer saber
onde escondemos Jonny.

Não sei o que é pior: a eletricidade inexistente ou a eletricidade
imprevisível.

Fico imaginando se algum dia terei que decidir o que é pior:
a vida que estamos vivendo ou vida nenhuma.

9 de julho

A temperatura está em 38 graus, não temos energia elétrica desde sábado e fiquei menstruada. Eu mataria por uma casquinha de sorvete de chocolate com gotas de chocolate.

10 de julho

A graça de o mundo estar acabando é que uma vez que o processo começa, parece que não vai mais parar.

Acordei hoje de manhã e imediatamente percebi que as coisas estavam diferentes. É difícil de explicar. Estava mais fresco do que antes (o que é bom), mas o céu estava com uma cor acinzentada estranha, não exatamente como se estivesse nublado ou com neblina. Era mais como se alguém tivesse posto uma capa transparente e cinza sobre o céu azul.

Fui até a cozinha porque ouvi mamãe e Matt conversando. Mamãe tinha fervido água para o chá e, apesar de não gostar muito de chá, ele me dá a ilusão de ter algo em meu estômago, por isso preparei uma xícara para mim.

— O que está acontecendo? — perguntei, já que era óbvio que algo estava diferente.

— Não queríamos que você se preocupasse — começou mamãe.

Não sei o que passou primeiro pela minha cabeça. Jonny. Papai. O bebê de Lisa. A sra. Nesbitt. Vovó. Energia elétrica. Comida. Mosquitos. A Lua colidindo com a Terra. Tudo sendo inundado. Imagino que pareci bastante assustada, mas mamãe não mudou sua expressão. Não sorriu de modo tranquilizador nem riu de minha reação. Matt também tinha uma expressão séria. Eu me preparei para o pior.

— Pensamos que isto fosse uma possibilidade — disse mamãe.

— Matt, Peter e eu, mas os cientistas não falaram nada sobre

A VIDA COMO ELA ERA • 139

o assunto; pelo menos não ouvimos no rádio. Acho que torcemos para estarmos exagerando. Para estarmos nos preocupando com coisas que realmente não iam acontecer.

— Mãe, o que houve? — perguntei. Pelo menos não parecia ser algo pessoal. O rádio não se preocupa com o que acontece a Jonny ou papai.

— Você sabe que a Lua está mais próxima da Terra do que costumava estar — disse Matt. — E que isso alterou a força gravitacional.

— Claro — respondi. — Por isso as marés mudaram. E foi isso que causou todos os terremotos.

— O que nos preocupava, e o que parece estar acontecendo agora, são os vulcões — explicou mamãe.

— Vulcões? — questionei. — Não há vulcões na Pensilvânia.

Mamãe deu um pequeno sorriso.

— Não que saibamos — disse ela. — Não corremos nenhum risco direto de vulcões, não mais do que com os tsunamis ou terremotos.

Mas também há muitos perigos indiretos. Como se eu precisasse ser lembrada disso, um mosquito pousou em meu braço esquerdo. Matei-o antes que ele me matasse.

— Muito bem — disse eu. — Mas como os vulcões podem piorar as coisas?

Eu esperava que Matt risse ou mamãe me dissesse para não sentir tanta pena de mim mesma, mas, em vez disso, os dois continuaram muito sérios.

— O que foi? — perguntei. — As coisas não podem piorar. O que um vulcão pode fazer que já não tenha acontecido?

— Muita coisa — respondeu Matt, quase com raiva. Não sei se ele estava irritado comigo ou com o mundo. — A força gravitacional da Lua está impelindo o magma para fora dos vulcões. Pelo que ouvimos no rádio ontem à noite e hoje de manhã, há vulcões dormentes entrando em erupção por toda parte. Isso está acontecendo há alguns dias e não há garantia de que vá parar. Os terremotos não pararam. Nem as inundações. As erupções podem não parar também.

— Nós não sabemos o que vai acontecer — disse minha mãe. — Mas agora há mais atividade vulcânica do que o normal.

— Ainda não entendo como isso vai nos afetar — observei. — Vocês disseram que não há vulcões aqui perto. Muita gente morreu?

— Sim — contou Matt. — E muito mais gente vai morrer. E não são apenas as pessoas que vivem perto de vulcões.

— Matt — disse mamãe, pondo uma mão em seu braço.

Isso me assustou mais do que qualquer outra coisa. Desde que voltou, Matt só me consolou, e agora era ele quem precisava de que mamãe o confortasse.

— Olhe lá para fora — disse Matt. — Basta olhar para o céu.

Foi o que fiz. E lá estava aquele tom engraçado de cinza.

— Quando um vulcão grande entra em erupção, ele escurece o céu — continuou Matt. — Não a um quilômetro nem a centenas de quilômetros de distância, mas a milhares de quilômetros. E não apenas por um dia ou dois.

— O problema é que as cinzas vulcânicas podem cobrir o sol na maior parte das regiões da Terra — explicou mamãe. — Como parece já estar acontecendo aqui. E se isso durar muito tempo...

— As plantações — lembrou Matt. — Sem luz do sol, sem colheita. Nada cresce sem a luz do sol.

— Ah, mãe — disse eu. — Não a horta de vegetais! Como isso pode acontecer? Nós não estamos perto de um vulcão. Tenho certeza de que teremos o sol de volta.

A VIDA COMO ELA ERA • 141

— Estão começando a emitir avisos — contou mamãe. — Os cientistas no rádio estão dizendo que devemos nos preparar para grandes mudanças climáticas. A seca é uma possibilidade real, além de temperaturas muito baixas. Já está esfriando aqui. Fazia 31 graus quando fui para cama ontem, e agora faz 22 graus. Mas percebeu como está úmido? Não está mais fresco por causa de um temporal, está mais fresco porque a luz do sol não consegue atravessar as cinzas no céu.

— Mas isso não deve durar muito tempo — disse eu. — Uma semana? Um mês? Não podemos fazer algo para manter a horta crescendo?

Mamãe respirou fundo.

— Acho que temos que nos preparar para que dure mais do que isso — disse ela. — E devemos estar prontos para o pior: pouquíssima luz solar, luz solar muito fraca e durante muitos meses. Talvez durante um ano ou mais.

— Mais? — perguntei e podia ouvir o tom histérico em minha voz. — Mais do que um ano? Por quê? Onde fica o vulcão mais próximo? O que diabos está acontecendo?

— Há um vulcão em Yellowstone — informou ela. — Ele entrou em erupção ontem. Phoenix e Las Vegas estão cobertas de cinzas.

— Las Vegas? — perguntei. — A vovó está bem?

— Não temos como saber — respondeu Matt.

Imaginei Springfield, minha Springfield, com comida e eletricidade.

— As coisas estão melhores no leste? — perguntei.

— Miranda, não é um problema local — observou mamãe. — Não é apenas um vulcão. Meia dúzia deles entrou em erupção ontem. Nada assim já aconteceu antes. As correntes de vento afetarão as coisas e ninguém pode prever a direção do vento. Talvez tenhamos sorte. Talvez algo bom, que não podemos imaginar agora, aconteça. Mas temos que nos preparar para o pior. Você, eu, Matt e Jonny temos que nos preparar para o pior. Temos que supor que haverá geadas em agosto. Temos que supor que não haverá energia, abastecimento de comida, gasolina para o carro ou combustível para a calefação. Nós estávamos brincando de sobrevivência, mas agora temos que levar isso a sério.

— Brincando?! — gritei. — Você acha que isso tudo foi uma brincadeira para mim?

— Escutem — disse Matt, e eu não sabia quem ele estava tentando acalmar. — A coisa mais inteligente que podemos fazer é imaginar que a situação vai piorar mais. Mamãe e eu estivemos conversando sobre as precauções que podemos tomar agora para nos prepararmos para o caso de um inverno rigoroso.

— Como comer menos — disse eu. — Porque não podemos contar com a horta.

Matt assentiu.

— Também não gosto da ideia — esclareceu. — Mas temos que discutir a possibilidade.

— Posso comer apenas uma refeição por dia — disse mamãe. — Ando nervosa demais para ter fome. Mas não quero que vocês façam isso. Pelo menos não até ser necessário.

— Talvez possamos fazer jejum em um dia na semana — sugeri. — Ou eu poderia comer o brunch, dia sim, dia não, por exemplo.

— São boas ideias — analisou Matt. — Eu tomaria café da manhã às segundas, quartas e sextas, e Miranda comeria o brunch às terças, quintas e sábados. E, aos domingos, nós dois faríamos jejum. Mas, mãe, se você só vai fazer uma refeição ao dia, melhor não deixar de comer.

Mamãe parecia que ia chorar.

A VIDA COMO ELA ERA • 143

— Vou ficar bem — garantiu. — Acho que precisamos armazenar o máximo de água que pudermos. Enquanto tivermos água corrente, podemos usá-la, mas precisamos economizar o máximo.

— O poço vai secar? — perguntei.

— É uma possibilidade — ponderou Matt. — A água que não usarmos agora pode ser útil daqui a seis meses.

—Também estou preocupada com a água da chuva estar poluída — disse mamãe. — Vamos passar a ferver a água antes de beber. Nunca tivemos problemas com a água do poço, mas, se o ar estiver muito poluído, não devemos nos arriscar.

— E quanto ao lago? — perguntei. — Posso continuar nadando, não é?

— Acho que sim — disse mamãe. — Pelo menos por enquanto. Claro que, se a temperatura diminuir demais, pode ficar muito frio para nadar.

— Estamos em julho — disse eu. — Até quanto a temperatura pode cair?

— Não sabemos — respondeu Matt. — Mas acho que vamos descobrir.

Só para provar que mamãe, Matt e todos os cientistas estavam errados, fui nadar hoje de manhã. Só mais outras duas pessoas apareceram, e nenhum de nós ficou durante muito tempo.

Mesmo sabendo que a água estava tão limpa quanto ontem, me senti suja ao sair do lago. Não estava frio do lado de fora, mas estava tão úmido que eu não conseguia parar de tremer. Ontem eu queria que o tempo esfriasse, mas, agora que está mais fresco, sinto falta do calor. Sinto falta até de ver a Lua.

Hoje é sábado, por isso comi o brunch. Amanhã faremos jejum. Fico imaginando como vai ser, mas acho que vamos nos acostumar.

Espero que vovó esteja bem.

Acho que a listagem de mortos está prestes a aumentar.

OITO

11 de julho

Mamãe mudou as regras para que eu possa comer o brunch às segundas-feiras. Ela disse que não é justo eu fazer jejum aos domingos e não comer nada até segunda à noite. Claro que é exatamente isso que ela está fazendo, mas nós não deveríamos perceber.

Fazer jejum não é tão ruim quanto pensei que seria. Senti muita fome na hora do almoço, mas ela diminuiu ao longo do dia. Acho que vou me acostumar.

Não há como saber, mas acho que o céu está ficando mais acinzentado.

Peter passou aqui hoje à tarde. Contamos a ele sobre nossos planos e ele gostou. Aprovou especialmente a ideia de ferver a água antes de beber.

Perguntei a ele sobre o nado.

— Provavelmente é melhor você parar — aconselhou ele. — As pessoas que usam a água da cidade estão me dizendo que ela está com uma cor diferente, e estão preocupadas com quanto tempo o abastecimento vai durar. Tudo isso requer eletricidade, e nós sabemos muito bem como as usinas de energia elétrica estão funcionando atualmente.

— Mas o que isso tem a ver com o lago? — perguntei.

A VIDA COMO ELA ERA • 145

— É difícil prever o que as pessoas farão se não tiverem água corrente — observou Peter. — Elas podem começar a lavar suas roupas sujas no lago. Ou podem passar a tomar banho lá. Existe a chance de que bactérias se proliferem. Atualmente, é melhor prevenir do que remediar.

Pelo menos ele não mencionou todos os sintomas da cólera. E, no caso de Peter, isso foi uma grande demonstração de autocontrole.

De qualquer forma, acho que vou nadar amanhã. Talvez Dan apareça. Talvez o sol volte a brilhar.

12 de julho

Sem Dan. Sem sol. Sem eletricidade. Sem notícias de Jonny ou de papai.

13 de julho

Matt parou de correr. Levei cinco dias para perceber. Resolvi perguntar e ele disse que parou no sábado, em parte porque está preocupado com a qualidade do ar, em parte para conservar suas forças.

Os dias parecem muito mais curtos do que eram há apenas uma semana. Pelo menos está escurecendo mais cedo. Mamãe nos deixa usar um dos lampiões a óleo no solário todas as noites. Não há luz suficiente para nós todos lermos, por isso Matt e eu nos revezamos para usá-la. Mamãe encontrou uma sacola com linhas velhas no sótão e está fazendo crochê à noite, então não precisa de muita luz.

Estou usando a lanterna para escrever agora. Sei que não deveria. Pilhas não duram para sempre.

14 de julho

Fiz uma coisa muito idiota hoje. Eu podia me matar de tanta raiva e preocupação.

Hoje estávamos sentados fazendo nossa rotina de revezamento para dividir a pouca luz quando, por volta das 21h, mamãe avisou que já havíamos usado óleo suficiente por uma noite e deveríamos ir para a cama. Ultimamente, estamos nos guiando pelo nascer e pelo pôr do sol, mas, com esse cinza horrível que está cobrindo o céu, perdemos a noção do tempo. Dá para perceber se o sol nasceu, mas não há mudanças dramáticas. Cinza às 6h, cinza às 18h.

E não sei por quê, mas não queria ir dormir. Talvez sejam os pesadelos que ando tendo nos últimos dias. Becky me empurra para dentro de um vulcão e coisas assim.

Eu disse que ia ficar um pouco sentada na varanda antes de ir para a cama e, como isso não gasta energia, mamãe não teve razão para dizer que não. Assim, fiquei lá por algum tempo, talvez meia hora. Com certeza tempo suficiente para que mamãe e Matt já estivessem em seus quartos quando eu voltei.

Só que, quando resolvi entrar, me esqueci de Horton. Ele sai de casa durante o dia, mas nós não podemos deixá-lo do lado de fora depois do pôr do sol. Mesmo quando tínhamos luz, esta era a regra: durante a noite, Horton fica dentro de casa.

Acho que ele está tão confuso com os horários quanto o resto de nós. Assim que eu abri a porta, ele correu para a rua.

Voltei e chamei por ele, mas Horton não quis aparecer. Fiquei na varanda por mais uma hora, chamando-o e esperando que ele voltasse por conta própria, mas não houve nem sinal dele.

Melhor não gastar mais a pilha da lanterna. Espero que, quando eu acordar amanhã, ele esteja no degrau da porta, queixando-se por ter sido forçado a passar a noite na rua.

A VIDA COMO ELA ERA • 147

15 de julho

Nem sinal de Horton.

Eu dividi meu tempo entre juntar gravetos e procurar por ele. Mamãe e Matt também procuraram, mas nenhum de nós o encontrou.

Mamãe disse que eu não deveria me sentir mal, que poderia ter acontecido com qualquer um de nós, mas sei que foi minha culpa. Sou tão descuidada. Sempre arrumo problemas por ser descuidada, mas, na maior parte do tempo, só eu me machuco.

Não sei o que Jonny vai fazer se voltar para casa e Horton não estiver aqui.

16 de julho

Ainda sem sinal de Horton.

Mamãe e eu brigamos feio.

— Não temos notícia de Jonny há duas semanas! E você só pensa no maldito gato.

— Jonny está bem! — gritei. — Jonny está comendo três refeições por dia. Você esperou ele ir embora para nos colocar em uma dieta de fome. Acha que não percebi? Acha que não sei em qual de nós você está apostando?

Ainda não acredito que disse aquilo. O pensamento havia passado pela minha cabeça, mas nem mesmo o escrevi aqui, de tão horrível. E se mamãe realmente acreditar que apenas um de nós conseguirá sobreviver? Sei que ela não apostaria nela mesma.

Mas será que ela realmente escolheria entre Matt, Jonny e eu? Será que chegaremos a um ponto em que ela pedirá a dois de nós para dar nossa comida ao terceiro?

O que sei é que, se chegarmos a esse ponto, Matt não ficaria com a comida. E mamãe deve saber disso também. E, quando penso no assunto, embora tente não pensar, acho que mamãe imagina que eu não conseguiria sobreviver sozinha, que nenhuma mulher conseguiria.

Então, resta Jonny.

Odeio pensar assim. E me odeio por estar tão preocupada com Horton que acabei descontando em mamãe. Odeio ser tão egoísta a ponto de não ter pensado que mamãe está preocupada por não ter notícias de Jonny.

Parei de me preocupar por não saber de papai. Apenas fico pensando em um mês longe daqui e de mamãe. Um mês em Springfield, onde, por alguma razão, o sol brilha, a eletricidade funciona durante todo o tempo e eu nunca sinto fome.

17 de julho

Três dias e nenhum de nós viu Horton.

Até a sra. Nesbitt tem procurado por ele, já que algumas vezes Horton perambula até a casa dela. Ela acha que o viu ontem, mas não tem certeza, e Matt disse que não devemos acreditar que era mesmo ele.

— As pessoas veem o que querem ver — disse ele.

Mamãe e eu não estamos nos falando depois da nossa briga horrível de ontem, o que torna a hora do jantar ainda mais divertida. Depois de comer, saio para procurar Horton até que esteja escuro demais para ver qualquer coisa, ainda mais um gato cinza rajado. Depois, fico sentada lá fora e desejo que ele volte para casa.

Matt apareceu na varanda.

— Pode ser que Horton apareça hoje à noite — disse ele. — Mas é melhor começar a pensar na possibilidade de ele não voltar.

A VIDA COMO ELA ERA • 149

— Eu acho que ele vai voltar — opinei. — Acho que deve ter ido procurar Jonny. Quando estiver com muita fome, voltará. Ninguém mais vai alimentá-lo.

Mesmo na escuridão, eu consegui ver a expressão de Matt. Ultimamente, passei a vê-la bastante. Ele estava com a sua cara de "como vou lhe dizer isso".

— Você sabe o quanto estamos vivendo bem — começou ele. — Em comparação com outras pessoas, estamos ótimos.

É assim que ele faz. Ele vai devagar. Explica as coisas com cuidado. Fala como nossa vida está fantástica antes de dar o golpe final.

— Diga logo qual é o problema — pedi.

— Pode ser que Horton tenha sido morto — considerou Matt. — Para ser comido.

Achei que fosse vomitar. Não sei por que não pensei nisso. Talvez porque até alguns meses atrás eu não vivia em um mundo onde os animais de estimação eram considerados comida.

— Preste atenção — disse Matt. — Todos nós deixávamos Horton sair. Se alguém quisesse pegá-lo por uma razão qualquer, teria muitas chances. Tudo o que você fez foi deixá-lo sair durante a noite. Você não tem culpa. Ninguém tem.

Mas eu tenho culpa, ele sabe, mamãe sabe, Jonny saberá e, sobretudo, eu sei disso. Se Horton morreu, se alguém o matou, eu sou a responsável.

Eu realmente não mereço viver. Não por causa do Horton, mas porque, se há uma quantidade limitada de comida disponível, não fiz nada para merecê-la. O que fiz até agora? Juntei gravetos? Que tipo de contribuição é essa?

Odeio domingos. Tudo fica pior aos domingos.

18 de julho

Segunda-feira.

Fiquei fora durante todo o dia, procurando e juntando gravetos.

Dormi no bosque hoje à tarde, simplesmente caí no sono. Os mosquitos devem ter me adorado. Tenho meia dúzia de picadas de hoje de manhã das quais não me lembro.

Cheguei por volta das 16h, e mamãe esperava por mim na cozinha.

— Você comeu hoje? — perguntou ela. — Não a vi entrar e comer.

— Pulei o brunch — disse. — Esqueci.

— Você não pode se esquecer de comer — afirmou. — Você fez jejum ontem, então hoje você come. As regras são essas.

— Você gosta mesmo de criar regras — alfinetei.

— Você acha que gosto disso? — gritou minha mãe. — Você acha que gosto de ver meus filhos passando fome? Você acha que sinto algum prazer nisso tudo?

Claro que não acho. E eu deveria ter me desculpado imediatamente e a abraçado, e ter dito o quanto eu a amo, que ela tem sido muito corajosa e que queria ser igual a ela.

Em vez disso, corri para meu quarto e bati a porta atrás de mim. É como se eu tivesse 12 anos de novo. Logo será hora do jantar e sei que, se eu não descer, Matt virá me buscar. Mesmo que não use a força física, me fará descer por me sentir culpada.

O engraçado é que não tenho vontade de comer. Acaba que, quando você não come por muito tempo, a ideia de comida se torna enjoativa. Provavelmente é isso que acontece com Megan. Mas ela acha que ficar com fome é bom e eu sei que é uma droga.

A hora do jantar será tão divertida.

19 de julho

Nada de Horton.

Sem notícias de Jonny.

Eu e mamãe não nos falamos.

Matt também não está falando muito.

20 de julho

Hoje é o aniversário do dia em que os homens pisaram na Lua pela primeira vez. Aprendi isso quando estava escrevendo todos aqueles trabalhos sobre a Lua.

Odeio a Lua. Odeio as marés, os terremotos e os vulcões. Odeio um mundo em que coisas sem qualquer ligação comigo podem destruir minha vida e as das pessoas que amo.

Queria que os astronautas simplesmente tivessem explodido a maldita Lua quando tiveram chance.

21 de julho

Já juntei gravetos suficientes para construir uma casa, mas Matt continua me dizendo que não é o bastante e que eu deveria pegar mais. Como não tenho outra coisa para fazer, continuo saindo e juntando.

Em uma semana, estarei em Springfield. Sei, apenas sei, que tudo será melhor lá. E, quando eu voltar para casa, todo esse pesadelo terá acabado.

Estava do lado de fora de casa pegando gravetos quando mamãe me encontrou.

— Sammi está aqui. Entre.

Isso foi tudo que mamãe me disse nos últimos dias. Imaginei que a visita de Sammi deve tê-la animado bastante. Talvez ela tenha trazido uma lata de espinafre.

Na verdade, Sammi está muito bem. Ela sempre foi obcecada com seu peso, mas não parece ter emagrecido muito desde que eu a vi pela última vez em junho.

Saímos para a varanda e ficamos olhando para o nada.

— Vim me despedir — anunciou ela. — Estou indo embora amanhã de manhã.

— Para onde você vai? — perguntei, pensando na roupa pendurada no varal. Sammi tem um irmão caçula um ano mais novo que Jonny, mas ela o odeia. Ela também briga com os pais o tempo todo. Eu fiquei feliz por não ter que entrar nesse carro.

— Conheci um cara — disse ela e, pela primeira vez em uma semana, comecei a rir. Não sei por que aquilo me pareceu engraçado, mas era uma situação tão óbvia, e eu nem havia pensado nela.

— Miranda — interrompeu Sammi.

— Desculpe — parei, engolindo algumas risadas. — Você conheceu um cara.

— Estou indo embora com ele — disse ela. — Ele ouviu falar que as coisas estão melhores no sul. Vamos tentar Nashville e, se não der certo, iremos para Dallas.

— Seus pais sabem? — perguntei.

Sammi assentiu.

— Eles disseram que não tem problema. Ele nos dá comida, então eles o acham ótimo. E ele é. Tem 40 anos e conhece muita gente. Tem levado comida pra nós há algumas semanas e até arrumou gasolina para o carro de papai, além de muitas garrafas de água. Mamãe e papai adorariam que ele ficasse, mas a mudança já estava planejada há algum tempo. Ele disse que estava esperando até eu estar pronta.

— Há quanto tempo você o conhece? — perguntei. — Nunca falou dele na escola.

— Eu o conheci há quatro semanas — contou ela. — Amor à primeira vista. Pelo menos para ele, o que é ótimo. Ele poderia ter a garota que quisesse. Tenho sorte por me querer.

— Você não parece muito feliz — avaliei.

— Bem, não estou — revelou Sammi. — Não seja boba, Miranda. Posso gostar de caras mais velhos, mas não tão mais velhos. O meu limite sempre foi 21, 22, 23 anos, e isso depois de toda essa história da Lua e quando estava bêbada. Mas ele deu a meus pais caixas de comida enlatada e gasolina, e mamãe diz que, talvez, as coisas realmente estejam melhores em Nashville e que terei uma chance. Ela diz que a melhor coisa que um pai pode fazer para um filho agora é enviá-lo para algum lugar onde ele tenha uma chance de sobreviver. Só preciso de proteção, e isso ele vai me dar.

— Ele tem um nome? — perguntei.

— George — murmurou, e nós duas começamos a rir. —- Está bem, nunca pensei que terminaria com alguém de 40 anos chamado George — continuou. — E, talvez, nós nem fiquemos juntos para sempre. Pode ser que, em Nashville, eu encontre um cara legal de 22 anos que possa me alimentar e então largarei George. Ou talvez ele me largará. Vários caras por aí já fizeram isso. De toda forma, vou embora, o que é tudo que sempre quis.

— Tentei visitar você — disse eu. — Há algumas semanas. Ninguém estava em casa.

— Estive pensando em vir aqui, mas George me toma muito tempo — disse Sammi. — No caminho para cá, passei na casa de Megan. Ela parece irritada por ainda estar viva.

— Espero que você volte — disse eu. — Espero que possamos nos encontrar novamente.

— Você era a única coisa boa neste lugar depois que Becky se foi — observou Sammi. — Sabe, quando ela morreu, percebi que a vida é curta e que temos que fazer o melhor com o tempo que nos resta. Claro que não esperava que fosse tão curta assim nem que o melhor seria um homem de 40 anos chamado George. Mas é assim que as coisas são. De qualquer modo, realmente vou sentir sua falta e queria me despedir.

Ela se levantou e nos abraçamos. Em nenhum momento perguntou sobre mim ou sobre como estavam mamãe, Matt e Jonny. Ela veio, contou suas novidades e depois foi embora.

Sei que nunca mais a verei. Odeio Sammi por ir embora e sinto pena dela por acontecer desse modo. Para variar, a dor na minha barriga não é de fome. Ou, pelo menos, não é apenas de fome.

22 de julho

O melhor dia em muito tempo.

Começou quando encontramos Horton na porta da cozinha. Ele estava arranhando, gemendo e pedindo para que o deixássemos entrar imediatamente.

Todos o ouvimos. Foi pouco depois do nascer do sol, ou o que parece ser o nascer do sol hoje em dia. Saímos dos quartos correndo e descemos as escadas. Matt foi o primeiro a chegar, mas eu estava bem atrás dele e mamãe estava a menos de um passo.

Matt abriu a porta e Horton entrou como se a última semana nunca tivesse existido. Ele esfregou a cabeça em nossos tornozelos e então caminhou até a tigela de comida. Felizmente ainda havia comida desidratada nela, que ele comeu num instante.

Mamãe abriu uma lata de comida para ele e lhe deu um pouco de água fresca. Ficamos observando enquanto ele comia. Depois, porque ele é um gato e gatos adoram enlouquecer as pessoas, ele usou a caixa de areia.

— Ele não podia ter feito isso lá fora? — perguntou mamãe, mas ela riu enquanto falava.

Todos rimos. Acho que Horton estava rindo junto com a gente.

Ele se encolheu na cama de Jonny e dormiu pelas próximas seis horas. Quando voltei da caça aos gravetos, ele ainda estava dormindo na cama. Acariciei-o, cocei suas orelhas e disse a ele o quanto nós o amávamos. Acho que ele concordou, pois ouvi que ronronava.

Mais tarde, mamãe foi até os correios pegar nossa correspondência, e havia cinco cartas de Jonny esperando por ela. A última tinha a data de segunda-feira. Ele está bem, o acampamento é legal, está comendo bem, é divertido jogar beisebol etc. Não acho que alguma das cartas tenha mais que um parágrafo e todas dizem praticamente a mesma coisa, mas não importa. Tivemos notícias de Jonny e mamãe pode parar de se preocupar.

Comemoramos no jantar de hoje. Minha mãe declarou que hoje é o Dia Nacional das Boas Notícias. Ela buscou a sra. Nesbitt e nós fizemos um banquete. Mamãe aqueceu uma lata de frango e serviu com macarrão e legumes variados. Nós até tivemos uma sobremesa: pêssegos em lata. A sra. Nesbitt contribuiu com uma garrafa de suco de maçã.

Está cada vez mais frio. Depois do jantar, fomos para o solário e acendemos o fogão a lenha. O fogo estava fraco, mas era suficiente para afastar o frio. Mamãe acendeu algumas velas e o lampião a óleo, e o fogão a lenha também emitia uma luz suave.

Passamos a noite bebericando o suco de maçã (acho que mamãe estava fingindo que era vinho) e contando histórias. A sra. Nesbitt falou sobre como eram as coisas durante a Crise de 1929 e a Segunda Guerra Mundial, quais eram as diferenças e as semelhanças em comparação com os dias atuais. O sr. Nesbitt esteve em um submarino durante a guerra, e ela nos contou o que ele dizia sobre a vida lá.

Horton sentou no colo de todos nós. Ele pulou de um para outro até finalmente se aninhar em Matt. Acho que ele foi o mais próximo de Jonny que Horton conseguiu encontrar.

Eu me sinto melhor sobre as coisas. Depois de um dia como o de hoje, acredito que conseguiremos superar tudo isso, que, se nos amarmos e nos esforçarmos, sobreviveremos independentemente do que possa acontecer daqui para frente.

25 de julho

Eu sonhei que Becky estava trabalhando em uma loja de doces. Eu a via e ela me dizia para entrar e pegar tudo que eu quisesse. Havia balcões cheios de diferentes tipos de chocolates. Depois da mais maravilhosa e torturante indecisão, pedi um pedaço de chocolate com castanhas. Antes de acordar, cheguei a dar uma ou duas mordidas, e juro que senti gosto de chocolate em minha boca antes de perceber que se tratava de um sonho.

Como não ouvi ninguém se movendo pela casa, fiquei na cama, fantasiando sobre chocolate. Pensei em torta de chocolate, biscoitos de chocolate e sorvete de chocolate com pedacinhos de chocolate. Barras de chocolate, chocolate com flocos de arroz e pastilhas de chocolate com menta. Torta alemã de chocolate (que eu nem gosto). Torta floresta negra. Chocolate recheado com manteiga de amendoim. Leite achocolatado. Milk-shake de chocolate. Casquinhas de sorvete de baunilha com cobertura de chocolate.

Agora, o mais próximo que chego de chocolate é nos meus sonhos.

27 de julho

— Será que podemos conversar? — perguntou mamãe.

Imaginei que isso significava que algo estava acontecendo e que eu não iria gostar da conversa. Mamãe e eu nos demos bem durante toda a semana e nem imaginava como poderia ter feito algo muito ruim sem perceber. Então, cheguei à conclusão de que devia ser mais alguma coisa sobre o fim do mundo.

Fomos para o solário, que provavelmente deveria ser rebatizado de cinzário.

— Houve uma mudança de planos — começou mamãe. — Recebi uma carta de seu pai que diz respeito a você.

— Ele está bem? — perguntei. — Aconteceu algo com a vovó?

— Seu pai está bem — contou mamãe. — E Lisa está bem. Ele não sabe como sua avó está; não tem notícias dela há algum tempo. Miranda, sei que você está ansiosa para passar o mês em Springfield, mas você não vai poder ir neste ano.

— Por que não? — perguntei, tentando parecer madura e civilizada. O que eu queria mesmo era gritar, fazer bico e ter um ataque de raiva.

Mamãe suspirou.

— Você sabe como as coisas estão — disse ela. — De qualquer modo, Lisa está desesperada para ver os pais dela, para estar com eles quando o bebê nascer. E seu pai também está preocupado com sua avó. Por isso, estão planejando fechar a casa em Springfield, pegar Jonny no acampamento e passar alguns dias aqui antes de viajar.

Você verá seu pai, mas não será uma visita longa. Sinto muito, querida.

Sei que ela sente. Sei que ela me ama e realmente tem se esforçado para que Matt, Jonny e eu vejamos papai, falemos com ele e nos sintamos como se ele ainda fosse nosso pai.

Mas também sei que, se Jonny e eu fôssemos para Springfield em agosto, o estoque de comida duraria muito mais, economizaríamos o equivalente a sessenta jantares, sem mencionar o café da manhã e o almoço. Às vezes, fico imaginando se, quando mamãe olha para mim, ela vê sua filha ou uma lata de cenouras.

Sei que estive pensando loucamente em Springfield como uma espécie de paraíso pré-Lua. Mas a situação lá deve ser a mesma que aqui. Papai tem alguma noção de como as coisas estão por aqui. E, se houvesse muito de tudo em Springfield, no mínimo ele diria a Matt, Jonny e eu para morarmos com ele. Lisa poderia não gostar, mas aposto que ele diria para mamãe ir também.

Entendo o quanto Lisa deve estar apavorada com o mundo do jeito que está, especialmente estando grávida. Se fosse eu, gostaria de estar perto de mamãe.

Mas, claro, se eu estivesse grávida, mamãe teria me matado.

E, por falar em não estar grávida, há semanas não vejo Dan, desde que parei de ir a Miller's Pond. Sei que é impossível telefonar, já que os telefones não estão mais funcionando e é complicado fazer uma visita, mas ele sabe onde moro e não sei por que está me ignorando. Até Peter aparece de vez em quando, mesmo que seja para nos contar que já há mais de uma dúzia de novas maneiras de as pessoas morrerem.

Fico imaginando até onde Sammi conseguiu chegar, e como papai e Lisa planejam conseguir gasolina pelo caminho. Talvez as coisas realmente estejam melhores no sul ou no oeste. Talvez nós devêssemos ir embora também. Não vejo nenhuma vantagem em ficar aqui.

Hoje à noite, Matt chegou em casa depois de passar o dia cortando árvores e exibiu seus bíceps. Foi triste, de verdade. Seus braços estão impressionantes, mas ele está tão magro. É como se todos os seus músculos estivessem em seus bíceps. Ele disse que, na verdade, também exercita bastante as pernas cortando árvores e, a não ser pela fome, ele nunca se sentiu tão forte na vida.

Fico feliz por um de nós se sentir forte porque, com certeza, não seria eu.

Talvez papai traga comida de Springfield.

E talvez Papai Noel exista.

29 de julho

Jonny, papai e Lisa devem chegar amanhã. Mamãe disse que escreveu para o acampamento de Jonny para avisar que papai iria pegá-lo. Ela só espera que tenham recebido a carta.

A vida era mais fácil quando se podia contar com telefones funcionando.

No jantar, mamãe disse que não sabe quanto tempo papai e Lisa ficarão aqui, mas que acha que será por uma semana, talvez menos.

— Não quero que ele dirija até Las Vegas preocupado conosco — comentou. — Enquanto ele e Lisa estiverem aqui, vamos comer três refeições por dia.

— Mãe — disse Matt —, podemos fazer isso?

— Daremos um jeito — garantiu mamãe. — Demos até agora.

Metade de mim, quer dizer, ¾ de mim adorou a ideia de fazer três refeições por dia. Mesmo considerando o que nós chamamos de refeição agora, ainda é bastante animador. Já me acostumei a sentir fome, e não acho mais tão ruim, mas, mesmo assim, não sentir fome vai ser incrível.

Mas existe aquela pequena parte má de mim que fica imaginando se mamãe vai mudar as regras porque não sabe o que fazer com Jonny. Nós (menos mamãe) fazíamos três refeições por dia, pelo menos oficialmente, quando ele foi para o acampamento.

Algumas vezes, durante a noite, quando não consigo dormir, penso no futuro (o que só torna mais difícil cair no sono, mas continuo fazendo, de toda forma; é como ficar passando a língua em uma cárie). Não no futuro próximo, que já é ruim o suficiente, mas no futuro daqui a seis meses ou no futuro daqui a um ano, se ainda estivermos vivos.

Mamãe deve estar tentando imaginar o futuro também. Talvez ela ache que estaríamos melhor se Matt fosse embora, como muitos estão fazendo, ou se eu encontrasse alguém para me proteger, como Sammi fez. Então, a comida que ela tem seria para Jonny até que ele tivesse idade bastante para se cuidar sozinho. Mas sei que mamãe ama Matt e a mim demais para nos sacrificar. E Jonny precisa comer agora para continuar crescendo e ficar forte.

Esse é um problema sério para mamãe. E acho que ela resolveu não lidar com ele até papai e Lisa irem embora.

30 de julho

Jonny, papai e Lisa estão aqui.

Chegaram hoje à noite e tudo está maravilhoso.

Jonny parece ótimo. Ele disse que o alimentaram muito bem, mas que o trabalho na fazenda era difícil e não sobrava muito tempo para jogar beisebol.

A VIDA COMO ELA ERA • 161

Papai emagreceu, mas ele sempre foi magro e não está esquelético. Só mais magro. Mas parece mais velho do que quando o vi pela última vez, em abril. Seus cabelos estão mais grisalhos e o seu rosto, muito mais enrugado.

Lisa está bem. Dá para perceber que está grávida, mas ela ainda não está com um barrigão. Não sei se ela deveria estar parecendo mais grávida do que está. Mas seu rosto ainda está gordinho e o tom de sua pele está ótimo. Acho que papai está cuidando para que ela coma direito, mesmo comendo menos do que o normal.

Vi que papai ficou nos analisando, assim como analisamos ele e Lisa. Queria estar pesando mais (nunca imaginei dizer isso!), porque percebi que ele ficou preocupado. E ele já tem problemas demais. Acho que, quando viu que Jonny estava igual a antes, pensou que mamãe, Matt e eu estivéssemos também.

Não que papai tenha dito algo além de que parecíamos ótimos, que era bom nos ver, e quanto eles se divertiram trazendo Jonny para casa e ouvindo tudo sobre o acampamento de beisebol.

E, mesmo sendo maravilhoso ver que papai realmente está bem — porque agora você se preocupa quando não vê alguém por um longo tempo —, a melhor parte foram todas as coisas que ele trouxe para nós.

Ele e Lisa vieram em uma minivan apinhada. Papai etiquetou todas as caixas e deixou pelo menos metade delas na van (e nós a escondemos na garagem — não se deixam mais as coisas do lado de fora). Mesmo assim, levamos dez ou quinze minutos para descarregar as nossas caixas.

Parecia de verdade que era Natal. Papai trouxe caixas de comida em lata: sopa de frango com macarrão e legumes, frutas e atum. Eu acabei perdendo a conta de quantas caixas eram, mas devem ser pelo menos trinta, e cada uma tem duas dúzias de latas. Embalagens de macarrão, leite em pó e purê de batata. Vidros de molho à bolonhesa e purê de maçã. Engradados de garrafas de água e meia dúzia de galões de água destilada.

— De onde veio tudo isso? — perguntou Matt. Mamãe estava chorando demais para conseguir falar.

— Da faculdade — respondeu papai. — Ela não vai abrir no outono e as cozinhas dos dormitórios estavam cheias de comida. Muitos funcionários já haviam ido embora e quem ainda estava lá dividiu o que havia. Estou levando muita coisa conosco, para durante a viagem e para mamãe e os pais de Lisa, caso precisem.

Mas isso não foi tudo, apesar de já ser suficiente. Eles nos deram quatro cobertores, pilhas, uma caixa de fósforos, lençóis, toalhas de banho e de rosto e pasta de dente. Sabonete perfumado para mim. Querosene. Repelente de insetos e protetor solar (rimos nessa hora). Agasalhos para todos nós, que, claro, estavam folgados, mas ainda poderiam ser usados. E duas serras elétricas portáteis e um serrote.

— Imaginei que posso ajudar a cortar lenha enquanto estiver aqui — falou papai.

Ah, e um lampião a pilha, que achamos que deixa o solário claro e alegre.

Mamãe se acalmou o suficiente para ir até o quarto e pegar as caixas de coisas que compramos para o bebê de Lisa. Todas aquelas roupinhas baratas que ela ficou tão animada por encontrar.

Juro que Lisa começou a chorar quando viu o que mamãe trouxe. Ela ficou abraçando a mim e à mamãe, agradecendo por lembrarmos dela e do bebê. Papai começou a chorar também. Só não chorei junto com eles porque pensei em como aquilo era uma loucura completa, além de ver Jonny revirando os olhos e Matt parecendo muito sem jeito, o que me fez querer rir em vez de chorar.

Lisa abriu cada peça de roupa, e nós fizemos barulhos de admiração como se fosse um chá de bebê. Bem, Matt e Jonny não fizeram som algum. Em vez disso, desempacotaram um pouco da comida.

Tenho que admitir que os macacõezinhos são muito fofos.

Ficamos acordados até depois das 22h, e então mamãe, que está dormindo no solário para que papai e Lisa possam ficar no quarto dela, nos expulsou da sala.

Estou acordada até mais tarde porque me sinto rica de pilhas. É divertido ser extravagante. Sei que elas não vão durar para sempre, que até as montanhas de comida que papai trouxe não serão eternas.

Mas, por hoje, posso fazer de conta.

31 de julho

Papai disse que a quantidade que acharmos suficiente de madeira nunca será demais e que precisaremos de ainda mais. Também falou que o melhor que ele pode fazer enquanto estiver por aqui é cortar lenha. Avisou que não podemos guardá-la do lado de fora e nem mesmo ao lado da casa.

— Tudo terá desaparecido até outubro — disse ele. — Nada está seguro.

Mamãe pensou sobre o assunto e resolveu que o melhor lugar para armazenar a madeira é a sala de jantar, já que não a usamos mais para as refeições (não que a usássemos tanto assim antes).

Por isso, hoje, após o café da manhã — que todos comemos —, levamos tudo da sala de jantar para a de estar. As coisas frágeis tiveram que ser tiradas primeiro, o que foi difícil porque não podemos embrulhar os objetos em jornal, como faríamos se ainda houvesse jornais. Mas não quebramos nada. Depois, foi a vez da mobília: a cristaleira, o aparador, a mesa e as cadeiras. Até Lisa carregou cadeiras, apesar de papai ter prestado atenção nela como se também fosse uma das coisas frágeis.

— A sala de estar parece uma loja de móveis usados — observou Jonny.

— Uma loja de antiguidades — corrigiu mamãe.

De um jeito ou de outro, não dá mais para usar a sala de estar, mas, de todo modo, não temos passado muito tempo lá.

Depois de mexer nos móveis, papai e Matt saíram para cortar árvores.

Jonny e eu levamos as toras que já tínhamos para a sala de jantar. Mamãe cobriu o chão com lençóis para que não fique arranhado para sempre. Depois que acabamos de trazer a lenha, Jonny foi ajudar papai e Matt. Fui para o bosque pegar mais gravetos. Acho que entrei no terreno da sra. Nesbitt, mas sei que ela não se importaria de eu pegar um pouco de seus gravetos. Ela realmente deveria vir morar com a gente. Não sei como aguentará o inverno se não fizer isso.

Estou tão acostumada a pular o brunch que fiz isso sem pensar, o que é até engraçado. É a primeira vez em muito tempo que não temos que nos preocupar com a comida e eu continuo pulando uma refeição.

O jantar foi uma decepção: apenas atum e vagem em conserva. Por alguma razão, imaginei que seria um banquete.

Mamãe e Lisa chegaram a rir quando viram minha reação.

— Vamos ter um jantar de verdade na terça-feira — avisou mamãe. — Aguente firme.

Um jantar de verdade. Queria que tivéssemos deixado a sala de jantar montada até lá.

Mesmo com a comida não sendo muito animadora, o jantar hoje foi divertido. Foi muito bom ter Jonny de volta e foi a primeira chance que ele teve de nos contar como foi o acampamento. Muitos garotos não apareceram, o que significou mais comida para os que estavam lá e menos gente para jogar bola. E o trabalho na fazenda era difícil, especialmente no início. Depois que o céu ficou cinza, os animais começaram a sentir a diferença, as galinhas não botavam mais tantos ovos, e a produção de leite diminuiu.

Mas não queríamos conversar sobre isso, então trocamos de assunto bem rápido. Papai contou piadas e foi engraçado ver mamãe e Lisa revirando os olhos.

Mas eu acho que a melhor coisa que aconteceu hoje foi Horton finalmente ter perdoado Jonny por abandoná-lo. Horton estava ignorando Jonny desde que ele chegou. Sentava-se no colo de Matt, no meu, no de mamãe e até no de papai. E, como Lisa não queria nada com ele, Horton estava se atirando para cima dela.

Todos ficamos rindo disso, mas, talvez, não Lisa, e, talvez, não Jonny, e, talvez, nem eu, porque me lembro de como fiquei histérica ao pensar que teria que dizer a Jonny que o seu precioso Horton se fora para sempre.

Mas hoje, depois do jantar, sentamos no solário, com o maravilhoso brilho do lampião a pilha. Mamãe fez crochê, Lisa a observou. Enquanto isso, papai, Matt, Jonny e eu jogamos Banco Imobiliário, o que era irresistível para Horton, que teve que derrubar todas as peças. Depois de estabelecer que o chão era o seu território e que nos deixaria usá-lo, graças à sua enorme benevolência, nos observou com atenção e, em seguida, deitou-se do lado de Jonny e ordenou que coçasse sua cabeça.

E foi o que Jonny fez. Horton ronronou como um gatinho e, por um momento glorioso, tudo pareceu estar bem com o mundo.

1º de agosto

A definição de jantar de verdade para mamãe significa nós, papai e Lisa, a sra. Nesbitt e Peter. Achei um pouco estranho mamãe convidar Peter, mas também é estranho Lisa ficar aqui, então, por que não?

Mamãe me pediu para ir de bicicleta até a casa da sra. Nesbitt e depois ao consultório de Peter para convidá-los. Jonny agora está cortando a madeira das árvores derrubadas por papai e Matt, então eu era a única disponível.

A sra. Nesbitt passou a implicar com papai depois do divórcio, mas, quando a convidei, ela ficou radiante de tanta animação.

— Eu não tenho saído muito ultimamente — confidenciou ela, o que soou tão engraçado que rimos até chorar.

Pedalei até a cidade, respirando o ar úmido e cinzento, e fui até o consultório de Peter, mas havia um cartaz na porta dizendo que ele tinha fechado o consultório e que poderia ser encontrado no hospital.

Não era de admirar que Peter tenha fechado o consultório, mas foi mais uma daquelas coisas que me fazem perceber como o mundo está diferente. Os últimos dias foram tão bons que às vezes me esquecia do que está acontecendo. Mesmo o cinza, ao qual achei que nunca iria me acostumar, já faz parte da vida agora.

As coisas são diferentes quando você sabe que conseguirá comer a próxima refeição.

Fui para o hospital, que estava extremamente cheio. Fui barrada no saguão e me perguntaram quem eu queria ver. Dei o nome de Peter e disse que era pessoal.

O hospital ainda tem luz, e foi estranho ver um prédio todo iluminado. Era como um mundo encantado ou pelo menos um parque temático. Hospitalândia! Aquilo me fez pensar no sonho que tive com um parque de diversões um tempo atrás.

Claro que o hospital está diferente. A loja de presentes está fechada e a cafeteria também. Só os serviços básicos estão funcionando, mas, mesmo assim, parecia mágico.

O segurança (que eu percebi estar armado) mandou uma mensagem para Peter e depois me disse para ir até a ala direita do terceiro andar.

— Os elevadores são apenas para os doentes, idosos e deficientes — avisou o guarda.

Entendi o recado e subi pelas escadas.

Peter parecia exausto, mas, no geral, estava bem. Eu lhe contei que papai e Lisa estavam aqui em casa e que Jonny voltou são e salvo. Avisei também sobre o jantar de amanhã à noite e que mamãe o convidou.

Se Peter achou que seria estranho, não demonstrou. Ele abriu um sorriso tão grande quanto o da sra. Nesbitt e disse que ficaria encantado.

— Há quase uma semana que não saio daqui — disse ele. — Mereço uma noite de folga.

Engraçado. Detesto um pouco as visitas de Peter. Ele sempre traz alguma coisa, mesmo que seja uma lata de espinafre. Mas parece que ele só fala sobre doenças e morte.

Mas ele pareceu tão feliz com o convite que me senti feliz em saber que ele virá amanhã para comer uma refeição de verdade e se distrair, mesmo que seja com sua quase-namorada, os filhos dela, o ex-marido com a esposa grávida e, claro, a sra. Nesbitt.

Enquanto caminhava pelo corredor na direção das escadas, me deparei com Dan. Fiquei tão chocada ao vê-lo que engasguei. E ele parecia tão surpreso quanto eu.

— O que você está fazendo aqui? — perguntei antes que ele tivesse a chance de me perguntar a mesma coisa.

— Minha mãe está internada — contou. — Febre do Nilo Ocidental. Ela vai ficar bem. Mas passamos algumas semanas difíceis.

Eu me senti péssima ao pensar em como fiquei irritada com ele.

Dan tocou meu braço.

— Preciso contar uma coisa a você — revelou ele. — Para onde você está indo?

— Só até as escadas — respondi. — Quer dizer, estava voltando para casa.

— Levo você lá fora — falou ele, soltando meu braço, o que me fez ficar triste. Por alguma razão, achei que seu braço desceria até minha mão e que caminharíamos juntos como costumávamos fazer. Mas, em vez disso, caminhamos como duas pessoas diferentes, cada um preocupado com coisas importantes.

Fomos até o bicicletário, onde a correia de minha bicicleta estava presa por um cadeado duplo.

— Miranda — disse Dan e, em seguida, parou.

— Está tudo bem — garanti. — Pode me falar.

— Vou embora — começou ele. — Provavelmente na próxima segunda-feira. Eu teria ido antes, mas queria ter certeza de que mamãe ficaria bem antes de partir.

Pensei em Sammi, e em papai e Lisa, e fiquei imaginando quantas pessoas sairiam de minha vida.

— Você já sabe para onde vai? — perguntei.

Dan balançou a cabeça.

— Primeiro, pensamos que todos iríamos — disse ele. — Eu, mamãe e papai. Para a Califórnia, já que minha irmã mora lá.

Mas vimos o nome dela em uma das listas. Agora é assim que se descobre. Ninguém avisa. Você apenas vê o nome. Papai manteve a calma. Não surtou nem coisa parecida. Mas mamãe ficou histérica e não conseguia acreditar, então eu disse que, se arrumasse uma maneira, eu iria até lá.

Eu queria lhe dizer que sentia muito. Eu queria beijá-lo, abraçá-lo e confortá-lo. Em vez disso, continuei parada ali, ouvindo.

— Meu pai disse que seria um erro e que tínhamos que seguir a vida. Minha mãe estava tão fora de si que nada realmente importava — continuou ele. — Você não sabe como é. Fico feliz por não saber, Miranda. Fico feliz que até agora nada disso tenha afetado você e espero que isso nunca aconteça. E então chegou o verão e eu não sabia o que deveria fazer. Por isso, fui nadar. E pensei que poderia amar você, mas isso não parecia justo com nenhum de nós dois. Porque papai decidiu que eu deveria ir embora. Foi ideia dele, e me contou antes de falar para mamãe, porque sabia que ela ficaria nervosa. Ele trocou o carro por uma moto e me ensinou a pilotá-la.

"Eu não queria ir. Não queria deixar meus pais nem você, mas meu pai insistiu. Já teria ido há algumas semanas se mamãe não tivesse ficado doente. Meu pai e eu tememos que, se eu fosse embora enquanto ela estava doente, ela poderia não resistir. Mas agora minha mãe está se recuperando, e eu preciso ir enquanto o tempo ainda está bom. Papai disse que a primeira geada deve ser em algumas semanas."

— Em agosto? — perguntei.

Dan assentiu

— Ele disse que teremos sorte se não houver uma geada pesada antes de setembro. Sua família pensa em ir embora?

— Meu pai e minha madrasta vão — contei. — Eles ficarão conosco por alguns dias, e depois irão para o oeste.

— Talvez eu os encontre na estrada — disse Dan. — Miranda, eu queria que as coisas tivessem sido diferentes. Queria que soubesse que já gostava muito de você antes de tudo isso acontecer. Eu estava tomando coragem para convidá-la para o baile de formatura.

Pensei no quanto aquele convite teria significado para mim.

— Eu teria aceitado — respondi. — Talvez, um dia, nós possamos ir a um baile de formatura.

— Se eu estiver aqui, está marcado — garantiu ele. — Tentarei escrever, mas não sei se as cartas irão chegar. Miranda, nunca me esquecerei de você. Não importa o que aconteça, vou me lembrar de você e de Miller's Pond. Foi a única coisa boa que aconteceu.

Nós nos beijamos. É curioso quanto aquele beijo significou. Talvez eu nunca mais beije outro garoto, não do jeito que beijei Dan.

— Tenho que entrar — disse Dan. — Mamãe vai ficar preocupada.

— Boa sorte — desejei. — Espero que as coisas estejam melhores aonde você for.

Nós nos beijamos mais uma vez, mas foi um beijo rápido, de despedida. Dan voltou para o hospital enquanto eu fiquei ali, observando.

Sei que ele me considera uma pessoa de sorte por não ter sido "afetada" por tudo o que aconteceu. E sei que é mesquinho pensar de outro modo. Mas imagino se o horror de saber que alguém que você ama morreu é pior que o desgaste diário de estar vivo.

Mas eu sei que é. Porque Dan perdeu a irmã e eu não perdi ninguém, pelo menos não que eu saiba. E ele passa pelo mesmo desgaste que eu, a não ser pela mãe que quase morreu também.

A VIDA COMO ELA ERA • 171

Honestamente, sei a sorte que tenho.

Mas meu coração está partido por ele não ter me convidado para o baile de formatura em maio. Eu teria essa lembrança para sempre. E agora nunca terei, e acho que nenhum sonho seria tão maravilhoso quanto esse poderia ter sido.

2 de agosto

Que banquete!

Mamãe e Lisa assaram pão (usando o resto do fermento). É claro que não podíamos ter uma salada normal (é impressionante do que sentimos falta. Quem pensaria que eu sentiria saudades de alface americana?), mas minha mãe pegou uma lata de vagem e outra de feijões, misturou-as com azeite de oliva e vinagre e declarou que era uma salada de dois feijões. O prato principal foi espaguete com molho à bolonhesa. Sim, a bolonhesa veio de um pote de molho pronto, mas eu não me lembrava da última vez em que tinha comido algum tipo de carne, a não ser nos meus sonhos. E quanto ao acompanhamento, foram cogumelos.

Peter trouxe duas garrafas de vinho, um branco e um tinto, pois não sabia o que teríamos para o jantar. Mamãe deixou que Jonny e eu bebêssemos um copo de vinho, porque, afinal, o mundo está acabando e não faria mal.

A sra. Nesbltt preparou a sobremesa. Ela fez merengues de clara de ovo em pó em formato de conchas, recheados com pudim de chocolate.

Jantamos no solário. Montamos a mesa dobrável de metal, a cobrimos com uma bela toalha de mesa e trouxemos as cadeiras da sala de jantar que estavam na sala de estar. Mamãe acendeu velas e o fogão a lenha.

Mamãe costumava ter orgulho de sua comida. Ela sempre estava experimentando receitas. No mundo de antigamente, mamãe jamais serviria molho à bolonhesa pronto ou cogumelos em lata. Mas ela estava tão feliz e animada com o jantar de hoje. E também fizemos estardalhaço pela sobremesa da sra. Nesbitt.

Talvez por causa do cheiro de pão fresco assado, por causa do vinho ou por causa de algo tão básico quanto ter comida suficiente, mas nos divertimos muito. Tinha imaginado como seria ter Peter e papai juntos, mas eles lidaram com a situação do mesmo modo que mamãe e Lisa, como se fossem velhos amigos e jantarem juntos fosse a coisa mais normal do mundo.

Todos conversamos. Todos brincamos. Todos nos divertimos.

Após o jantar, Matt e eu tiramos a louça e os talheres. Ninguém queria que a noite terminasse, então continuamos sentados ao redor da mesa.

Não me lembro sobre o que estávamos conversando, mas não era nada muito grave, porque não tínhamos conversado sobre nada sério durante toda a noite (até mesmo Peter guardou suas histórias de morte para si mesmo), quando Jonny perguntou:

— Nós vamos todos morrer?

— Ora, ora — brincou mamãe —, minha comida não é tão ruim assim.

— Não. Eu falei sério — continuou Jonny. — Nós vamos morrer?

Minha mãe e meu pai se entreolharam.

— Não num futuro próximo — garantiu Matt. — Temos comida e combustível. Ficaremos bem.

— Mas o que irá acontecer quando a comida acabar? — perguntou Jonny.

A VIDA COMO ELA ERA • 173

— Com licença — disse Lisa. — Não gosto de conversar sobre isso.

Ela se levantou e saiu da sala.

Papai pareceu dividido. Finalmente, se levantou e foi atrás dela.

Assim, voltou a sermos só nós, o "nós" ao qual eu me acostumei nos últimos meses.

— Jon, você merece uma resposta honesta — disse Peter. — Mas nós não sabemos o que irá acontecer. Talvez o governo consiga mais comida para nós. Deve haver mantimentos em algum lugar. Tudo o que podemos fazer é viver um dia de cada vez e esperar pelo melhor.

— Não vou sobreviver a tudo isso, eu sei — revelou a sra. Nesbitt. — Mas eu sou velha, Jonny. Você é um garoto jovem, forte e saudável.

— Mas e se as coisas piorarem? — perguntei. Ainda não sei por que disse isso, mas talvez seja porque haviam acabado de dizer a Jonny que ele sobreviveria, mas ninguém estava preocupado em me dizer isso. — E se os vulcões não forem a última coisa ruim que veremos? E se a Terra sobreviver, mas os humanos, não? Isso pode acontecer, não pode? Mas não daqui a um milhão de anos. Pode ser agora, no ano que vem ou daqui a cinco anos. E aí?

— Quando eu era pequeno, era fascinado por dinossauros — contou Peter. — Do jeito que as crianças são. Eu li tudo o que podia sobre eles, aprendi todos os nomes em latim, era capaz de reconhecer um apenas a partir do esqueleto. E eu não conseguia entender como aqueles animais incríveis podiam simplesmente ter desaparecido. Mas, claro, eles não desapareceram. Eles evoluíram para aves. A vida pode não continuar do modo como a conhecemos hoje, mas ela continuará. A vida resiste. Sempre acreditarei nisso.

— Os insetos sobrevivem a tudo — lembrou Matt. — Eles também sobreviverão a isso.

— Ótimo! — disse eu. — As baratas vão evoluir? Os mosquitos ficarão do tamanho de águias?

—Talvez as borboletas cresçam — supôs Matt. — Imagine borboletas com asas de 30 cm, Miranda. Imagine o mundo brilhando com a cor das borboletas.

— Eu aposto nos mosquitos — disse a sra. Nesbitt, e todos ficamos tão surpresos com o cinismo dela que começamos a rir. Rimos tão alto que Horton acordou com um pulo e saltou do colo de Jonny, o que nos fez rir ainda mais alto.

Papai voltou nessa hora, mas Lisa, não.

3 de agosto

Meu pai e Matt trabalharam durante todo o dia. Quando papai entrou para jantar, contou que ele e Lisa vão embora amanhã bem cedo.

Eu sabia que não deveria ficar surpresa, mas doeu ouvir isso.

Lisa passou o dia deitada na cama. Mamãe foi até lá algumas vezes para ver se ela estava bem, mas não pareceu ter feito diferença.

— Ela está preocupada com os pais — disse mamãe. — E, claro, está preocupada com o bebê. Quer chegar lá o mais rápido possível e, quanto mais esperarem, mas difícil pode ser a viagem.

Fico imaginando se Lisa teria tanta pressa se Jonny não tivesse perguntado sobre o fim do mundo.

Meu pai fez sanduíches de atum para ele e para Lisa, e levou os dela para o quarto. Durante um longo tempo pensei que ele poderia ficar lá e só sair de manhã cedo, e que eu não teria a chance de vê-lo novamente.

Mas, depois de mais ou menos uma hora, ele se juntou a nós no solário.

—Vamos sentar na varanda, Miranda? — perguntou ele.

— Claro — respondi, e nós dois saímos juntos.

— Eu não conversei muito com você — disse papai depois de nos sentarmos no balanço da varanda. — Passei bastante tempo com Matt e Jonny, mas não com você.

— Não tem problema — disse eu. — Cortar madeira é mais importante.

—Você e seus irmãos são o mais importante — corrigiu ele. — Miranda, quero que você saiba quanto estou orgulhoso de você.

— De mim? — perguntei. — Por quê?

— Por um milhão de razões — respondeu. — Por ser inteligente, engraçada e linda. Por nadar quando não podia patinar. Por tudo que você faz para facilitar a vida de sua mãe. Por não se queixar, mesmo quando tem tantos motivos para reclamar. Por ser uma filha que orgulharia qualquer pai. Eu sabia que convidar você para ser a madrinha do bebê era a melhor decisão e, nos últimos dias, percebi como eu estava certo. Fico feliz por ser seu pai. Eu amo muito você.

Também amo você — respondi. — E o bebê ficará bem. Tudo vai ficar, sei disso.

—Também sei disso — concordou papai, e nos abraçamos.

Ficamos sentados ali, em silêncio, durante algum tempo, pois sabíamos que qualquer coisa que disséssemos estragaria o clima.

Depois, papai se levantou e voltou para Lisa. Fiquei sentada na varanda um pouco mais, pensando em bebês e borboletas, e em como será o restante de minha vida. Após refletir sobre todos os pensamentos que eu poderia ter, voltei para dentro de casa e ouvi o silêncio durante algum tempo.

4 de agosto

Papai e Lisa foram embora às 6h.

Todos nos levantamos quando eles acordaram e tomamos o café juntos. Mamãe achou um vidro de geleia de morango e serviu o restante do pão. Comemos pêssegos em lata e bebemos suco de laranja em pó. Papai e mamãe tomaram café. Lisa, chá.

Papai abraçou e deu um beijo de despedida em cada um de nós. Precisei de toda minha força de vontade para não me agarrar a ele. Todos sabíamos que talvez nunca mais nos veremos.

Papai prometeu escrever sempre que puder, e disse que vai nos dar notícias de vovó.

Quando eles entraram no carro, foi Lisa quem saiu dirigindo. Acho que papai estava chorando demais para fazê-lo.

NOVE

6 de agosto

Acordei de manhã pensando que nunca mais verei Sammi. Nunca mais verei Dan.

Estou com tanto medo de nunca mais ver papai.

Não sei como sobreviverei se nunca mais vir a luz do sol de novo.

7 de agosto

Fui até o quarto de Matt antes do jantar para ver se ele tinha algum livro da biblioteca para devolver amanhã.

Matt entrou enquanto eu estava procurando.

— O que diabos você está fazendo em meu quarto? — gritou ele.

Fiquei tão assustada que simplesmente não me movi.

— Passei o dia inteiro cortando madeira — vociferou ele. — Estou cansado, sujo e com fome, tenho que passar cada segundo com Jonny e juro que poderia matar papai por não ficar aqui e tomar conta de nós.

— Sinto muito — gaguejei.

— Eu também — respondeu ele. — Mas isso não ajuda em nada.

9 de agosto

Estamos todos nervosos. Era de se esperar que ter comida em casa nos animaria, mas nem isso ajuda.

Percebi que mamãe parou de tomar o café da manhã outra vez e, nos últimos dias, também não a vi almoçar. Matt corta madeira durante o dia inteiro, então acho que ele também não está almoçando. Ele não anda muito falante ultimamente.

Ninguém me disse o que fazer, mas acho melhor voltar a comer brunch.

O fato de mamãe estar comendo menos quando temos comida em casa me assusta. Isso significa que ela não acha que o que papai trouxe (e o que nós tínhamos antes de ele vir) vai durar muito tempo.

Bem que algo neste mundo poderia voltar ao normal. Não me lembro da última vez que tivemos energia elétrica, mesmo por uns minutos no meio da noite. Mamãe se certifica de que pelo menos um de nós vá até a cidade todos os dias para ver se há notícias nos correios (que se tornou um quadro de avisos comunitário) ou se estão distribuindo comida, mas todos sempre voltamos para casa de mãos vazias.

E está esfriando também. A temperatura hoje nem chegou a 15 graus.

11 de agosto

A primeira geada. Leve, mas ainda assim aconteceu.

— Por que continuamos aqui? — perguntou-me Jonny hoje de manhã. —Todas as outras pessoas estão indo para o sul.

— Nem todos estão indo — respondi, principalmente porque fiquei incomodada com a pergunta. Jonny nunca foi muito falante, mas, desde que voltou do acampamento, ele está ainda mais calado que o normal. É como se toda essa situação tivesse o deixado velho antes de ele ter a chance de ser adolescente.

— Metade das pessoas do acampamento disse que suas famílias estavam planejando se mudar — contou Jonny. — E o acampamento não estava nem metade cheio. Ontem, encontrei com Aaron na cidade, e ele disse que tantos alunos da escola já foram embora que estão falando em fechar alguns colégios.

— Aaron não é exatamente uma fonte confiável — argumentei.

— O pai dele está no comitê escolar — respondeu Jonny.

— Muito bem — retruquei. — Então ele é uma fonte confiável. Mas nós não vamos a lugar algum e é melhor você não falar com mamãe sobre isso.

— Você acha que deveríamos ir embora? — perguntou Jonny. Foi tão estranho, porque ele falava da mesma forma como eu falo quando pergunto a Matt coisas assim.

— Não podemos deixar a sra. Nesbitt — lembrei. — E entrar no carro e dirigir até algum lugar, sem saber onde vamos parar ou se haverá comida e um lugar para viver? Algumas pessoas conseguem fazer isso. Eu não acho que mamãe seja uma delas.

— Talvez um de nós deva ir — ponderou Jonny. — Matt ou eu. Você poderia ficar aqui com mamãe e a sra. Nesbitt.

— Você ainda não tem idade para isso — disse eu. — Pare de pensar nessas coisas. Ficaremos bem. Temos comida, madeira e um pouco de combustível para o aquecedor. As coisas vão melhorar. Elas não têm como ficar pior.

Jonny sorriu.

— É isso que todos dizem — comentou ele. — E todos têm estado errados.

14 de agosto

No jantar (frango em lata e legumes variados), Jonny falou:

— Sei que meu aniversário está chegando, mas não estou esperando presentes, então não precisam se preocupar com isso.

Eu tinha me esquecido completamente do aniversário dele.

Quando penso sobre todas as coisas de que sinto falta, preciso incluir fazer compras.

Minha mãe disse que Jonny estava sendo muito maduro e confessou que não tinha nada para o aniversário dele, mas que isso não significava que não seria um dia especial. Acho que isso quer dizer um tipo de legume a mais no jantar ou, talvez, um pouco de salada de frutas enlatada para a sobremesa.

Ou talvez beberemos a outra garrafa de vinho que Peter trouxe e ficaremos bêbados.

Fico um pouco aborrecida por Jonny tomar essas atitudes adultas e eu não. Não posso dizer para que não se preocupem com meu aniversário, porque ele é em março e acho que teremos muitas outras coisas para nos preocuparmos até lá.

Voltei a fazer duas refeições por dia, mas isso não é exatamente uma atitude adulta por aqui.

Além disso, apesar de nenhum de nós ter falado sobre isso, estamos todos preocupados por não termos notícias de papai. O correio está tão estranho. As cartas podem levar semanas para chegar e provavelmente há muita correspondência que nem chega. Não há razão para pensarmos que já teríamos alguma notícia, mas é assustador pensar nele e em Lisa dirigindo no meio do nada.

Mamãe ouve o rádio todas as manhãs e tenho certeza de que ela nos contaria se o restante dos Estados Unidos tivesse evaporado ou coisa parecida. Então meu pai e Lisa devem estar a salvo onde quer que estejam.

Mesmo assim, gostaríamos de saber.

15 de agosto

Perguntei à mamãe se a situação está melhor do que antes. Será que todas as coisas ruins — enchentes, terremotos e vulcões — pararam?

Ela disse que não, que, já que a força gravitacional da Lua mudou, as coisas nunca voltarão a ser como eram.

Mas não está pior, argumentei.

Obviamente, ela não estava disposta a responder a isso.

Eu perguntei quanto poderia piorar.

Mamãe explicou que há vulcões em erupção em vários lugares inesperados, como Montreal. Parece que havia um vulcão que nunca tinha entrado em erupção porque a crosta da Terra era muito densa, mas, agora que a força da Lua está mais forte, a lava é capaz de atravessar a crosta. Os vulcões causam incêndios e os terremotos causam incêndios e os tsunamis ficam cada vez maiores, então o litoral está cada vez menor. As pessoas estão fugindo de lugares com vulcões e terremotos e enchentes, ou seja, as coisas estão piorando até em lugares estáveis.

E, é claro, há as epidemias.

Depois que mamãe começou a falar, não parou mais. Já tivemos três dias de geada, mas as últimas semanas foram de um frio de matar na Nova Inglaterra e no norte do meio-oeste. Todas as plantações de lá morreram.

Ah, e houve um terremoto próximo a uma usina nuclear, e ela explodiu ou coisa parecida. Acho que isso foi na Califórnia.

— Percebe agora a sorte que temos? — perguntou ela.

— Nunca disse que não tínhamos sorte — gritei, porque eu não disse isso. Ou pelo menos não hoje. Tudo o que fiz foi perguntar se as coisas estavam melhores, o que não é exatamente igual a dizer que eu quero energia elétrica, chocolate quente, televisão e um baile de formatura com um encontro que me deixe ansiosa.

Tudo em que penso todas as manhãs, quando acordo, e todas as noites, antes de dormir.

— Não fale comigo nesse tom! — gritou minha mãe.

— Que tom? — respondi falando alto. — É você quem está usando um tom! Você pode gritar comigo e eu tenho que aceitar?

E aí brigamos feio. Não fazíamos isso há semanas, pelo menos não desde a história horrorosa com Horton. Como eu sou ingrata. Como eu não faço nada o dia inteiro. Como eu sinto pena de mim mesma.

— Você está certa: eu sinto pena de mim mesma — gritei para ela. — Por que eu não sentiria? Se já não bastasse minha vida estar ruim o suficiente e eu não ter ideia se vou sobreviver, ainda estou presa com uma mãe que não me ama. Eu deveria ter ido embora com papai e Lisa. Ele me ama, mesmo que você, não!

— Saia — ordenou mamãe. — Saia daqui. Não quero olhar para você.

Eu fiquei tão chocada que demorei alguns instantes antes de sair correndo de casa. Mas, quando cheguei lá fora, não tinha ideia de para onde ir ou o que fazer. Peguei a bicicleta e deixei que minhas pernas me levassem. E, para minha surpresa (mas não para as minhas pernas), fui parar na casa de Megan.

A mãe de Megan parecia dez anos mais velha do que no mês passado. Mas ela sorriu ao me ver, como se fosse a coisa mais normal do mundo que eu aparecesse para uma visita. Pelo menos ela não me lembrou mais da mãe de Becky.

— Megan está no quarto — informou. — Ela vai ficar feliz em ver você.

Fui até o quarto de Megan. Por um momento, me perguntei o que eu estava fazendo ali, mas bati à porta, disse que era eu e entrei.

Megan estava deitada na cama lendo a Bíblia. Foi assustador ver quanto ela estava magra. Mas ela não parecia louca nem nada e, hoje em dia, é preciso aceitar o que se tem.

— Miranda! — gritou ela e, por um momento, voltou a ser a minha Megan. — Estou tão feliz por você estar aqui. Sente-se. Conte as novidades.

E foi o que eu fiz. Falei de cada pequeno detalhe. Sobre mamãe e as brigas e Jonny e Matt e papai e Lisa e Horton. E como Dan queria me convidar para o baile, mas que tinha ido embora. Devo ter falado compulsivamente durante meia hora, com Megan me interrompendo apenas para fazer perguntas ou algum barulho para concordar comigo.

— Caramba! — exclamou quando finalmente terminei. — Sua vida é terrível.

Não sabia se começava a rir ou a chorar. Mas acabei rindo.

— Acho que estou me concentrando demais nos detalhes — disse.

— Todos estamos — considerou Megan.

— Você também? — perguntei.

Megan assentiu.

— Eu sei o que preciso fazer — explicou ela. — E estou fazendo o melhor que posso. Mas, mesmo sabendo que é a vontade de Deus e que não posso questioná-lO, quero saber que a alma de mamãe, a de papai, a sua e a de todos que amo serão salvas. Eu rezo, rezo muito, mas não acho que faça diferença. Estamos no inferno, Miranda. Deus sabe o que é melhor para nós, mas continua sendo o inferno.

— O reverendo Marshall também pensa assim? — perguntei. Eu fiquei chocada por ouvir Megan falar daquele jeito.

— Ele diz que Deus está nos punindo por nossos pecados — justificou ela. — Somos todos pecadores. Eu sei que sou pecadora. Eu cobiço as coisas, Miranda. Comida. Cobiço tanto a comida às vezes. E tenho pensamentos libidinosos. Não fique tão surpresa. Tenho 16 anos. Você acha que nunca tive um pensamento libidinoso?

— Com quem? — perguntei.

Megan riu.

— Tim Jenkins — contou ela. — E James Belle. E o sr. Martin.

— Todas tínhamos uma queda pelo sr. Martin — disse eu. — Metade das garotas de Howell High vai para o inferno se ter uma queda pelo sr. Martin for pecado. Mas Tim Jenkins? Eu não achei que ele fosse o seu tipo. Ele é meio rebelde, Megan.

— Eu sei — respondeu ela. — Eu costumava acreditar que, se ele me amasse, eu poderia mudá-lo. Mas não era só por isso que eu o desejava, se é que você me entende. Não era apenas para poder salvar sua alma.

— E o reverendo Marshall acredita que todas essas coisas horríveis estão acontecendo porque você tinha pensamentos libidinosos com Tim Jenkins? — perguntei.

— Isso é muito simplista — respondeu Megan. — O que eu estou dizendo é que sou tão pecadora quanto qualquer outra pessoa e nem fiz muita coisa. Posso ter pensamentos libidinosos, mas Sammi era quem agia de acordo com os dela. E se Deus está zangado

A VIDA COMO ELA ERA • 185

comigo, então Ele está zangado com ela também, e com todos na Terra. Nós realmente fizemos uma grande bagunça.

— Fale por você — resmunguei e ambas rimos. — Não acredito que um meteoro tenha colidido com a Lua porque eu quero ir ao baile de formatura com Dan — argumentei. — Qual a razão de Deus nos fazer humanos se Ele não quer que nos comportemos como humanos?

— Para ver se podemos nos elevar acima de nossa natureza — respondeu Megan. — Eva fez Adão comer a maçã, e foi assim que o Jardim do Éden terminou.

— Sempre volta a ser uma questão de comida, não é? — brinquei, e rimos mais uma vez.

Não posso descrever como me senti ao rir com Megan. Sei que ela é louca por se lançar rumo à morte quando há tantas pessoas morrendo que você praticamente precisa de senha para esperar a sua vez. E ela parecia um esqueleto falante. Mas ainda era Megan. Pela primeira vez desde que tudo isso começou, eu senti como se algo tivesse voltado ao normal.

— Acho que vou para casa — disse eu. — Não tenho mais para onde ir.

Megan assentiu.

— Miranda — começou, e fez uma daquelas longas pausas que passei a esperar das pessoas. — Miranda, não sei se vamos nos encontrar de novo.

— Claro que vamos — afirmei. — Ou você e sua mãe estão planejando ir embora?

— Acho que ela irá embora depois que eu morrer — contou Megan. — Mas ficaremos aqui até lá.

— Então, tenho certeza de que eu encontrarei você de novo — argumentei.

Megan balançou a cabeça.

— Não volte — pediu ela. — Tenho que mostrar a Deus que me arrependi de verdade e não posso fazer isso se você me fizer pensar em Tim Jenkins, em comida e em como as coisas estão terríveis agora. Não quero ficar zangada com Deus e ver você me faz sentir um pouco assim. Não posso vê-la de novo. Preciso sacrificar nossa amizade porque não tenho muito mais para sacrificar para provar a Deus quanto eu O amo.

— Odeio o seu Deus — disse eu.

— Encontre o seu Deus então — retrucou ela. — Vá, Miranda, por favor. E se tiver notícias de Sammi, diga-lhe que rezei por ela todos os dias, assim como rezo por você.

— Eu direi — prometi. — Adeus, Megan.

E então a pior coisa aconteceu. Ela ficou recostada na cama durante todo o tempo em que estive lá. Mas, quando me preparei para sair, ela fez um esforço para se levantar e vi que mal tinha forças para ficar em pé. Megan precisou se apoiar enquanto nos abraçamos e beijamos, e então voltou a cair na cama.

— Estou bem — afirmou ela. — Vá, Miranda. Amo você.

— Também amo você — respondi, e corri dela, da sua casa, sem nem me despedir de sua mãe. Peguei a bicicleta e voltei direto para cá. Provavelmente queimei todas as calorias que ingeri em três dias, de tão rápido que pedalei.

Guardei a bicicleta na garagem e corri para dentro de casa. Mamãe estava sentada na cozinha, soluçando.

— Mãe! — gritei, e me lancei em seus braços.

A VIDA COMO ELA ERA • 187

Ela me abraçou tão forte que quase não consegui respirar.

— Ah, Miranda, Miranda — continuou a chorar. — Eu sinto muito. Sinto muito.

— Também sinto muito — respondi, e era verdade. Não pelo que disse antes. Sentia muito por fazer minha mãe se preocupar e por não ter nada que eu possa fazer para evitar que ela se preocupe.

Eu a amo tanto. Em um mundo em que quase nada é bom, ela é boa. Algumas vezes, esqueço ou me irrito com isso. Mas ela é boa e me ama, e cada pensamento seu é para proteger a Matt, Jonny e a mim.

Se Deus quer sacrifícios, tudo que Ele tem que fazer é olhar para minha mãe.

18 de agosto

Aniversário de Jonny.

Matt tirou a tarde de folga e nós jogamos beisebol. Nós nos revezamos recebendo, arremessando, defendendo e rebatendo.

Mamãe rebateu uma bola com tanta força que Matt precisou de cinco minutos para encontrá-la.

Depois, fomos para a casa da sra. Nesbitt para jantar. Tenho que admitir que comer sentada à mesa de outra pessoa foi uma bela mudança.

Ela preparou uma refeição caprichada para nós. Começamos com uma salada de frutas e, em seguida, macarrão com atum e ervilhas. De sobremesa, ela assou os biscoitos de passas e aveia de que Jonny sempre gostou. Eu vi que mamãe ficou preocupada por a sra. Nesbitt ter usado a aveia nos biscoitos, mas, ainda assim, ela comeu dois. O restante se empanturrou — sei que comi, no mínimo, quatro biscoitos, o que provavelmente me dá direito a uma passagem de primeira classe para o inferno da gula.

A sra. Nesbitt, porém, sorriu enquanto comíamos. Ela devia estar planejado aqueles biscoitos há semanas e tirou essa surpresa da cartola.

Jonny disse que queria fazer um discurso e nós o encorajamos. Ele até ficou de pé e acho que ensaiou o que queria dizer, porque suas palavras foram quase perfeitas.

Ele falou que sabia que estamos passando por tempos difíceis e que nós não sabemos se o futuro vai ser melhor, mas o que importa é que temos uns aos outros e, enquanto estivermos juntos, sobreviveremos a tudo isso. Ele até falou que nos amava.

Mamãe chorou, mas foram lágrimas de felicidade. Sei disso porque também chorei um pouco.

Engraçado. Eu me lembro do meu aniversário tão nitidamente, das brigas com mamãe porque queria uma festa grande com meninos e meninas e ela queria uma coisa mais simples e fácil.

— Confiança! — gritei para ela.

—Tentação! — gritou ela de volta.

Começamos a brigar por causa disso um dia depois do aniversário dela e não me lembro de termos parado até a véspera do meu. Quatro semanas de briga por causa do tipo festa que eu teria.

No fim, deu tudo certo, meninos e meninas, pizza, bolo, sem cerveja e alguns amassos sem supervisão.

É difícil acreditar que já fui jovem assim.

Acho que Jonny nunca será.

DEZ

22 de agosto

Mamãe foi aos correios hoje (ainda sem notícias de papai) e, no jantar, nos disse que havia um aviso sobre uma grande reunião na sexta-feira para todos os interessados na escola. Vão dar informações sobre o ano letivo.

Normalmente, nesta época, o clima muda para nos lembrar que os bons tempos estão acabando. Um leve frio à noite. Os dias deixam de ser tão longos. Dá apenas a sensação de que, em algumas semanas, as aulas voltarão.

Mas ultimamente todos os dias são iguais: frios, cinza e secos. Às vezes fica abafado, mas nunca chove. E o sol não brilha, então é difícil dizer se os dias estão ficando mais curtos.

Não estava pensando muito na escola. Mas, agora que estou, fiquei ansiosa para as aulas. Não será a escola de que eu me lembro. Provavelmente será pior do que em junho, que já foi bem ruim. Mas pelo menos será algo para se fazer. Pessoas para ver. Posso não gostar de provas e deveres de casa (quem gosta?), mas posso fingir que eles têm um propósito. A escola enche nossas cabeças com o que vai acontecer no futuro: uma prova na sexta-feira, boletins no fim do mês, formatura daqui a dois anos.

Não conversamos mais sobre o futuro. Nem mesmo sobre o que irá acontecer amanhã. É como se mencionar o dia seguinte desse azar.

Por pior que a escola seja, ainda é algo bom. Irei à reunião na sexta-feira com minha mãe para ver quais são os planos.

26 de agosto

Escrevo as coisas aqui e depois não leio mais. A vida já está ruim o suficiente sem ter que me lembrar do quanto está mal.

Mas acabo de ler o que escrevi há alguns dias. Aquilo tudo sobre como a escola é maravilhosa e todas essas bobagens. Provas. Uhul. Boletins. Uhul. O futuro. O maior uhul de todos.

Mamãe, Jonny e eu fomos à reunião hoje à noite. Matt gostou da ideia de passar um tempo sozinho, então ficou em casa.

O auditório da escola estava lotado, o que deveria ser um bom sinal, mas estava cheio de pais com filhos de todas as idades. Parecia estar lotado com todos os pais e filhos que restaram no distrito.

O presidente do comitê escolar (que era o pai de Aaron, o que deixou Jonny bem animado), os outros membros que ainda estavam na cidade e alguns dos diretores estavam em cima do palco. O pai de Aaron foi o orador.

— Números não confirmados indicam que metade dos jovens em idade escolar no distrito não retornará para as escolas daqui — disse ele. — E uma porcentagem ainda maior de professores, diretores e funcionários já informou que não irá voltar.

É estranho. Vou à cidade pelo menos duas vezes por semana, e, apesar de ter percebido que há mesmo menos pessoas nas ruas, não pensei muito nisso. Todas as lojas estão fechadas. Um posto de gasolina fica aberto às terças. Mas imaginei que a razão de não ver ninguém é porque não há nada para fazer na cidade. Não percebi que é porque estão indo embora. Ou estão doentes demais para ir até a cidade. Ou morrendo.

A VIDA COMO ELA ERA • 191

— Nossos recursos são limitados — disse o pai de Aaron. — O governador entrou em contato com todos os presidentes dos comitês escolares da Pensilvânia na última semana e nos informou que não devemos contar com a ajuda do estado. Cada distrito está por conta própria. Não estamos pior do que os outros, mas isso não significa muito.

O silêncio tomou conta. Até mesmo as crianças pequenas que estavam chorando se calaram.

— O comitê, ou o que resta dele, está tentando lidar com as circunstâncias — continuou o pai de Aaron. — Estas decisões não foram tomadas rápida ou facilmente. Temos filhos que também estudam aqui.

Pensei que ele fosse dizer que não haveria mais aulas, mas não foi isso que disse. Não exatamente.

— Achamos que a melhor forma de usar nossos recursos, pelo menos neste momento, é manter duas escolas abertas — falou. — O colégio de ensino médio e a escola de ensino fundamental Maple Hill. Os pais devem enviar seus filhos para a que for mais próxima de casa. Começaremos o ano letivo em 31 de agosto.

— E quanto ao transporte escolar? — gritou um dos pais.

— Não haverá transporte — informou o pai de Aaron. — Pelo menos não num futuro próximo.

— Eu moro a nove quilômetros da escola do ensino médio — disse outro pai. — E Maple Hill deve ficar a dezesseis quilômetros. Tenho dois filhos no ensino fundamental. Como eles vão estudar?

— Você terá que decidir por conta própria — respondeu o pai de Aaron. — Talvez possa organizar caronas com os vizinhos.

Muitas pessoas riram ao ouvir isso.

— E quanto à comida? — gritou outro pai. — Meus filhos estão com fome. Estou contando com o almoço da escola.

— Não podemos oferecer almoço — respondeu o pai de Aaron. — As crianças devem tomar um café da manhã reforçado e comer novamente quando voltarem para casa.

— Você pode nos dizer onde encontrar esse café da manhã reforçado? — gritou uma das mães.

O pai de Aaron a ignorou, bem como a todas as outras pessoas que estavam começando a fazer barulho.

— Como podem imaginar, as escolas não têm eletricidade — explicou. — Pedimos aos pais que deixem que seus filhos tragam uma lanterna. Tentaremos usar a luz natural o máximo possível, mas, como todos sabemos, ultimamente isso tem sido difícil. Começaremos com um horário das 9h às 14h, mas provavelmente isso será modificado quando os dias ficarem mais curtos.

— E quanto ao aquecimento? — gritou alguém.

Tenho que dar crédito ao pai de Aaron. Eu já teria fugido dali, mas ele simplesmente aguentou.

— As escolas são aquecidas com gás natural — disse ele. — Conversei com um dos vice-presidentes da companhia na semana passada. Ele não pôde garantir que haverá gás nas tubulações depois de setembro.

— Espere um pouco... — gritou um homem. — Isso é só para as escolas ou para todos?

— Para todos — afirmou o pai de Aaron. — Pode acreditar, eu fiz muitas perguntas a ele sobre isso. O homem com quem falei disse que a expectativa mais otimista é que os suprimentos de gás terminem no início de outubro.

— Até para o hospital? — perguntou uma pessoa. — Lá tem energia elétrica. Terá aquecimento também?

— Não posso responder pelo hospital — disse o pai de Aaron. — Talvez lá exista algum sistema de aquecimento elétrico.

A VIDA COMO ELA ERA • 193

As escolas não têm. Nós dependemos do gás natural e precisamos supor que ele acabará até outubro.

— Então você quer que meus filhos caminhem dezesseis quilômetros para morrer de fome e frio na escola? — gritou outra mãe. — É isso que está nos dizendo?

O pai de Aaron simplesmente continuou a falar.

— Se ainda há dúvida sobre isto, não haverá atividades extracurriculares — disse ele. — E não podemos mais oferecer muitas das aulas do ensino médio. Tentaremos dividir os professores da melhor maneira possível entre as duas escolas. Acreditamos que haverá professores suficientes, mas ninguém deve supor que um determinado professor ou disciplina estará disponível. Não haverá mais laboratório de ciências nem ginástica. Temos sorte de a sra. Underhill, a enfermeira da escola, continuar conosco. Ela dividirá os dias entre os dois locais. Ela pediu que os pais não enviem para a escola um aluno que esteja reclamando de qualquer desconforto. Não temos como contatar a família caso alguém precise voltar para casa. E, é claro, estamos preocupados que um aluno doente possa deixar os colegas doentes também.

— Como saberemos se a sra. Underhill continuará trabalhando? — gritou um homem. — Ou se os professores continuarão? E se eles decidirem ir embora?

— Isso pode acontecer — respondeu o pai de Aaron. — Nenhum de nós pode ter certeza de como será o mês que vem ou o seguinte. Estamos tentando fazer o melhor que podemos e, em nossa opinião, é preferível ter algumas aulas a não ter nenhuma. Se você acha que seus filhos ficarão melhor estudando em casa, basta ir a uma das escolas e solicitar os livros didáticos adequados.

Ele permaneceu calado por um longo e corajoso momento e, em seguida, falou:

— Mais alguma pergunta?

Havia muitas perguntas, mas a maioria era sobre gás natural. Acho que foi a primeira vez que as pessoas ouviram que o suprimento irá acabar.

Foi apenas quando cheguei em casa que percebi que nós usamos gás natural no fogão e no aquecedor de água.

Perguntei à mamãe sobre isso e ela disse que iremos preparar a comida e aquecer a água no fogão a lenha, então ficaremos bem. Ela disse que não sabe o que as pessoas que não têm fogão a lenha farão, mas acha que irão embora para o sul ou outro lugar qualquer. Mas, como ouviu no rádio hoje de manhã que a Carolina do Norte já teve uma geada, ela não tem certeza de que a situação será muito melhor em outro lugar.

Nenhuma horta está crescendo porque não há luz solar em parte alguma há mais de um mês. Nem chuva. Portanto, vamos todos congelar e morrer de fome, não importa onde moremos.

Ela não disse exatamente isso. Na verdade, falou que ficaremos bem, já que temos aquecimento, comida e uns aos outros.

Ela também falou que Jonny e eu devemos pensar sobre a escola. Se quisermos tentar, ela achará bom. Se preferirmos ficar em casa, ela e Matt nos darão aulas e tudo ficará bem também. Não devemos nos preocupar se um quiser ir para a escola e o outro, ficar em casa. Cada um deve decidir o que achar melhor para si.

Acho que vou tentar ir para a escola. Será estranho sem Megan, Sammi, Dan e a maioria das pessoas que conheço. Mas, se eu não me acostumei com coisas estranhas até agora, não me acostumarei mais.

A VIDA COMO ELA ERA • 195

27 de agosto

Minha mãe disse que a distância é praticamente a mesma de casa até Maple Hill e até a escola do ensino médio, e ela não acha que alguém irá se preocupar com o colégio que escolhermos. Mas, se decidirmos ir para a escola, ela prefere que Jonny e eu escolhamos a mesma.

Conversei com Jonny sobre isso à tarde. Ele disse que não está com muita vontade de voltar para a escola, mas que preferia ir para Maple Hill. Acho que é porque já a conhece.

Claro que eu prefiro ir para a escola do ensino médio. Maple Hill é uma escola de bebês: do jardim de infância até a terceira série do ensino fundamental. Nem sei se vou caber nas mesas.

O que é muito engraçado, porque Jonny é mais alto do que eu.

28 de agosto

Um dia completamente ruim.

Primeiro, meu relógio parou. Imagino que precisa de uma bateria nova, mas não dá para pegar uma carona até o shopping e mandar trocar. O relógio do meu quarto é digital, então já não funciona há semanas.

Eu costumava olhar pela janela e ter alguma noção de que horas eram. Ah, não sabia se eram 2h ou 3h, mas conseguia diferenciar o amanhecer da meia-noite.

Com o céu sempre cinza, é mais difícil reconhecer o amanhecer. Dá para ver que o céu está mais claro, mas não acontece nada parecido com o nascer do sol. Agora, quando estou na cama, não tenho ideia de que horas são. Não sei por que isso deveria ser importante para mim, mas é.

Hoje, quando finalmente saí do quarto, minha mãe parecia muito triste. Tínhamos uma seleção de más notícias.

A primeira é que houve uma geada terrível na noite passada. As folhas já estão começando a cair das árvores e todas as plantas que estavam do lado de fora morreram. Parece que estamos no final de outubro e todos sabemos que, se em agosto está assim, este inverno será um inferno.

Mamãe colheu o que pôde dos legumes que plantou na última primavera, mas, claro, nenhum deles está muito bom. Tomates minúsculos. Abobrinhas menores ainda. Estávamos felizes por termos eles, que ficaram deliciosos refogados com azeite de oliva. Mas os sonhos de mamãe de fazer conservas e mais conservas de legumes acabaram, e eu sei que ela está preocupada com o suprimento de comida para daqui a alguns meses.

Passamos o dia de hoje cavando todos os tubérculos — batatas, cenouras e nabos — que ela plantou. Eles também parecem menores que o normal, mas pelo menos são melhores que nada, e podemos comê-los durante alguns dias, economizando os enlatados.

Depois, quando mamãe terminou de falar sobre as geadas terríveis, ela contou que não consegue sinal no rádio há dois dias.

Nós temos três rádios de pilha, e ela testou os três. Nós testamos todos de novo, porque ninguém queria acreditar nela. Mas é claro que ela estava falando a verdade. Tudo o que conseguimos foi estática.

Já não ouço as notícias há alguns meses. Não quero saber nada além do necessário. Mas sei que mamãe ouve o rádio um pouco todas as manhãs, e ela nos conta o que precisamos saber.

Agora não vamos saber o que precisamos saber.

Imagino que as estações de rádio ficaram sem energia elétrica. Matt disse que, mesmo se as estações maiores tiverem seus próprios geradores, a sua capacidade é limitada.

Sem ter mais notícias sobre o que está acontecendo no mundo real, é fácil pensar que não existe mais um mundo real, e que a cidade de Howell, Pensilvânia, foi o único lugar que restou na Terra.

E se não houver mais Nova York, Washington ou Los Angeles? Não consigo mais imaginar a existência de Londres, Paris ou Moscou.

Como iremos saber? Nem sei que horas são.

29 de agosto

Uma coisa assustadora aconteceu hoje e não sei se devo contá-la a mamãe ou a Matt.

Eu me ofereci para ir de bicicleta até a cidade. Queria experimentar pedalar até a escola do ensino médio, para o caso de Jonny e eu estudarmos lá. Se formos para Maple Hill, iremos pela estrada, mas faz mais sentido atravessar a cidade para chegar ao outro colégio.

Eu também tinha que devolver alguns livros. Não sei o que faremos quando a biblioteca fechar. Ela funciona dois dias na semana — às segundas e às sextas —, assim como os correios.

Eu me encapotei toda (a temperatura era de 5 graus, e a sensação do ar e a escuridão do dia fazem você sentir mais frio ainda), coloquei minhas coisas na bicicleta e parti na direção da cidade. Estava pedalando pela rua principal quando senti que havia algo diferente. Demorei um pouco para perceber o que era, e então me dei conta de que havia pessoas rindo.

Hoje em dia, como ninguém mais dirige, o som se propaga bastante. Só que não há muito o que ouvir. Sempre há uma multidão nos correios e às vezes há pessoas na biblioteca, mas é o máximo que se vê na cidade. Imagino que o hospital esteja cheio e barulhento, mas já faz tempo que não vou lá. Então, mesmo que os sons soem alto, normalmente não há barulho para ser ouvido.

Não gostei do tom das risadas. Foi assustador ouvi-las. Parei a bicicleta e me escondi num local em que conseguia ver alguns quarteirões adiante e entender o que estava acontecendo.

Havia cinco rapazes na rua principal. Reconheci dois deles: Evan Smothers, que está uma série à minha frente na escola, e Ryan Miller, que era do time de hóquei de Matt. Os outros caras pareciam ter mais ou menos a mesma idade, talvez um pouco mais.

Ryan e um outro garoto seguravam armas. Não que houvesse alguém ali para eles atirarem. Não havia mais ninguém na rua além deles.

Dois dos rapazes estavam retirando o compensado das vitrines das lojas. Depois, um deles quebrava os vidros e entrava nelas.

Todas as lojas da cidade estão vazias. Não há muito para levar em nenhuma delas, então não sei por que perdiam tempo com aquilo. Eles pareciam mais interessados no compensado. Estavam retirando as tábuas e as colocando em uma picape.

Fiquei observando durante uns cinco minutos (agora que não tenho um relógio, o tempo é só uma noção). Ninguém tentou impedi-los, nem mesmo apareceu alguém na rua. Até onde sei, fui a única pessoa que viu o que estavam fazendo.

Então, lembrei que, se voltasse um quarteirão ou dois, poderia pegar um atalho até a delegacia de polícia.

Acho que nunca senti tanto medo em toda a minha vida. A gangue não pareceu perceber que eu estava ali, mas, se tivessem me visto, poderiam ter atirado em mim. Ou talvez não. Talvez apenas rissem de mim. Não há como saber.

A VIDA COMO ELA ERA • 199

Mas fiquei com tanta raiva ao vê-los destruindo as lojas e roubando os compensados com um caminhão que provavelmente tinha gasolina. Pensei em Sammi e no homem com quem ela foi embora, e em como gangues como essa devem estar por toda a parte, levando as coisas das pessoas que precisam delas e vendendo-as para quem puder pagar. Não importa como paguem.

Acabei ficando mais irritada do que assustada, me afastei silenciosamente e fui para a delegacia de polícia. Eu não tinha como saber se os policiais chegariam a tempo de detê-los, mas pelo menos eu poderia identificar dois deles.

Porém, quando cheguei à delegacia, ela estava fechada. As portas estavam trancadas.

Esmurrei-as. Não quis gritar porque estava a apenas alguns quarteirões de onde a gangue recolhia os compensados, e fiquei com medo de que eles descobrissem que eu estava lá. Olhei pela janela. É claro que o lugar estava às escuras, mas eu não consegui ver ninguém lá dentro.

Howell não tem um departamento de polícia grande. Nunca precisamos de um. Mas imaginei que alguém estivesse lá esse tempo todo.

Acho que estava errada.

Tentei pensar aonde mais podia ir. Minha primeira ideia foi o corpo de bombeiros. Mas então me lembrei que Peter, da última vez em que nos visitou, contou que as pessoas estão acendendo fogueiras dentro de casa para se aquecerem e tudo acaba pegando fogo e, como o corpo de bombeiros fechou, há um monte de casos de queimadura no hospital. Nós devemos ter cuidado com o fogo.

Foi um discurso bem ao estilo de Peter. Pelo menos ele parou de dizer para termos cuidado com os mosquitos, já que eles desapareceram com o início das geadas.

Pensar em Peter me fez lembrar do hospital. Pelo menos haveria gente lá. Dei uma volta de quase 1 quilômetro para evitar passar pelo meio da cidade e chegar ao hospital.

As coisas realmente estavam diferentes desde a última vez que estive ali. Havia dois guardas armados parados em frente à entrada principal e outros dois na porta de emergência. Umas vinte pessoas estavam paradas na frente da porta de emergência.

Fui até a entrada principal.

— Visitantes não são permitidos — informou um dos guardas. — Se for uma emergência médica, vá até a porta de emergência e espere uma enfermeira chamar você.

— Preciso falar com um policial — expliquei. — Fui até a delegacia, mas não havia ninguém lá.

— Não podemos ajudá-la — disse o guarda. — Somos da segurança privada. Não temos nada a ver com a delegacia.

— Por que estão aqui? — perguntei. — Onde está a polícia?

— Estamos aqui para que ninguém que não precise de cuidados médicos entre no hospital — respondeu o guarda. — Não deixamos que comida, suprimentos e medicamentos sejam roubados. Não sei lhe dizer onde os policiais estão.

— Provavelmente foram embora — opinou o segundo guarda. — Conheço alguns que foram para o sul com as famílias há cerca de um mês. Por que precisa da polícia? Alguém atacou você?

Balancei a cabeça.

— Bem, uma garota de sua idade não devia andar sozinha na rua — aconselhou o guarda. — Não deixo mais minhas filhas ou minha esposa saírem, a menos que eu esteja com elas.

O outro guarda assentiu.

— Com as coisas como estão, todo cuidado é pouco — disse ele. — Qualquer lugar agora é perigoso para as mulheres.

— Obrigada — agradeci, apesar de não ter ideia do porquê. — Acho que vou voltar para casa agora.

— Faça isso — concordou o guarda. — E fique lá. Diga a seus pais que eles precisam ter mais cuidado com os filhos. Qualquer dia desses, uma garota como você pode sair para andar de bicicleta e nunca mais voltar.

Tremi durante todo o trajeto de volta para casa. Cada sombra ou ruído inesperado me fez pular.

Não irei para a escola do ensino médio. O único modo de chegar lá é passando pela cidade. Mas o único modo de chegar a Maple Hill é pela estrada, e alguém também pode estar por ali. Não posso contar com Jonny para me proteger.

Quando cheguei, mamãe não percebeu que os livros da biblioteca eram os mesmos que eu levara comigo. Ela perguntou se havia alguma carta de papai e eu menti dizendo que não.

Provavelmente não foi uma mentira, mas eu me senti mal da mesma forma.

Não sei o que fazer.

30 de agosto

No jantar, mamãe perguntou a mim e a Jonny o que decidimos fazer.

— Acho que não vou para a escola — falou Jonny. — Ninguém mais vai.

— Você sabe que terá que estudar aqui? — avisou mamãe. — Não pode simplesmente ficar à toa, sem fazer nada.

— Eu sei — respondeu Jonny. — Vou estudar bastante.

— E você, Miranda? — perguntou mamãe.

Comecei a chorar na mesma hora.

— Ah, Miranda — disse minha mãe com voz de "de novo não".

Saí correndo da cozinha e voei pelas escadas até meu quarto. Até eu sabia que estava agindo como uma garota de 12 anos.

Depois de alguns minutos, Matt bateu à porta e eu disse para ele entrar.

— Você está bem? — perguntou.

Assoei o nariz e assenti.

— Alguma coisa específica está incomodando você? — questionou ele, e a pergunta era tão ridícula que comecei a rir histericamente.

Pensei que Matt fosse me bater, mas então ele começou a gargalhar junto comigo. Nós dois levamos alguns minutos para nos acalmar, mas, quando finalmente paramos de rir, eu contei sobre o que aconteceu na cidade. Falei tudo: quem eram os rapazes, que a delegacia estava fechada e o que os guardas disseram no hospital.

— Você não contou isso à mamãe? — perguntou ele. — Por que não?

— Ela já tem preocupações suficientes — respondi.

Matt ficou em silêncio.

— Os guardas provavelmente têm razão — disse ele depois de algum tempo. — Você e mamãe não deveriam mais sair sozinhas. Acho que é seguro ir até a casa da sra. Nesbitt, mas não mais que isso.

— Então somos prisioneiras — concluí.

— Miranda, todos somos prisioneiros — respondeu Matt. — Você acha que eu queria estar vivendo deste jeito? Não posso voltar para a faculdade. Não sei nem se a faculdade ainda existe, mas,

A VIDA COMO ELA ERA • 203

se existir, não posso dirigir, pedalar nem pegar uma carona até lá. Também estou preso. E não gosto disso tanto quanto você.

Nunca sei o que dizer quando Matt admite que está infeliz. Então fiquei em silêncio.

— Você está certa sobre a escola do ensino médio — ponderou ele. — Não é uma boa ideia ir até a cidade. Irei aos correios e à biblioteca a partir de agora. Mas, se você quiser ir para Maple Hill, levarei você de manhã e a pegarei à tarde.

Pensei no assunto. Eu não estava nem um pouco ansiosa para voltar para a escola. Por outro lado, fico louca só de pensar que serei forçada a ficar em casa. Pode ser que eu nunca mais saia de Howell. Gostaria pelo menos de poder sair da minha casa.

— Está bem — disse eu. — Tentarei Maple Hill. Mas não diga a mamãe o que aconteceu. Não quero que ela se preocupe ainda mais.

Matt assentiu.

Acho que amanhã será meu primeiro dia de aula. Uhul.

ONZE

31 de agosto

Hoje de manhã, quando Matt e eu chegamos na escola, vi que os alunos estavam divididos em três grupos esperando para entrar. O ensino básico estava no primeiro grupo (de longe, o maior), o ensino fundamental, no segundo, e o ensino médio, em um terceiro grupo.

Despedi-me de Matt e fui para o terceiro grupo.

Nós contamos quantos éramos e meu grupo tinha 31 pessoas. Reconheci alguns rostos, mas não havia ninguém que já tivesse sido da minha turma, muito menos que fosse meu amigo. Pela nossa pesquisa informal, eram 16 alunos do primeiro ano, sete do segundo ano, quatro do terceiro e seis do último ano do ensino médio.

— Acho que não teremos que nos preocupar com o tamanho das turmas — opinou um dos veteranos, o que, é claro, se provou completamente errado.

A escola finalmente foi aberta e nós entramos. As crianças mais novas foram para a cafeteria, as do ensino fundamental, para o ginásio, e o pessoal do ensino médio, para a sala de música.

Quando chegamos lá, não havia cadeiras suficientes para nós, e as que estavam lá eram, em sua maioria, para crianças de 7 anos. Por isso, sentamos no chão e esperamos. E esperamos. E esperamos. Claro que eu não tenho ideia de quanto tempo ficamos lá, mas pareceu uma eternidade.

Finalmente, a sra. Sanchez entrou. Eu quase chorei de felicidade por ver um rosto conhecido.

Ela sorriu para nós.

— Bem-vindos à escola de ensino médio Maple Hill — cumprimentou-nos. — Fico feliz por ver cada um de vocês.

Alguns de nós riram.

— Sei como está sendo difícil para vocês — continuou a sra. Sanchez. — E gostaria de dizer que as coisas vão melhorar, mas é claro que não tenho como ter certeza disso. Tudo o que posso fazer é ser honesta e confiar que tomem as decisões certas.

— Não haverá aulas para o ensino médio? — perguntou um dos garotos mais novos. Eu não entendi se isso o deixaria feliz ou triste.

— Como vocês podem ver, não vieram muitos alunos do ensino médio para cá — comentou a sra. Sanchez. — Ouvimos dizer que 44 alunos do primeiro ao último ano do ensino médio estão em nossa outra escola. Obviamente, muitas famílias foram embora, e imagino que um grande número de alunos tenha decidido estudar em casa neste ano.

O que todos sabíamos, mas que ninguém disse, é que muita gente simplesmente não se importa mais com a escola. E imagino que alguns possam ter morrido. É claro que não diríamos isso.

— Então somos apenas nós? — perguntou um dos garotos.

— Não temos certeza — disse a sra. Sanchez. — Nem todos os pais foram à reunião. Esperamos que mais alunos apareçam.

— Vocês deveriam ter oferecido comida grátis — sugeriu uma garota, e todos rimos.

— Quantos professores do ensino médio estão aqui? — perguntou uma das meninas mais velhas. — Como seremos divididos?

A sra. Sanchez exibiu uma expressão de preocupação que passei a associar aos adultos.

— Isso é um problema — respondeu ela. — Temos quatro professores do ensino médio na outra escola: um de química, um de espanhol, um de matemática e um de biologia. Aqui, temos um professor de inglês e eu. Sou formada em história, mas não leciono desde que me tornei diretora.

— Caramba — disse a garota. — Se juntarem todos, dá um corpo docente.

A sra. Sanchez ignorou o sarcasmo dela.

— Certamente não será uma escola como antes, mas vamos conseguir montar algum tipo de currículo juntos — disse ela. — Mas isso vai funcionar somente se todos estivermos no mesmo prédio.

— Então não vamos ter aulas aqui, afinal? — perguntou um dos garotos mais novos.

— Achamos que faz mais sentido juntarmos todos os alunos do ensino médio na outra escola — disse a sra. Sanchez. — Dividiremos o prédio com outros alunos, mas teremos nosso próprio espaço. A ideia é ter duas turmas de primeiro ano, e juntar os alunos do segundo, terceiro e último ano do ensino médio no mesmo grupo. Vamos nos adaptar com o passar do tempo.

Pensei na gangue, nos dois rapazes com armas. Senti meu estômago embrulhar.

— E se não for seguro ir até a outra escola? — perguntei. — Eu teria que atravessar a cidade de bicicleta, e um guarda armado me disse que garotas não devem mais andar sozinhas.

Gosto da sra. Sanchez e sei que não foi justo deixá-la naquela situação difícil. Nem sensato. Não é todo mundo que precisa atravessar a cidade para chegar à escola. E eu tenho Matt para me proteger. Mas não conseguia esquecer a imagem dos dois rapazes com os revólveres.

— Temos que decidir por nós mesmos o que será melhor — disse a sra. Sanchez. — Não existem boas respostas nesta situação.

Vocês têm a opção de estudar em casa. Tudo o que precisam fazer é ir até a secretaria, dizer quais as matérias que querem estudar, e os livros serão fornecidos. É o melhor que podemos fazer.

— Isso é loucura — esbravejou um dos garotos mais velhos. — Eu sempre estudei que nem um louco para conseguir entrar em uma boa faculdade. Era tudo o que eu ouvia: "Entre numa boa faculdade." E agora a senhora está me dizendo que talvez haja meia dúzia de professores e eu nem sei para que série eles lecionam? Algum deles ensina matemática avançada? Ou história avançada? Ou física avançada?

— Que diferença isso faz? — perguntou outro garoto. — Não é como se ainda existissem universidades.

— Eu sei como tudo isso é injusto — ponderou a sra. Sanchez. — Mas estamos tentando fazer o melhor para vocês. E apoiaremos a decisão que tomarem. Quem decidir ir para a escola do ensino médio, por favor, fique aqui. Os demais podem ir até a secretaria para pegar os livros. Vou sair para que possam discutir a situação entre si.

A maioria das pessoas continuou sentada. Alguns poucos saíram com a sra. Sanchez.

— A cidade está muito perigosa? — perguntou uma das garotas.

— Não sei — respondi. — Ouvi dizer que há homens armados.

— Ouvi dizer que há garotas desaparecidas — disse uma das meninas mais novas.

— Elas podem apenas ter ido embora da cidade — argumentei. — Muitas pessoas estão indo.

— Michelle Schmidt está desaparecida — contou uma das garotas.

— Você está brincando — disse eu.

Michelle era da minha turma de francês.

A VIDA COMO ELA ERA • 211

— Ela estava voltando para casa depois da igreja com a irmã caçula, e um homem a agarrou — disse a garota. — Foi o que ouvi.

Outras três pessoas se levantaram e deixaram a sala.

Não sei por que não fui com elas. Sabia que não iria para a escola do ensino médio. Mas era bom ficar sentada ali com gente da minha idade, pelo menos fingindo ir à escola. Eu estava passando o tempo com pessoas e não apenas com minha mãe, Matt, Jonny e a sra. Nesbitt.

Eu queria que aquela sensação durasse o máximo possível. A escola havia se transformado em Springfield, apenas mais um sonho estúpido.

—Alguém deveria ter feito alguma coisa — disse uma das garotas mais velhas. — Chamar a polícia, o FBI ou algo assim.

— Não há mais polícia — informei.

— Também não acho que o FBI ainda exista — acrescentou outra garota. — Minha mãe conhece alguém que conhece alguém em Washington, e disseram a ela que não há mais governo lá. O presidente e todos os outros foram para o Texas. Parece que lá tem gasolina, eletricidade e muita comida.

— Talvez todos devêssemos nos mudar para o Texas — ponderei.

Mais duas ou três pessoas se levantaram e foram embora.

— Então é isso? — perguntou o garoto do último ano. — Vamos todos para o outro colégio?

— Acho que sim — respondeu um dos garotos.

— Tenho que perguntar a meus pais — disse uma garota. — Eles não queriam que eu fosse para o outro colégio, mas acho que também não querem que eu fique em casa.

— Alguém mais está se perguntando qual é a finalidade disso tudo? — questionou uma garota. — Por que estamos fingindo que há futuro? Todos sabemos que não há.

— Não sabemos, não — disse outra garota. — Não sabemos de nada.

— Acho que, se rezarmos o suficiente, Deus nos protegerá — considerou uma das garotas mais novas.

— Diga isso a Michelle Schmidt — disse um garoto.

De repente, me senti cercada pela morte, igual quando Peter nos conta uma coisa nova para nos preocuparmos. Eu realmente não preciso saber que jovens estão desaparecendo.

Então me levantei. Cheguei à conclusão de que, se vou morrer de qualquer jeito, prefiro que aconteça com minha família por perto.

Fui até a secretaria, onde encontrei uma mulher parecendo muito exausta e nem um pouco feliz.

— Você também irá estudar em casa? — perguntou ela. — O material para o ensino médio está ali.

Segui na direção para a qual ela apontou. Havia pilhas de livros espalhados e fora de ordem.

Percebi que deveria pegar material para mim e para Jonny. Comecei com os dele porque assim parecia que eu estava fazendo algo positivo, e não apenas fugindo.

Eu só não sabia exatamente o que Jonny estava planejando estudar. Primeiro pensei que, se eu era obrigada a aprender francês, ele também deveria ser. Depois, porém, resolvi que ele provavelmente iria preferir espanhol. Há mais jogadores de beisebol que falam espanhol.

Peguei os dois. Ainda para Jonny, peguei livros de geografia, biologia, matemática, história mundial e história americana que valeriam para dois anos, e mais quatro livros diferentes de inglês. Eu não teria levado nenhum livro para mim, mas sabia que isso não seria aceitável. Então, escolhi um livro de francês III, um de matemática, um de química e um de inglês. Peguei um livro de economia

A VIDA COMO ELA ERA • 213

e um de psicologia porque eu já havia pensando em estudar essas matérias.

Organizei os livros em uma pilha e voltei para a recepção para ver se deveria assinar pela retirada deles ou coisa parecida. A mulher de aparência cansada não estava mais lá.

Então fiz a coisa mais estranha. Vi caixas de material escolar, canetas, lápis, cadernos e blocos de anotações, todos simplesmente largados ali.

Caminhei até elas, olhando ao meu redor para ter certeza de que ninguém me veria. Esvaziei minha mochila e a enchi de cadernos, blocos de anotações, canetas e lápis.

Até onde sei, sou a única pessoa no mundo escrevendo um diário sobre o que está acontecendo. Os diários que ganhei ao longo dos anos estão todos cheios e tenho usado as folhas de papel de minha mãe. Não pedi para usá-las e não tenho certeza se ela deixaria. Talvez ela queira voltar a escrever um dia.

Não me lembro da última vez em que estive tão animada. Encher minha bolsa com material escolar me fez sentir como se estivesse no Natal. Mas era melhor do que o Natal, porque eu sabia que estava roubando, e isso tornava tudo ainda mais emocionante. Até onde sei, pegar um bloco de anotações é um crime punido com forca. Se houver algum policial por perto para enforcar você.

Eu queria mais. Terminei com meia dúzia de blocos enfiados em meu cinto. Minhas roupas estão largas demais, então imaginei que o volume extra me ajudaria a manter a calça no lugar. Enchi a bolsa com canetas e lápis.

Então a mulher exausta voltou. Saí discretamente da sala de material escolar e voltei para a minha pilha de livros.

— Vou precisar de ajuda para carregar meus livros — disse eu.

— Estou levando para mim e para meu irmão.

— O que você espera que eu faça? — respondeu a mulher irritada.

Na verdade, não esperava nada. Fiz quatro viagens para levar os livros até a porta principal e esperei Matt aparecer. Dividimos o material entre nós e voltamos de bicicleta para casa.

Quando chegamos, contei para minha mãe o que tinha acontecido. Ela me perguntou por que eu não queria ir para a escola do ensino médio.

— Acho que estudarei melhor em casa — respondi.

Se mamãe discordou, não teve energia para brigar comigo.

— Você vai ter que se dedicar — disse ela. — Escola é escola, não importa onde seja.

Respondi que sabia disso e subi para meu quarto. Algumas vezes, sinto que meu quarto é o único lugar seguro que resta. Fico imaginando se é assim que Megan se sente, se é por isso que ela não sai do dela.

A vida é uma droga.

Queria ter chocolate.

1º de setembro

Peguei meus livros. Ou eles estão muito mais pesados do que costumavam ser ou não tenho mais tanta força quanto tinha há três meses.

2 de setembro

Não faz muito sentido começar a estudar numa sexta-feira.

5 de setembro

Dia do Trabalho. Darei uma olhada nos livros amanhã.

DOZE

6 de setembro

Falei para mamãe que estava estudando história (ela nunca teria acreditado se eu dissesse que era matemática) e passei a manhã inteira na cama.

Finalmente, levantei por volta das 11h e desci para comer algo. A temperatura lá fora era de 5 graus negativos, mas não havia nenhum aquecimento ligado na casa e o fogão a lenha não estava aceso. Esquentei uma lata de sopa e comi. Depois, voltei para a cama.

À tarde, ouvi mamãe indo para o quarto dela. Ela anda tirando cochilos ultimamente, coisa que não fazia antes. Seria de se esperar que ela estivesse dando aulas a Jonny ou algo assim, mas acho que ela se importa tanto com os estudos dele quanto com os meus. Não posso culpá-la.

Então, estou na cama, vestindo um pijama de flanela, roupão e dois pares de meias, embaixo de três cobertores e uma colcha, tentando decidir o que é pior: sentir frio ou fome. Uma parte de mim diz que o pior é estar entediada e que, se eu estudar um pouco, vou me distrair, mas eu digo para essa parte calar a boca.

Levantei da cama e algo me fez ir até a despensa. Tenho preferido não ver como estão nossos suprimentos porque não quero saber. Quero acreditar que tudo simplesmente dará certo e a comida irá surgir como num passe de mágica. De certa forma, isso já aconteceu antes e quero acreditar que será sempre assim.

Minha mãe já disse que prefere que nós não entremos na despensa. Ela deixa o que nós podemos comer nos armários da cozinha. Acho que ela não quer que fiquemos preocupados.

Matt e Jonny estavam lá fora, cortando madeira. Disse para mim mesma que deveria me juntar a eles, que deveria sair para recolher mais gravetos, mas a verdade é que até o bosque me dá medo agora.

Na verdade, a despensa me tranquilizou um pouco. Eu achei que havia bastante comida enlatada, caixas de macarrão e de arroz. As coisas de Horton estavam em um canto, e parecia haver latas e caixas de comida e sacos de areia para gato suficientes. Minha mãe, normalmente, já gosta de fazer estoque, então a despensa sempre está lotada. Ela provavelmente já estava quase cheia em maio.

Ver todas aquelas latas, caixas e sacos me irritou: por que nós estamos passando fome quando ainda temos o que comer? Quando a comida acabar, provavelmente vamos morrer, então que diferença faz se for em novembro, janeiro ou março? Por que não comer enquanto podemos?

Foi quando vi o saco de gotas de chocolate. Eu tinha me esquecido dele, de que o joguei no carrinho no Dia das Compras Malucas.

Perdi a cabeça por um momento. Havia comida na despensa que minha mãe não nos deixava comer e havia chocolate, chocolate de verdade, na casa, e mamãe o escondia só porque ele não tem nenhum valor nutricional, pois já que estamos comendo um pouco por dia, seria melhor comer espinafre.

Mas eram as MINHAS malditas gotas de chocolate.

Rasguei o saco e despejei as gotas em minha boca. Mal sentia o gosto delas, de tão rápido que eu as engolia. Devo ter devorado um terço do saco antes de me acalmar o suficiente para saboreá-las.

A VIDA COMO ELA ERA • 217

Chocolate. O gosto era como me lembrava, só que melhor. Eu não conseguia parar de comê-las. Sabia que iria ficar enjoada depois. Meu estômago já estava se revirando, mas continuei a jogar as gotas de chocolate em minha boca. Não queria dividi-las com ninguém. Elas eram minhas.

— Miranda!

Engraçado. De algum modo, eu sabia que seria descoberta. Talvez por já estar esperando por aquilo, tornei o momento o mais dramático possível. Engoli mais um monte de gotas e limpei a boca com as costas da mão. Devo ter visto isso num filme qualquer.

Funcionou. Mamãe começou a gritar. Não tenho nem certeza se ela foi coerente.

Mas eu fui. Gritei com ela também. Ela estava escondendo comida. Nós não precisávamos passar fome. Por que ela não nos deixava fazer três refeições por dia? Que diferença faria? Eu ainda estava segurando o saco de gotas de chocolate, fiz algum gesto abrupto, e elas voaram pelo chão da despensa.

Mamãe ficou quieta, o que foi muito mais assustador do que a histeria dela.

Também fiquei quieta por um instante. Em seguida, comecei a catar as gotas de chocolate do chão. Estava com a mão cheia e não sabia se devia guardá-las de volta no saco. Fiquei parada ali como uma idiota, esperando minha mãe voltar a ser humana.

— Coma — disse ela.

— O quê?

— Coma. Você não queria chocolate? Coma. Cate tudo e coma. São suas. Coma todas elas. Não quero ver nem uma gota de chocolate no chão.

Eu me abaixei e comecei a catar todas as gotas de chocolate do chão. Enquanto as recolhia, colocava-as na boca. Quando não via alguma, mamãe a apontava para mim. Ela chegou a chutar algumas em minha direção e dizer para comê-las.

Foi quando comecei a me sentir enjoada de verdade.

Finalmente, terminei de catar todas as gotas de chocolate do chão. Ainda restava um quarto do saco.

— Coma — ordenou ela.

— Mãe, acho que não consigo — disse.

— Coma — insistiu ela.

Pensei que iria vomitar. Mas minha mãe estava me dando medo. Não sei por quê. Ela já não estava mais gritando. Era como se eu estivesse falando com um cubo de gelo. Ela estava completamente imóvel, me observando comer cada uma das gotas de chocolate. Pensei que aquela não podia ser minha mãe, mas alguma criatura estranha que tinha se apossado de seu corpo.

Em seguida, pensei que seria bem feito se eu vomitasse em cima dela, mas me controlei.

— Pode me dar o saco — pediu ela, quando finalmente comi a última gota de chocolate.

Fiz o que ela mandou.

— Muito bem — disse ela. — Essa foi sua comida de hoje e de amanhã. Você pode jantar conosco na quinta-feira.

— Mãe! — gritei — Eram apenas gotas de chocolate.

— Eu estava guardando para o aniversário de Matt — contou. — Não irei contar a ele por que não terá sobremesa no aniversário. Acho que você também não deveria. Mas, já que comeu o suficiente por quatro pessoas, vai pular as próximas quatro refeições. Talvez assim você entenda quanto a comida é importante.

— Sinto muito — disse. Eu não tinha pensado em Matt. O aniversário dele é daqui a algumas semanas, mas que diferença fazem aniversários hoje em dia? — Você não pode fazer alguma outra coisa para o aniversário dele?

— O que você fez foi errado — disse minha mãe. Ela soava mais como si mesma agora ou, pelo menos, como a mãe que eu passei a conhecer nos últimos meses. — Não posso deixar que você e seus irmãos entrem aqui e comam o que quiserem. Esta comida tem que durar para todos nós o máximo de tempo possível. Por que você não consegue entender isso? E se resolver entrar aqui e pegar uma lata de pêssegos? Ou de vagens? Eu sei que você está com fome. Eu também estou com fome. Mas só teremos uma chance se formos muito, muito cuidadosos. Talvez as coisas melhorem em alguns meses. Talvez demore mais. Mas, se não pensarmos no futuro, não temos razão para viver, e não deixarei que isso aconteça.

— Sinto muito — repeti. — Nunca mais farei isso. Prometo.

Mamãe assentiu.

— Sei que você não é maldosa, Miranda — disse ela. — Sei que fez aquilo sem pensar. E castigar você não faz com que me sinta melhor. Mas falei sério sobre as refeições. Você pode comer de novo na quinta-feira à noite. Você não vai morrer se ficar esse tempo sem comer. E agora tem calorias suficientes para aguentar uma semana. Vá para o seu quarto. Não quero mais falar com você.

Meu estômago está doendo como quando eu costumava me empanturrar de doces no Halloween. Mas pior, porque naquela época eu tinha um estômago cheio. E não me odiava tanto.

Magoei mamãe. Mesmo sem saber, magoei Matt. E Jonny também, porque ele adoraria comer uma sobremesa. E a sra. Nesbitt. E, talvez, até Peter.

Sou uma vaca egoísta. Não mereço viver.

7 de setembro

Jonny entrou em meu quarto hoje de manhã.

— Mamãe falou que você comeu algo da despensa ontem — contou. — E que você vai ficar sem comer até amanhã à noite. E que, se ela descobrir que Matt ou eu fizemos a mesma coisa, teremos o mesmo castigo.

Por alguma razão, isso fez com que eu me sentisse melhor. Algumas vezes, coloco na cabeça que mamãe me ama menos que a Matt ou Jonny.

— Foi isso que aconteceu — falei.

Jonny pareceu um pouco animado.

— O que você comeu? — perguntou ele.

— Uma lata de vagens — falei.

— Só isso? — perguntou ele. — Você vai ficar sem comer hoje por causa de uma lata de vagens?

Falei para ele sair logo do meu quarto e ficar bem longe.

E essa foi a única conversa que tive durante o dia todo.

8 de setembro

Mamãe fritou duas batatas da horta. E esquentou uma lata de vagens. De sobremesa, comemos uma lata de salada de frutas.

Foi um jantar de dar inveja.

12 de setembro

Segunda-feira.

Eu deveria estar estudando.

14 de setembro

Aniversário de Matt. Ele fez 19 anos.

A VIDA COMO ELA ERA • 221

Para o jantar, tivemos corações de alcachofra, quase como uma salada de entrada, e depois linguine ao molho de vôngoles. A sra. Nesbitt trouxe seus biscoitos de passas e aveia caseiros, que Matt aprecia, mas não tanto quanto chocolate. Pensar nisso me fez sentir enjoada novamente. Comi um biscoito (eu sabia que mamãe ficaria furiosa se não comesse), mas não consegui sentir gosto algum.

Megan está certa sobre eu ser uma pecadora. Mas ela está errada sobre o inferno. Você não precisa esperar até morrer para chegar nele.

16 de setembro

Matt foi aos correios hoje e trouxe duas cartas de papai.

A primeira foi escrita um dia ou dois após ele ir embora. Papai dizia que tinha sido maravilhoso nos ver, que se orgulhava de nós e que sabia que ficaríamos bem e nos veríamos novamente em breve.

A segunda carta era de 16 de agosto. Ele e Lisa chegaram à fronteira do Kansas, mas o Kansas não estava deixando ninguém entrar, a não ser que eles provassem que tinham pais ou filhos que morassem lá. E eles não têm, claro. Para os guardas da fronteira não interessa que eles só queiram atravessar o Kansas para chegar ao Colorado. Ele contou que tinham algumas outras opções. Havia rumores de funcionários que podiam ser convencidos a olhar para o outro lado.

— O que isso significa? perguntou Jonny.

— Suborno — explicou Matt. — Se der o que eles querem, deixam você entrar.

O problema era que, primeiro, era preciso encontrar o funcionário certo, continuou papai, e então ter algo que ele quisesse. Além disso, mulheres grávidas não podem entrar, e a barriga de Lisa já está grande.

Eles podiam tentar entrar por uma estrada secundária, mas tinham ouvido histórias sobre milícias que impedem a entrada de estranhos.

Eles podiam dirigir até Oklahoma e de lá chegar ao Colorado. Mas não tinham gasolina suficiente e havia rumores de que a situação estava tão ruim ou pior em Oklahoma, mas eles ainda estavam considerando essa possibilidade. Lisa estava determinada a encontrar os pais.

A temperatura era de cerca de 4 graus, e ele e Lisa estavam em um campo de refugiados. Sem aquecimento, sem comida e com saneamento limitado. Eles apenas podiam continuar ali por mais um dia, e então teriam que pegar a estrada. Se fosse preciso, podiam voltar para o Missouri. Por causa dos terremotos ocorrendo lá, o estado é muito pouco vigiado.

Foi assim que a carta terminou, e isso nos deixou assustados. Papai nunca quer nos preocupar. Há três anos, quando perdeu o emprego, fez parecer que não ter trabalho era o sonho de sua vida. A vida é cheia de oportunidades inesperadas. Quando uma janela se fecha, uma porta se abre.

E, claro, uma porta se abriu para ele. Conseguiu um emprego em Springfield, conheceu Lisa e, quando vimos, ele estava casado e com um bebê a caminho.

Mas agora meu pai não estava falando sobre janelas, portas nem sobre oportunidades inesperadas.

Foi a primeira notícia que tivemos em muito tempo sobre o que está acontecendo fora da Pensilvânia. Restrições de viagem. Milícias. Campos de refugiados. E isso na parte do país em que as coisas supostamente estão melhores.

A VIDA COMO ELA ERA • 223

—Tenho certeza de que logo receberemos outra carta — afirmou mamãe — contando que ele e Lisa conseguiram chegar à casa dos pais dela e que tudo está bem.

Sabíamos que ela só estava dizendo isso porque era o que devia dizer.

Se nunca mais tivermos notícias de papai, não saberemos o que aconteceu com ele. Ele e Lisa provavelmente vão chegar ao Colorado, as coisas lá não vão estar tão terríveis, e eles e o bebê ficarão bem e nós nunca saberemos disso.

Pelo menos, isso é o que eu digo a mim mesma. Porque não quero dizer outra coisa.

17 de setembro

Saí para recolher gravetos (tenho sido tão boba, sentindo medo do grande bosque malvado) e, quando voltei, encontrei mamãe soluçando na mesa da cozinha.

Larguei os sacos de gravetos no chão, fui até ela e a abracei. Em seguida, perguntei o que tinha acontecido.

— Nada — respondeu ela. — Estava pensando naquele homem. Aquele que nos pediu ajuda no mercado, cuja mulher estava grávida. O bebê já deve ter nascido, e comecei a pensar se ele está bem, se ele, a esposa e o outro filho estão bem, mas eu não sei. Isso me deixou triste.

— Eu entendo — falei, porque realmente entendia. Algumas vezes, é mais fácil chorar por pessoas que não conhecemos do que pensar naquelas que realmente amamos.

TREZE

18 de setembro

Matt e Jonny estavam na sra. Nesbitt hoje de manhã, preparando a casa dela para o inverno (ela se recusa a morar conosco), quando entrei para comer o brunch. Eu tinha acabado de pegar a lata de ervilhas e cenouras quando ouvi um barulho alto e minha mãe gritar.

Corri até a sala de estar e ela estava esparramada no chão.

— Eu tropecei — justificou ela. — Sou uma idiota. Tropecei.

— Você está bem? — perguntei.

Ela balançou a cabeça.

— Meu tornozelo — disse ela. — Acho que não consigo me levantar.

— Fique onde está — falei, como se ela tivesse outra opção. — Vou buscar Peter.

Corri até a garagem e peguei a bicicleta. Nunca pedalei tão rápido quanto para ir até o hospital.

Mas não me deixaram entrar quando cheguei lá, mesmo quando expliquei que houve um acidente e que éramos amigos de Peter. Tudo o que o guarda poderia fazer era anotar meu recado.

Fiquei parada do lado de fora, esperando. A casa está tão fria que todos usamos roupas e casacos extras, mas eu estava com tanta pressa que não pensei em vestir meu casaco de inverno nem luvas

A VIDA COMO ELA ERA • 225

ou um cachecol. Eu estava suada por pedalar tão rápido e isso não ajudou nem um pouco.

O guarda não parecia ter pressa de levar meu recado para Peter. Primeiro, me fez escrevê-lo, em seguida, o leu, e então pediu que eu mostrasse minha identidade, que obviamente não estava comigo. Implorei que ele levasse a mensagem para Peter. Ele sorriu. Eu percebi que ele estava acostumado a ouvir pessoas implorando pelas coisas e que gostava disso.

Eu comecei a me sentir tão enjoada quanto quando comi as gotas de chocolate.

Fiquei parada ali, implorando, chorando e querendo matá-lo. Juro que, se eu colocasse as mãos em sua arma, teria atirado nele e em todos os outros que tentassem me impedir de obter ajuda para minha mãe. O guarda ficou parado ali, rindo.

Então, um segundo guarda chegou e perguntou o que estava acontecendo. Eu contei. Ele não riu, mas disse que não havia nada que pudessem fazer para ajudar.

— Isto é um hospital — disse ele. — Os médicos não fazem atendimento domiciliar.

O primeiro guarda achou esse comentário muito engraçado.

— Entregue meu recado ao dr. Elliott — implorei. — É só o que estou pedindo.

— Não podemos deixar nossos postos para entregar mensagens — informou o segundo guarda. — O melhor a fazer é esperar e, se alguém que você conhece sair, ver se podem levar sua mensagem.

— Por favor — implorei novamente —, por favor, minha mãe está caída no chão, sozinha e machucada. Por favor, não me faça esperar aqui por mais tempo.

— Sinto muito, senhorita — disse o segundo guarda. — Temos nossas regras também.

O primeiro guarda apenas continuou sorrindo.

Então, fiquei lá parada. Saíram pessoas do hospital, mas nenhuma delas queria voltar e entregar meu bilhete para Peter. Todas fingiam não me ver, como se eu fosse um mendigo na rua e elas não quisessem me dar dinheiro ou se sentir culpadas por não ajudarem.

Fiquei em pé o máximo que pude e então me sentei no chão congelado. O primeiro guarda se aproximou e me cutucou com o sapato.

— Sem vadiagem — disse ele. — Levante ou vá embora.

— Lamento, senhorita — repetiu o segundo guarda. — São as regras.

Fiquei pensando em minha mãe, imaginando se devia voltar para casa. Era tão difícil perceber quanto tempo tinha passado. Pareciam horas, mas eu não tinha como ter certeza. Jonny provavelmente já tinha voltado para casa. Mamãe lhe disse para não comer a comida da sra. Nesbitt, então era provável que ele voltasse na hora do almoço. Pelo menos foi o que disse a mim mesma. Não conseguia nem pensar em voltar para casa sem Peter e não aguentava imaginar minha mãe sozinha no chão da sala de estar. Falei para mim mesma que Jonny tinha chegado e levado alguns cobertores para mamãe, que a ajudara a se levantar do chão e que estava tudo bem.

Eu não tinha comido desde o jantar da véspera e comecei a me sentir tonta. Senti como se estivesse flutuando até o chão. Acho que não perdi a consciência, porque me lembro do segundo guarda se aproximando e me levantando.

— Não faça isso, senhorita — avisou. — Não fará bem a você.

Acho que agradeci. Voltei a ficar de pé e me segurei para não desmaiar nem chorar. Pedi ajuda às pessoas que saíam, mas ninguém prestou atenção.

A VIDA COMO ELA ERA • 227

O primeiro guarda disse algo sobre ir comer e saiu andando, como se conseguir uma refeição fosse a coisa mais normal do mundo. Pensei que talvez o segundo guarda tivesse pena de mim e me deixasse entrar, mas ele simplesmente ficou parado lá, se recusando a olhar para mim.

Foi quando Matt apareceu.

— Mamãe está morrendo de preocupação — contou ele. — O que está acontecendo?

— Matt? — disse o segundo guarda.

— Sr. James? — falou Matt.

— Não sabia que era sua irmã — disse o guarda. — Entre. Depressa. Eu posso ter sérios problemas se Dwayne descobrir o que fiz.

Matt correu para dentro do hospital.

Dwayne voltou enquanto Matt ainda estava lá dentro.

—Você ainda está aqui? — perguntou ele, mas eu o ignorei.

Depois de alguns minutos, Matt e Peter saíram.

—Vamos em meu carro — sugeriu Peter. —Tenho um suporte de bicicletas.

Precisei me esforçar para não começar a chorar. Nesse momento, percebi que eu não tinha mais forças nem para pedalar até em casa.

O trajeto levou cerca de dez minutos. Eu estava cansada, enjoada e preocupada demais para aproveitar a sensação de estar em um carro.

Matt explicou que Jonny foi para casa por volta das 13h. Quando encontrou mamãe no chão, ela estava mais preocupada comigo do que com ela mesma. Achava que não tinha quebrado nada, mas não conseguia ficar de pé, e Jonny não tinha força o bastante para ajudá-la a se levantar. Ela pediu que voltasse até a casa da sra. Nesbitt para buscar Matt, que voltou para casa, levou minha mãe para o solário e acendeu o fogão a lenha. Em seguida, ele foi de bicicleta até o hospital para me encontrar.

Eu fiquei lá, do lado de fora, durante cerca de três horas.

Peter nem tentou se desculpar pelos guardas. Ele falou que ocorreram incidentes e as condições no hospital já eram ruins o suficiente sem as pessoas o invadindo. Eu sei que ele deve estar certo, mas não queria ouvir aquilo. E mesmo que isso não fizesse sentido, fiquei irritada por Matt conseguir entrar porque o guarda o conhecia e eu não poder porque não conhecia ninguém. Falei para mim mesma que devia estar grata pelo fato de o guarda saber quem Matt era, mas a última coisa que sentia era gratidão.

Peter parou na frente da garagem e foi direto para o solário. Matt e eu retiramos as bicicletas do suporte.

— Você está bem? — perguntou Matt. — Os guardas incomodaram você?

— Estou bem — respondi.

Mas a verdade era que eu queria um banho quente para lavar toda aquela experiência de mim. Eu só conseguia pensar no quanto Dwayne ficou feliz com o meu sofrimento. Ainda acho que o mataria, se tivesse a chance.

Mas não disse nada a Matt. Ele não precisava saber disso. Entramos e encontramos Peter examinando o tornozelo de minha mãe.

— Uma entorse grave — diagnosticou ele. — Mas nada quebrado. Não precisará engessar.

Ele tirou uma atadura da sua valise e a enrolou bem firme no tornozelo dela.

— Nem pense em subir escadas durante uma semana — avisou ele. — Fique aqui embaixo. Matt, vamos trazer o colchão de sua mãe

A VIDA COMO ELA ERA • 229

para cá. Laura, você pode se levantar para comer e ir ao banheiro, mas só isso. Mantenha o pé elevado quando estiver sentada. Ponha o menor peso possível sobre ele. Você tem uma bengala?

— Tem uma no sótão — respondeu minha mãe.

— Vou pegá-la — disse Jonny. Ele pegou uma lanterna e correu pelas escadas.

Enquanto ele estava lá em cima, Peter pegou algumas máscaras cirúrgicas e nos deu.

— Qualidade do ar — justificou ele como quem pede desculpas. — Estamos vendo muitos casos de asma atualmente. Vocês deviam usar uma sempre que estiverem ao ar livre.

— Obrigada — disse minha mãe. — Matt, use a máscara quando for cortar lenha. Entendeu?

— Está bem, mãe — respondeu Matt. E rapidamente colocou uma. — Ela sempre quis que eu fosse médico — disse ele, e todos fingimos rir.

Jonny desceu com a bengala. Peter a examinou e disse que era aceitável. Minha mãe não deveria andar sem ela pelos próximos dez dias. Não devia nem pensar em sair de casa durante duas semanas. Nesse período, ele tentaria vir até aqui duas ou três vezes para ver como ela estava.

Então ele e Matt subiram e arrastaram o colchão de mamãe para baixo. Eu levei os lençóis, cobertores e travesseiros. Jonny empurrou a mobília para que houvesse espaço para o colchão. Com o fogão a lenha aceso e iluminando a sala, o solário quase parecia alegre.

— Eu me sinto tão idiota — disse minha mãe. — Estou criando tanto incômodo. Peter, sei que você está ocupado. Não posso lhe agradecer o suficiente por vir até aqui.

— Ah, Laura — respondeu ele, e segurou a sua mão.

Percebi que, se as coisas estivessem bem, ele e mamãe teriam continuado a sair nos últimos quatro meses, tendo encontros normais. E mamãe estaria feliz.

Ela perguntou a Peter se ele poderia ficar para o jantar, mas ele disse que precisava voltar para o hospital. Estavam trabalhando em uma escala louca, com dezesseis horas de plantão e oito horas de descanso, porque a equipe não estava completa. Ele realmente não podia passar mais tempo fora.

— Mas voltarei — afirmou ele. — Prometo. E quero que você me prometa que não se apoiará com esse pé e que deixará o tornozelo se curar sozinho. Não há razão para você mancar por mais tempo que o necessário.

— Prometo — disse minha mãe.

Peter se inclinou e a beijou. Depois foi embora, e ouvimos o som do seu carro. Um barulho tão estranho.

— Sinto muito — falou minha mãe. — Sei que será um incômodo terrível para todos vocês.

— Não se preocupe com isso — garantiu Matt. — Apenas queremos que você obedeça ao Peter e melhore.

— Cuidarei dos jantares — anunciei. — Não se preocupe com isso, mãe.

— Não estou me preocupando com nada — disse ela. — Sei que vocês farão tudo o que tiver que ser feito. Apenas queria poder ajudar.

Sei que terei que ser forte durante as próximas semanas. Sem choradeira. Sem provocações. Vou fazer tudo o que minha mãe pedir, sem protestar nem reclamar. Sei que consigo.

Mas, naquele exato momento, me senti tão fraca e impotente. Não conseguia sentir nada além de medo, desespero e uma tremenda necessidade de estar em qualquer outro lugar. Disse para mim mesma que isso era fome, mas sabia que estava mentindo.

Se mamãe estivesse bem, eu podia me enganar e pensar que todos estávamos bem. Mas, mesmo sabendo que mamãe poderia ter caído e torcido o tornozelo em qualquer outro momento, isso parecia o começo do fim.

Por isso, enquanto Matt e Jonny estavam ocupados ajudando mamãe a se ajeitar, subi para o meu quarto e escrevi tudo isto. Todas as coisas que nunca poderei dizer a nenhum deles.

Pensei em papai e que talvez nunca mais o veja. Pensei em Lisa e fiquei imaginando se ela e o bebê estão bem, se algum dia saberei se tenho um novo irmão ou irmã. Pensei em vovó e fiquei imaginando se ela ainda está viva.

Chorei e soquei meu travesseiro, fingindo que era Dwayne e, ao me acalmar, comecei a escrever.

E agora vou descer, fazer o jantar e fingir que tudo está bem.

19 de setembro

Mamãe parecia solitária no solário hoje à tarde, por isso resolvi lhe fazer companhia. Ela estava sentada no sofá com o pé para cima, e me sentei ao seu lado.

— Quero lhe agradecer — começou ela. — E dizer que estou orgulhosa de você.

— De mim? — perguntei.

— Do modo como você saiu correndo daqui quando caí — disse ela. — Sei que você anda com medo de sair sozinha, mas não hesitou nem por um minuto. E ficou lá durante todo aquele tempo. Estou muito grata e orgulhosa.

— Queria poder ter feito mais — revelei. — Eu me senti tão mal por deixar você sozinha. Nunca pensei que não me deixariam entrar.

Mamãe esticou o braço e começou a acariciar meus cabelos.

—Você é tão bonita — disse ela. — Os últimos meses foram tão difíceis e você tem sido muito corajosa. Eu devia ter lhe dito isso antes. Estou tão orgulhosa de ser sua mãe.

Não sabia o que dizer. Pensei em todas as brigas que provoquei nos últimos meses.

— Vamos ficar bem — garantiu minha mãe. — Temos uns aos outros e sobreviveremos.

— Sei que sim — respondi.

Mamãe suspirou.

— Sabe do que sinto mais falta? — perguntou ela, e então riu. — Pelo menos hoje. Cada dia é algo diferente.

— Não. Do quê? — perguntei.

— Cabelos limpos — contou. — De tomar banhos todo dia e ter cabelos limpos. Meus cabelos estão horríveis e eu odeio isso.

— Estão normais — argumentei. — Não estão piores do que os meus.

— Vamos cortá-los — decidiu. — Miranda, pegue a tesoura e corte meus cabelos. Vamos, faça isso agora.

—Você tem certeza? — perguntei.

— Absoluta — disse ela. — Depressa.

Encontrei uma tesoura e a trouxe de volta para ela.

— Nunca cortei cabelos antes — avisei.

— O que tenho a perder? — perguntou ela. — Eu não tenho nenhuma festa chique para ir mesmo. Deixe bem curtos. Será mais fácil mantê-los limpos assim.

A VIDA COMO ELA ERA • 233

Eu não tinha a menor ideia do que estava fazendo, mas mamãe me incentivou e me lembrou de cortar no alto da cabeça, nos lados e na parte de trás.

Quando terminei, ela parecia uma galinha depenada. Não, pior. Ela parecia uma galinha depenada que não comia há meses. O corte enfatizou suas maçãs do rosto e dava para ver que ela perdeu bastante peso.

— Faça-me um favor — pedi. — Não olhe no espelho.

— Está tão ruim assim? — perguntou ela. — Bem, eles vão crescer. Essa é a parte boa dos cabelos. Você quer que eu corte os seus?

— Não — respondi. — Tenho pensado em deixá-los crescer bastante.

— Rastafári — disse ela. — Aquelas tranças fininhas. Elas não precisam ser lavadas com frequência. Você quer que eu trance seus cabelos assim?

— Acho que não — disse, me imaginando com tranças rastafári e mamãe com seu novo corte punk.

Ela olhou para mim e começou a gargalhar. Era uma gargalhada de verdade, e, antes que me desse conta, eu estava rindo mais do que tinha rido nos últimos meses.

Acho que tinha me esquecido do quanto eu amo mamãe. Foi bom me lembrar disso.

20 de setembro

Hoje à tarde, fui visitar a sra. Nesbitt. Minha mãe costuma fazer isso quase todos os dias, mas, agora que ela não pode, me ofereci.

O aquecedor estava ligado e a casa estava aquecida de verdade.

— Não sei quanto tempo o combustível irá durar — disse ela.
— Mas também não sei quanto eu irei durar. Cheguei à conclusão
de que já que não sei quem de nós irá primeiro, posso muito bem
ficar aquecida.

— A senhora pode vir morar conosco — lembrei. — Mamãe
realmente quer que a senhora venha.

— Sei que sim — respondeu a sra. Nesbitt. — E é egoísta de
minha parte ficar aqui. Mas eu nasci nesta casa e prefiro morrer
nela.

— Talvez a senhora não morra — argumentei. — Minha mãe
disse que ficaremos bem.

— Acredito que ficarão — analisou a sra. Nesbitt. — Vocês são
jovens, fortes e saudáveis. Mas eu sou uma senhora idosa. Vivi muito
mais do que imaginava e agora é minha vez de morrer.

A sra. Nesbitt não tem notícias do filho e da família dele desde
os primeiros tsunamis. Não há como saber se alguém ainda está
vivo. Ela deve achar que já teria tido notícias deles se ainda estivessem bem.

Conversamos sobre várias coisas. A sra. Nesbitt sempre conta histórias sobre minha mãe quando ela estava crescendo. Ela costumava
tomar conta de minha avó, e essas histórias são as minhas favoritas.
Sei que mamãe adora ouvi-las, pois seus pais morreram quando era
pequena.

Voltarei amanhã. Há tão pouca coisa que eu posso fazer, mas
visitá-la, ter certeza de que está bem e, depois, tranquilizar mamãe
sobre isso já é alguma coisa.

Há um lado positivo sobre o tornozelo torcido de minha mãe.
Ela se esqueceu de que eu deveria estar estudando. E acho que ela
também não está incomodando Jonny sobre isso.

Levamos uma vida muito, muito estranha. Fico imaginando como será quando as coisas voltarem ao normal, se é que voltarão. Comida, banhos, luz do sol e escola. Encontros.

Certo. Eu nunca saí em um encontro. Mas, se é para sonhar, posso sonhar grande!

23 de setembro

Peter conseguiu vir aqui. Ele examinou o tornozelo de minha mãe e disse que estava melhorando, mas que ela ainda não deveria se apoiar nele.

Deixamos mamãe e Peter a sós durante algum tempo. Ele provavelmente falou sobre doenças, acidentes e pragas.

Mas ele merece conversar sobre o que quiser. Percebi o quanto ele envelheceu ultimamente. Eu deveria ter reparado nisso na semana passada, mas estava tão enlouquecida que não percebi nada. Não é só porque ele emagreceu. Há tristeza em seus olhos. Ele parece exausto.

Comentei isso com Matt quando estávamos sozinhos.

— Bem, ele está lidando com doenças o tempo inteiro — observou Matt. — A maioria dos seus pacientes provavelmente está morrendo. E está solitário. Ele é divorciado e tinha duas filhas, mas elas morreram.

— Eu não sabia disso — comentei.

— Mamãe me contou.

Imagino que toda a preocupação que Peter teria com a própria família está sendo transferida para a nossa.

Como irei me sentir quando as pessoas que amo começarem a morrer?

26 de setembro

Matt e eu fomos à biblioteca hoje. Agora ela só abre às segundas-feiras. Não há previsão de por quanto tempo ela continuará aberta.

Quando saímos, vi Michelle Schmidt. Acho que ela não desapareceu, afinal.

Fico imaginando quanto do que ouço é verdade e quanto é apenas invenção. Talvez tudo esteja bem com o mundo e nós apenas não saibamos.

Nós, com certeza, seríamos uma piada se fosse o caso.

29 de setembro

Engraçado como estou aproveitando a vida atualmente. Acredito que todos estamos. Nos acostumamos tanto a nos preocupar que o fazemos sem perceber.

Na verdade, tudo está muito confortável. Temos o fogão a lenha funcionando o dia inteiro por causa de mamãe, então há sempre um lugar quente na casa. Passamos as manhãs fazendo o que quer que for preciso. Matt e Jonny ainda estão cortando lenha ("melhor ter demais do que de menos" é o mantra de Matt, e não discordo dele). Estou fazendo todo o trabalho doméstico (o pior é lavar as roupas com a menor quantidade possível de água, tudo à mão e muito nojento) e visitando a sra. Nesbitt todas as tardes. Vou após o almoço para que ela não tente me dar comida (apesar de ela continuar tentando e eu sempre dizer "não, obrigada") e fico lá por uma hora, mais ou menos. Muitas vezes, nós mal nos falamos; apenas sentamos à mesa e ficamos olhando pela janela da cozinha. Mamãe diz que ela e a sra. Nesbitt fazem a mesma coisa, então não devo me preocupar.

Agora mamãe confia que eu vá até a despensa, e eu escolho nossos jantares. Uma lata disso e outra daquilo. Há menos comida lá

A VIDA COMO ELA ERA • 237

do que quando eu comi meu banquete de gotas de chocolate, mas, se economizarmos, ficaremos bem por mais um tempo.

Desde que vi Michelle Schmidt e percebi que ela nunca desapareceu como os garotos da escola disseram, sinto que as coisas estão melhores do que pensávamos. E daí se eu estiver me iludindo? Melhor me iludir que as coisas estão bem do que me iludir que nada tem jeito. Pelo menos, assim, eu sorrio.

Após o jantar, quando todos estamos felizes porque sentimos menos fome, passamos a jogar pôquer. Gosto mais de 7-card stud. Jonny e Matt gostam de Texas Hold 'Em e minha mãe prefere 5-card draw. Por isso, quem dá as cartas decide.

Matt foi até o sótão e descobriu uma caixa de fichas de pôquer. Jonny é o melhor jogador, e, depois de hoje à noite, devo a ele 328 mil dólares e um jogador de beisebol (nós apostamos alto).

Acho que até Peter está se sentindo melhor. Ele passou aqui hoje, disse que mamãe podia voltar a caminhar desde que fosse cuidadosa e evitasse escadas, e não mencionou nenhum novo modo de morrer. Nós o convencemos a ficar para o jantar e abrimos uma lata extra de atum. Que eu me lembre, esta foi a primeira vez que Peter veio aqui e não trouxe nada para nós. Ou sua comida acabou, ou ele agora é oficialmente parte da família. Espero que ele seja da família, porque lhe devo 33 mil dólares por uma única rodada de Omaha Hi.

Horton está de dieta (mas não por vontade própria) Talvez seja o calor do fogão a lenha, ou talvez ele apenas tenha esperança de que nós o alimentemos, mas está muito carinhoso ultimamente. Ele faz companhia para mamãe durante todo o dia e, à noite, senta-se no colo que estiver disponível ou perto do fogão a lenha.

Matt levou uma antiga máquina de escrever portátil lá para baixo, porque mamãe está pensando em escrever algumas das histórias que ela ouviu sobre sua bisavó e a família dela. Como era a vida nesta casa antes da eletricidade e dos encanamentos.

Gosto de pensar nisso. Faz com que me sinta conectada, como se eu fosse parte de algo maior, como se a família fosse mais importante que a eletricidade. O solário era apenas uma varanda na época, mas posso imaginar a família de minha trisavó sentada na entrada, com um lampião aceso, os homens cansados de cortar madeira e as mulheres, de lavar roupa.

Na verdade, mamãe diz que a família tinha dois empregados e um deles lavava toda a roupa, mas, provavelmente, as mulheres se cansavam de qualquer modo.

Fico pensando se eles imaginavam o futuro. Aposto que nunca poderiam sonhar em como as coisas seriam hoje em dia.

CATORZE

2 de outubro

Acendi o fogão para ferver água, mas a chama não apareceu. Abri a torneira de água quente na cozinha e ela continuou saindo fria.

Acho que o pai de Aaron sabia do que estava falando quando disse que o gás natural seria desligado até outubro.

Mamãe disse que está tudo bem. Podemos aquecer a comida e ferver a água no fogão a lenha. Ela não quer que usemos o restante do combustível que separamos para a calefação, mas, pelo menos, não dependemos do gás para nos aquecer. Muitas famílias estão em situação pior do que a nossa.

Temos tomado apenas um banho por semana há algum tempo, mas, sem água quente, acho que não haverá mais banho algum. E ficará ainda mais difícil lavar as roupas sem água quente.

Sei que isso não deveria me incomodar, mas incomoda. E sei que mamãe também está nervosa, mesmo que ela aja como se não estivesse. Acho que é porque tudo ficou estável por algum tempo e agora piorou de novo. Não é o pior que poderia acontecer (pelo menos não para nós nem para a sra. Nesbitt, que também tem um fogão a lenha e aquecedor com combustível), mas, de qualquer modo, piorou.

Hoje à noite jogamos pôquer, mas nenhum de nós estava muito interessado. Provavelmente foi por isso que eu venci, pela primeira vez.

3 de outubro

Matt, Jonny e eu fomos à biblioteca. O tornozelo de minha mãe ainda não está forte o bastante para ela andar de bicicleta.

A biblioteca estava aberta, mas a única pessoa trabalhando lá era a sra. Hotchkiss. Ela falou que hoje foi o último dia que a biblioteca funcionaria; não há como mantê-la aberta sem aquecimento. Não havia limite para o número de livros que poderíamos pegar. A sra. Hotchkiss nos disse para pegarmos todos que conseguíssemos levar. Se a biblioteca voltar a abrir na primavera, poderemos devolvê-los.

Então fizemos um estoque. Estávamos com mochilas, e as bicicletas têm cestas, assim pegamos uma dúzia de livros ou mais, cada um. Levamos os que nós queríamos e os que mamãe gostaria de ler. Como estamos jogando pôquer, lemos menos, e também há muitos livros na casa (incluindo vários bem antigos no sótão). Mas ainda é chato pensar que a biblioteca não estará mais aberta.

A sra. Hotchkiss disse que ela e o marido irão para a Geórgia. Ele tem uma irmã lá. Jonny perguntou como vão chegar até lá e ela respondeu que irão a pé se for necessário.

— A temperatura tem estado muito baixa nas duas últimas semanas — disse ela. — Se está assim em outubro, nenhum de nós conseguirá sobreviver ao inverno.

— Acho que deveríamos ir também — opinou Jonny quando pegamos as bicicletas para voltar para casa. — Deveríamos ir até o Kansas e ver se conseguimos encontrar papai.

— Não sabemos onde ele está — lembrou Matt. — Ele pode estar no Colorado ou ter voltado para Springfield.

— Não — disse eu. — Eles teriam parado aqui se tivessem voltado.

— Mas mesmo assim não sabemos onde ele está — ponderou Matt. — Jon, mamãe e eu temos conversado muito sobre isso, sobre o que deveríamos fazer. Mas não há razão para ir embora. Nós temos abrigo. Temos lenha, então não vamos congelar. Não vamos conseguir encontrar comida em outros lugares.

— Não sabemos — disse Jonny. — Talvez haja comida no Kansas.

— Papai não conseguiu nem entrar no Kansas — analisei.

— Missouri então — disse Jonny. — Ou Oklahoma. Não entendo por que ficamos aqui esperando para morrer.

— Nós não vamos morrer — garantiu Matt.

— Você não sabe — argumentou Jonny. — E se a Lua colidir com a Terra?

— Então não fará diferença onde estamos, morreremos de qualquer maneira — raciocinou Matt. — Nossas chances de sobrevivência são melhores aqui. Isso não está acontecendo apenas na Pensilvânia, Jon. Está acontecendo no mundo todo. Temos um telhado sobre nossas cabeças. Temos aquecimento. Temos água. E temos comida. Quanto tempo você acha que sobreviveríamos andando de bicicleta pelo país?

— Papai conseguiu gasolina — lembrou Jonny. — Nós poderíamos conseguir também.

— Papai comprou gasolina no mercado negro — contou Matt. — Ele tinha conhecidos. Além disso, a gasolina dele acabou.

— No mercado negro? — repeti.

Matt olhou para mim como se eu fosse um bebê.

— Como você acha que ele conseguiu toda aquela comida? — perguntou. — Você não achou de verdade que ela estava abandonada, não é?

— Mamãe sabe disso? — perguntei.

Matt deu de ombros.

— Eu e papai conversamos sobre isso quando estávamos cortando árvores — contou ele. — Eu não sei sobre o que ele conversou com mamãe. Provavelmente não lhe contou. Mamãe fica mais feliz sem saber das coisas. Você sabe disso.

Eu sei, mas não me dei conta de que Matt também sabia.

— Então estamos presos aqui? — perguntou Jonny.

— Sim — respondeu Matt. — Mas as coisas vão melhorar. Talvez não agora, mas nós vamos ficar bem.

Essa é a resposta de minha mãe para tudo. Aguente firme e espere até tudo melhorar. Matt falar isso não fazia a frase mais verdadeira.

Mas sei que ele está certo sobre não irmos embora. É como se estivéssemos no mundo antes de Colombo. As pessoas vão embora e nunca mais se tem notícias delas. Elas podem muito bem ter caído da margem da Terra.

Nós temos uns aos outros. Enquanto tivermos uns aos outros, ficaremos bem.

6 de outubro

Mamãe voltou a escrever. Ou pelo menos está datilografando.

— Eu tinha me esquecido de como as teclas são duras — disse ela. — Principalmente a letra A. Meu mindinho esquerdo não está acostumado com uma máquina de escrever.

Faz tanto tempo que não chove que não me lembro mais do som da chuva. Está ficando cada vez mais difícil me lembrar da luz do sol também. Os dias estão ficando mais curtos, mas isso não importa.

Além disso, o ar está piorando. Quanto mais tempo se fica do lado de fora da casa, mais sujo se está ao entrar. Minha mãe está preocupada com o efeito das cinzas nos pulmões de Matt e Jonny, mesmo com o uso das máscaras. Mas eles continuam cortando o máximo de lenha possível, todos os dias.

Mamãe e eu esfregamos as roupas com toda a nossa força, e, mesmo as pendurando dentro de casa, elas continuam cinza. Nós nos limpamos todas as noites e os panos que usamos estão tão sujos que pode ser que nunca mais fiquem limpos. As toalhas de banho não estão muito melhores.

Matt disse que o ar mais sujo significa que há mais vulcões em erupção, mas não temos como saber. Os correios ainda funcionam, mas chega cada vez menos correspondência e, quando finalmente chega, está semanas ou meses atrasada. Qualquer coisa pode ter acontecido em setembro e não temos como saber.

Mas o excesso de cinzas tem um lado bom. Elas cobrem completamente a Lua. Antes, especialmente em noites com vento, ainda dava para enxergá-la. Mas agora ela desapareceu. Estou feliz por não ter mais que vê-la. Posso fingir que a Lua sumiu e, se ela não estiver lá, tudo pode voltar ao normal.

Está bem. Eu sei que é loucura. Mas ainda estou feliz por não ter mais que ver a Lua.

10 de outubro

Dia de Colombo.

Em comemoração ao feriado, pedi à mamãe que cortasse meus cabelos bem curtos, do jeito que cortei os dela. Os cabelos dela ainda não cresceram, mas eu me acostumei com eles e odeio lavar meus cabelos agora. Eles nunca ficam limpos e estão tão sem vida e nojentos. Imaginei que curtos ficariam melhores.

Então mamãe cortou meus cabelos. Quando ela terminou, me olhei no espelho e tive que me esforçar para não chorar.

E não chorei. Mamãe me beijou, abraçou e disse que eu estava linda de cabelos curtos.

— Ainda bem que os bares estão fechados — brincou ela. — Você poderia passar por maior de idade.

Eu a amo de verdade. Pelo menos não brigamos mais.

Matt e Jonny chegaram e percebi que ficaram chocados. Mas Matt disse que fiquei bonita e pediu à mamãe que cortasse os cabelos dele também. Mamãe acabou cortando os de todos nós.

Jogamos as mechas no fogão a lenha e as observamos enquanto crepitavam.

13 de outubro

Fazia 18 graus negativos hoje de manhã.

Mamãe e Matt tiveram uma briga feia. Matt queria que nós começássemos a usar o combustível que temos. Minha mãe disse que deveríamos esperar até novembro pelo menos. Matt ganhou a discussão. Disse que os canos iriam congelar e que seria melhor continuar usando a água do poço enquanto ainda podemos.

Ele e Jonny retiraram o colchão de mamãe do solário e o levaram para a cozinha. Depois, subiram, pegaram todos os colchões e os levaram um por um aqui para baixo.

Fui lá em cima, fechei todas as saídas do aquecedor e as portas.

— Nós podemos voltar a dormir nos quartos na primavera — disse minha mãe. — Não é para sempre.

Por enquanto, mamãe e eu dormiremos na cozinha e Matt e Jonny, na sala de estar. Eu e mamãe estamos melhor do que eles, já que a cozinha recebe um pouco do calor do fogão a lenha no solário. Temos mais espaço também. Matt, Jonny e eu empilhamos a mobília da sala de jantar e da sala de estar para abrir espaço para dois colchões, mas eles mal conseguem se mover lá.

Eu fico me dizendo que não é como se eu estivesse confortável em meu quarto. Lá está congelante, tão frio que às vezes ficava tremendo na cama sem conseguir dormir. Mas era o único espaço que podia chamar de meu. Tinha minhas velas, minha lanterna e ninguém me dizia para não usá-las. Podia escrever, ler ou simplesmente fingir que estava em qualquer outro lugar.

Acho que é melhor ficar aquecida.

Quero chorar. E sinto como se não tivesse mais nenhum lugar onde possa fazer isso.

14 de outubro

Matt ainda vai até os correios todas as sextas-feiras para ver se há alguma notícia. Ele chegou enquanto eu e mamãe estávamos lavando as roupas na pia da cozinha. Fez um sinal com a mão para mim e eu o segui até a despensa.

— Tenho más notícias — revelou. — Megan está na lista dos mortos.

Esta é mais uma coisa nova nos correios: a lista dos mortos. Se você souber que alguém está morto, escreve o nome da pessoa na lista. Apenas os habitantes locais, claro, já que não há como saber se as outras pessoas no resto do mundo morreram.

Acho que não disse nada porque Matt continuou falando.

— A mãe dela também está na lista.

— O quê? — perguntei assustada. — Por quê?

— Estou apenas contando o que sei — respondeu ele. — As duas estavam na lista. Não vi os nomes delas na semana passada, mas isso não significa nada. Você sabe como é a lista.

— Megan morreu — repeti. É estranho como isso é bizarro: Megan morreu. O mundo está morrendo. Megan morreu.

— Perguntei nos correios, mas havia só dois caras lá e nenhum deles sabia de nada — explicou Matt. — Muitas pessoas estão morrendo. Está ficando mais difícil acompanhar.

— Megan queria morrer — lembrei. — Mas não acho que a mãe dela quisesse.

— As pessoas não escolhem mais — lembrou Matt. — De qualquer modo, achei que você deveria saber.

Será que minhas lágrimas seriam cinza caso eu chorasse?

15 de outubro

Acordei hoje e pensei que o reverendo Marshall poderia saber o que aconteceu a Megan e à mãe dela. Falei para mamãe aonde ia e ela me perguntou se eu queria que Matt fosse comigo. Disse que não, que ficaria bem. Na verdade, não estava me importando se ia ficar bem ou não. Que diferença faz?

Levei meia hora até a igreja do reverendo Marshall e já estava sem fôlego quando cheguei. Não sei como Matt e Jon conseguem ficar fora de casa. Estava me sentindo como uma pedra de gelo e fiquei feliz quando descobri que a igreja tinha aquecimento.

Havia algumas pessoas rezando lá dentro. Não via ninguém além de minha família desde que a biblioteca fechou. Foi estranho ver outras pessoas, e todas pareciam esqueletos. Eu tive que me lembrar de como falar, de como fazer perguntas, de como agradecer. Mas consegui, e alguém me disse que o reverendo Marshall estava em sua sala. Bati à porta e entrei.

— Estou aqui por causa de Megan Wayne — informei. — Eu era a melhor amiga dela.

— A melhor amiga dela na Terra — corrigiu o reverendo Marshall.

Eu não tinha energia para discutir teologia com ele, por isso simplesmente assenti.

— Ela morreu — disse eu, como se ele não soubesse disso. — E a mãe dela também. Pensei que talvez o senhor pudesse me contar o que aconteceu.

— Deus as levou — disse ele. — Estou rezando por suas almas.

— A alma de Megan está bem — falei. — A da mãe dela também. Mas como exatamente Deus as levou?

O reverendo Marshall olhou para mim como se eu fosse um mosquito que ele queria esmagar.

— Não cabe a nós questionarmos as decisões de Deus — afirmou ele.

— Não estou questionando ninguém, apenas o senhor — expliquei. — O que aconteceu?

— Deus escolheu o momento da morte de Megan — respondeu ele. — Quanto à causa terrena, nós nunca saberemos. A mãe dela pediu que eu fosse lá e nós rezamos sobre os restos de Megan. Ela me pediu para enterrar Megan no quintal, mas a terra estava congelada e eu sabia que não conseguiria fazer aquilo sozinho. Voltei para a igreja para pedir ajuda e, quando voltamos para a casa dela, descobrimos que a sra. Wayne se enforcara.

— Meu Deus — exclamei.

— Imagino que ela tenha pensado que enterraríamos as duas juntas — disse o reverendo Marshall. — Mas é claro que não poderíamos tocar em seus restos mortais impuros. Trouxemos Megan para o cemitério da igreja e a enterramos. Se você quiser, pode se despedir dela.

Eu já tinha me despedido de Megan há muito tempo. E não aguentava mais a presença daquele homem. Disse que não e me virei para sair. Mas, assim que o fiz, percebi que algo me incomodava. Virei e olhei para ele.

O reverendo Marshall nunca foi gordo e continuava sem ser. Mas também não tinha perdido peso algum.

— O senhor está comendo — analisei. — Sua congregação está morrendo de fome e o senhor está comendo. O senhor os obriga a lhe dar a comida?

— Minha congregação escolhe me trazer comida — respondeu ele. — Eu simplesmente aceito o que eles oferecem.

— O senhor é desprezível — falei, e não sabia qual de nós dois pareceu mais surpreso por eu conhecer a palavra. — Não acredito no inferno, então não vou lhe dizer que espero que o senhor termine lá. Espero que seja a última pessoa viva na Terra. Espero que o mundo inteiro morra antes e o senhor continue aqui com saúde e bem-alimentado. Então saberá o que a sra. Wayne sentiu. Então saberá o que realmente é ser impuro.

— Rezarei por você — respondeu ele. — Como Megan gostaria que eu fizesse.

— Não se incomode — afirmei. — Não quero nenhum favor do seu Deus.

Acho que me ouviram de fora da sala, pois alguns homens entraram e me acompanharam até o lado de fora. Não me opus. Sinceramente, eu estava com pressa de sair de lá.

Fui de bicicleta até a casa de Megan. A porta principal estava aberta. A casa estava tão fria que eu conseguia ver a fumaça da minha respiração.

Eu estava com medo de encontrar a mãe de Megan, mas o corpo dela não estava mais lá. A casa havia sido saqueada, mas isso já era de se esperar. Sempre que uma casa é abandonada, as pessoas entram nela e levam tudo o que possam usar.

Fui até o quarto de Megan. A cama dela ainda estava lá, então me sentei e pensei em como ela era quando nos conhecemos. Eu me lembrei das nossas brigas, de quando íamos ao cinema e do projeto de ciências idiota que fizemos na sétima série. Pensei em Becky — em quando Megan, Sammi e eu a visitávamos, e em como ríamos juntas, mesmo com Becky estando muito doente e nós, tão assustadas. Fiquei sentada na cama de Megan até não aguentar mais.

Quando cheguei em casa, fui direito para a despensa e fechei a porta. Acho que mamãe não se preocupou que eu fosse comer alguma coisa, pois me deixou sozinha lá até ela precisar pegar a comida para o jantar.

Comer me deixou enjoada. Mas eu comi de qualquer jeito. Morrer de fome foi a saída de Megan, mas não a minha.

Viverei. Nós viveremos. Nunca farei minha mãe passar pelo que a sra. Wayne passou. Minha existência é o único presente que me restou para lhe dar, mas terá que servir.

18 de outubro

Sonhei com Megan ontem à noite.

Eu estava caminhando até a sala de aula e percebi que era a sala da sétima série. E lá estava Megan, conversando com Becky.

Fiquei confusa.

— Estamos no Céu? — perguntei. Eu odiei a sétima série, e a ideia de que ela fosse o Céu era perturbadora.

Megan riu.

— Estamos no inferno — respondeu ela. — Você ainda não consegue dizer qual é qual?

Foi quando acordei. É estranho dividir a cozinha com minha mãe. É como se ela soubesse o que estou sonhando, como se meus pensamentos não fossem mais particulares.

Mas ela dormia durante o meu sonho. Pelo visto ela tem outras coisas para sonhar.

21 de outubro

Matt voltou dos correios hoje e disse que, a menos que alguém se voluntarie para trabalhar lá, terão que fechar. Por isso, ele se ofereceu para os expedientes das sextas-feiras.

— Para quê? — perguntou Jon. — Não teremos notícias de papai.

— Não sabemos disso — respondeu mamãe. — Acho que trabalhar nos correios é uma boa ideia. Todos deveríamos fazer mais do que estamos fazendo. Não é bom para nós ficarmos sentados sem fazer nada. Precisamos sair, produzir algo de bom para as outras pessoas. Precisamos ter uma razão para viver.

Revirei os olhos. Cato gravetos, visito a sra. Nesbitt, lavo nossas roupas e limpo a areia de Horton. Essa é minha vida. Sentar na cozinha com a sra. Nesbitt enquanto nenhuma de nós diz uma palavra é o ponto alto do meu dia.

— Muito bem — concluiu mamãe. — Vocês não precisam dizer nada.

— Quem, eu? — dissemos eu e Jon ao mesmo tempo, o que foi realmente muito engraçado.

— Nenhum de nós está se divertindo — falou mamãe. — Matt, acho ótimo você ir trabalhar nos correios. Jonny, Miranda, façam o que quiserem. Não me importo mais.

A VIDA COMO ELA ERA • 251

Uma parte de mim quase gostaria que ela estivesse falando sério. Mas a maior parte tem medo de que talvez ela esteja realmente falando a verdade.

24 de outubro

A temperatura hoje de manhã foi de 8 graus negativos, o que é praticamente uma onda de calor atualmente. Se você se esforçasse ao olhar para o céu quase dava para ver o sol.

—Verão indiano — disse mamãe quando o termômetro alcançou 1 grau negativo. — Não, falo sério. Aposto que se as cinzas não estivessem tão densas seria um verão indiano.

Mantemos o termostato do aquecedor em 10 graus, então está sempre frio. Imaginei que nunca sentiria 1 grau negativo novamente.

— Vou patinar — decidi. — O lago está congelado há um mês. Mãe, seus patins ainda estão no armário?

— Imagino que sim — respondeu ela. — Cuidado, Miranda. Não se arrisque a quebrar o gelo.

— Não me arriscarei — afirmei, mas estava tão animada que nem me preocupei com o que ela falou.

Mamãe e eu calçamos praticamente o mesmo tamanho e eu sabia que os patins dela caberiam em mim. Fui lá em cima e logo os encontrei. Eu tinha me esquecido do quanto patins de gelo são bonitos.

Não ia a Miller's Pond desde que parei de nadar. Passo muito tempo no bosque ao redor de nossa casa, mas hoje foi o dia em que mais caminhei durante meses. A trilha estava coberta de folhas caídas, mas não tive dificuldade em andar por ela.

A parte mais estranha da caminhada foi como tudo estava silencioso. Já estou realmente acostumada com a falta de sons. Sem tevê, sem computador, sem carros, sem barulho. Mas foi a primeira vez que eu percebi como o bosque também estava silencioso. Sem pássaros. Sem insetos. Sem esquilos passeando por aí. Sem animais fugindo ao ouvir o som de meus passos esmagando as folhas. Acho que todos os animais foram embora da cidade. Espero que o Kansas os deixe entrar.

Eu consegui ver de longe que já havia alguém patinando. Senti uma onda de animação. Por um momento totalmente ridículo, pensei que fosse Dan.

Mas quando me aproximei vi que, quem quer que fosse, era alguém que realmente sabia patinar. Fiquei parada durante alguns momentos e observei o patinador dar um salto duplo.

Por um segundo, pensei que simplesmente deveria ir embora. Mas já estava muito agitada. Praticamente corri pelo restante da trilha até o lago para ver se eu estava certa, se realmente seria Brandon Erlich.

Era ele.

— Você está vivo! — exclamei quando ele se curvou aos meus aplausos.

— Posso estar, mas meus movimentos não parecem ter me acompanhado — respondeu ele.

— Pensamos que você estava morto — disse. — Quer dizer, seus fãs pensaram. Você estava treinando na Califórnia. Não tivemos nenhuma notícia sua.

— Eu estava em turnê — explicou ele. — Estávamos sãos e salvos em Indianápolis. Demorei até conseguir mandar notícias para meus

A VIDA COMO ELA ERA • 253

pais e levei mais tempo ainda para voltar para casa. Mas estou aqui há alguns meses. Você também patina?

Olhei com vergonha para os patins de mamãe.

— Eu costumava patinar — respondi. — Costumava ter aulas com a sra. Daley.

— Sério?! — exclamou ele. — Ela foi minha primeira treinadora.

— Eu sei — respondi. — Às vezes ela nos contava como você estava indo. Todos torcíamos muito por você. Aposto que teria recebido medalhas nas Olimpíadas.

Brandon sorriu.

— Minha mãe ainda acredita que isso vai acontecer — revelou ele. — Como se, de repente, tudo fosse voltar ao normal em fevereiro. Você era boa patinadora? Competiu?

— Um pouco — disse eu. — No nível intermediário. Eu dava saltos duplos e estava treinando o triplo quando quebrei o tornozelo. Nem foi patinando. Apenas um desses acidentes idiotas. Fui para a natação depois disso.

— Natação — disse Brandon. — É uma forma de arte perdida. Calce seus patins. Vamos ver como você se sai.

— Os patins são da minha mãe — esclareci. — Faz muito tempo que não patino no gelo.

Foi estranho colocar os patins enquanto Brandon me observava.

— Não tente nenhum salto — orientou ele. — Apenas patine. Deixe eu ver como está seu equilíbrio.

Então eu patinei e ele patinou ao meu lado. No início, eu estava um pouco instável, mas, depois que me acostumei, parecia quase natural estar lá.

— Nada mau — disse ele. — Aposto que a sra. Daley ficou triste quando você parou de patinar.

Eu tinha me esquecido de como era fantástico patinar e deslizar sobre o gelo. Não queria parar. Mas depois de alguns minutos já ficou difícil respirar.

— O ar — disse Brandon. — Já estou treinando há algumas semanas e criei resistência. Não exagere hoje. Deixe seus pulmões se ajustarem.

— Seus pais estão bem? — perguntei depois de recuperar o fôlego. — Minha mãe conhece a sua. Vocês têm comida suficiente?

— Alguém tem? — perguntou Brandon. — Ainda não morremos de fome, então acho que estamos bem.

Ele patinou ao redor do lago para ganhar velocidade e fez uma pirueta de avião. Brandon costumava fazer a pirueta de avião mais bonita do mundo.

— Ora, vamos — instigou. — Como era sua rotação? Boa para os padrões da sra. Daley?

— Não — confessei. — Minha perna nunca estava alta o suficiente para ela.

— Então é bom ela não estar vendo — brincou ele. — Faça uma.

Foi uma desgraça.

— Não peça para eu fazer a *layback* — disse eu. — Estou completamente fora de forma.

— Bem, com certeza você não está gorda — analisou ele. — Se treinar o suficiente, ficará bem. Faremos nossas próprias Olimpíadas. Você pode ganhar o ouro, a prata e o bronze.

Ele segurou minha mão e patinamos juntos, sem ouvir nada além do som das lâminas (das minhas principalmente) contra o gelo. Sabia que ele estava patinando devagar para me acompanhar.

A VIDA COMO ELA ERA • 255

Sabia que eu o estava impedindo de treinar saltos, piruetas e trabalho de pés. Sabia que o mundo realmente tinha acabado, porque eu estava patinando com Brandon Erlich, exatamente como eu fiz tantas vezes em minhas fantasias.

Estava de verdade no paraíso até eu começar a tossir.

— Já é o suficiente por um dia — disse ele. — Que tal me assistir? Sinto falta do público.

Então fiquei ao lado do lago e observei Brandon treinar seu trabalho de pés e dar piruetas

Depois de alguns minutos, ele começou a tossir e patinou até a beira do lago.

— Está frio aqui — constatou ele. — Mais frio do que no rinque.

— E mais escuro — completei.

Ele assentiu.

— Então você era mesmo uma fã? — perguntou. — Porque eu era da região ou porque você realmente gosta do meu trabalho?

— As duas coisas — respondi. — A sra. Daley estava sempre falando sobre você. Eu adoro o jeito como você patina. Sua postura. Seu estilo. Você é mais que as piruetas. Eu realmente acho que poderia ganhar as Olimpíadas.

— Eu era um azarão — analisou ele. — Mas queria o ouro.

— A sra. Daley está bem? — perguntei. — Não a vejo desde que tudo isso começou.

— Ela e o marido foram embora daqui em agosto — disse Brandon. — Eles têm uma filha no Texas.

— E quanto aos outros patinadores? — perguntei. — Você sabe como eles estão?

Ele balançou a cabeça.

— Os que participaram na turnê comigo estavam bem quando nos separamos — contou ele. — Estavam desesperados para voltar para casa. Não era o meu caso, mas, depois de algum tempo, não consegui pensar em outro lugar para ir, então voltei. Meu pai chorou quando me viu. Minha mãe sempre chora, mas foi a primeira vez que vi meu pai chorar. Acho que isso significa alguma coisa.

— Eu parei de chorar — falei. — Minha melhor amiga morreu e eu só senti raiva.

—Vamos — disse Brandon. — Patine.

E foi o que fiz. Não foi nada de mais, apenas algumas voltas, uma pirueta básica e uma Ina Bauer bem ruim. Quando terminei, não sentia mais raiva.

— Você voltará amanhã? — perguntou ele. — Eu tinha me esquecido de como é divertido patinar com alguém.

—Vou tentar — respondi, tirando os patins e calçando os sapatos. — Obrigada.

— Obrigado — disse ele.

Ele voltou para o gelo e, quando o deixei, ele estava patinando ao redor do lago, belo e solitário.

QUINZE

26 de outubro

Minha mãe tropeçou nos sapatos ao lado do colchão ontem de manhã. Ela caiu de mau jeito e torceu o tornozelo de novo.

Ela o enfaixou novamente e disse que não iria ser mimada desta vez; se continuasse mancando pelo o resto da vida, paciência. Mas não conseguiu nem ficar de pé.

Ela disse a Matt que ficaria bem na cozinha, que não havia razão para levá-la de volta ao solário e acender o fogão a lenha apenas para ela, mas ele insistiu. Como o encanamento vai congelar se não deixarmos o aquecedor ligado (fez 11 graus negativos hoje à tarde; parece que o verão indiano foi bem curto neste ano), ele e mamãe decidiram que o restante de nós continuará dormindo onde estávamos.

Não vejo problema algum na maioria dessas coisas. Eu não teria gostado de lavar a roupa com mamãe deitada nos colchões da cozinha. Já é difícil se mover por lá quando ela está em outro cômodo. Pelo menos assim, se eu pisar no colchão, não tenho que me preocupar de pisar nela também.

E não vou mais precisar limpar a casa. Mamãe desistiu de tirar o pó e varrer quando nos mudamos para o andar de baixo. A sala de jantar é uma causa perdida e era muito difícil para ela andar ao redor dos colchões no chão da sala de estar.

Portanto, o único problema é que eu sou responsável por manter o fogão a lenha aceso. Como ele é a única fonte de aquecimento no solário, precisa ter lenha queimando durante toda a noite.

Eu já acordo bastante, de qualquer modo. Apenas tenho que colocar um ou dois pedaços de madeira no fogo sempre que despertar. Fiz mamãe prometer que, se ela acordasse com frio, gritaria para que eu me levantasse, mas não tenho certeza se ela fará mesmo isso.

Matt diz que dará uma olhada no fogão se acordar, o que significa que passará pela cozinha para chegar ao solário e provavelmente acabará me acordando.

Faria mais sentido se eu dormisse no solário, mas a ideia de um pouquinho de privacidade é tão maravilhosa que não consigo nem pensar em abrir mão dela.

Mamãe e eu estávamos nos revezando para visitar a sra. Nesbitt, então assumirei o turno dela. Na pior das hipóteses, isso me dará uma desculpa para sair de casa. Mas não vou mais patinar. Não poderia deixar mamãe para ir ao lago. Mas isso não importa. Passei muito tempo ontem tentando decidir se tudo aquilo aconteceu mesmo ou se foi minha imaginação. Eu patinando com Brandon Erlich. Nós dois conversando. Ele sendo tão legal.

Eu já inventei coisas mais esquisitas que isso.

Provavelmente ele estava apenas sendo simpático quando me pediu para voltar. Deve preferir patinar sozinho e não ser incomodado por uma fã desajeitada e idiota.

Minha mãe ficou chateada por eu não poder mais patinar. Ela disse que ficaria bem, mas é claro que não posso deixá-la sozinha do jeito que está.

— Quando você melhorar, volto a patinar — tranquilizei-a. — O lago não irá descongelar tão cedo.

A VIDA COMO ELA ERA • 259

— Acho que não — respondeu ela. — Mas me sinto tão mal por você. Finalmente, estava fazendo algo de que gosta e agora eu estraguei tudo de novo.

Pensei que ela fosse começar a chorar, mas não chorou.

Acho que nenhum de nós chora mais.

28 de outubro

Peter apareceu sem avisar (bem, todas as visitas agora são inesperadas, mas o que eu quis dizer é que nós não o chamamos) e examinou o tornozelo de minha mãe. Ele disse que não está quebrado, mas a entorse foi pior que a última, e que mamãe precisa ficar de repouso durante pelo menos duas semanas; talvez, mais.

Ele também acha que mamãe deve ter quebrado um dos dedos do pé, mas disse que não há nada que possa ser feito, então não devemos nos preocupar. O que é bem engraçado vindo de Peter.

Não faz mais muito sentido dormir durante a noite toda, pois tenho que vigiar o fogo o tempo todo, então estou tirando cochilos durante a manhã e a noite. Durmo por duas ou três horas, acordo, faço o que tem que ser feito e então volto a dormir. Na verdade, a melhor hora para dormir é no início da noite, quando Matt e Jon estão em casa e podem tomar conta do fogo, mas esta é a hora em que mais quero ficar acordada. Algumas vezes acabo cochilando de qualquer modo.

Mamãe está enlouquecendo por não poder fazer nada, mas não podemos ajudá-la com isso.

Ah, e eu tenho um novo e emocionante trabalho. Mamãe não pode ir até o banheiro, então Matt pegou um penico no sótão e tenho que limpá-lo. Fico ameaçando pôr a areia do gato nele.

É estranho. Quando mamãe torceu o tornozelo há algumas semanas, tudo ficou bem. Foi uma época divertida. Não que muita coisa tenha mudado desde então, mas com certeza não estamos nos divertindo.

29 de outubro

Contei à sra. Nesbitt sobre a visita de Peter e o que ele disse a respeito de minha mãe. Não omiti nada, incluindo a parte em que Peter disse que, mesmo quando mamãe puder caminhar pela casa, não poderá nem pensar em ir até o lado de fora.

— Acho que a senhora ficará comigo por algum tempo — disse.

A sra. Nesbitt me surpreendeu.

— Bom — respondeu. — É melhor assim.

Pensei que precisava de coragem para contar à sra. Nesbitt sobre o tornozelo de mamãe. Mas precisei de muito mais coragem para perguntar por que seria melhor assim.

— Não quero que sua mãe me encontre morta — falou a sra. Nesbitt. — Também não será divertido para você, mas é mais jovem e eu sou menos importante para você.

— Sra. Nesbitt! — censurei-a.

Ela me lançou um daqueles olhares que costumavam me assustar quando eu era pequena.

— Não temos tempo para faz de conta — justificou. — Posso morrer amanhã. Precisamos conversar honestamente. Não há razão para rodeios.

— Não quero que a senhora morra — falei.

— Obrigada — respondeu ela. — Mas, quando eu morrer e você me encontrar, há algumas coisas importantes que precisa saber. Primeiro, faça o que quiser com meu corpo. O que for mais fácil.

Peter veio me visitar depois de sair da casa de vocês e me disse que uma dúzia de pessoas ou mais estão morrendo diariamente por aqui. Não sou melhor do que elas e provavelmente sou muito pior que algumas. Ele disse que o hospital ainda está aceitando corpos; então, se isso for melhor para vocês, não vejo problemas com isso. Nunca gostei da ideia de ter um funeral, prefiro ser cremada. As cinzas de meu marido estão espalhadas pelo Atlântico, então não teríamos túmulos um ao lado do outro de toda forma.

— Está bem — falei. — Se eu encontrar seu corpo, direi a Matt, e ele a levará para o hospital.

— Ótimo — disse ela. — Depois que eu me for, faça uma busca pela casa e leve tudo que vocês possam usar. Não se preocupe em deixar coisas para meus herdeiros. Não tenho notícias do meu filho e da família dele desde maio, então tudo leva a crer que eles não precisarão de nada meu. Se algum deles aparecer e vocês ainda tiverem qualquer coisa minha, podem dar a eles. Mas não se preocupe com isso. Vasculhe a casa inteira, do sótão ao porão. Meu carro tem um pouco de gasolina, você pode colocar tudo nele e dirigir até sua casa. Não se acanhe. Não precisarei de nada e, quanto mais vocês tiverem, melhores serão suas chances. Este será um inverno longo e terrível, e eu ficaria muito aborrecida se achasse que vocês deixaram para trás algo que poderia ajudá-los a sobreviver.

— Obrigada — respondi.

— Depois que eu morrer, me enrole em um lençol — orientou ela. — Não desperdice um cobertor. E mesmo se alguém da minha família voltar, quero que sua mãe fique com meu pingente de diamante e que você fique com meu broche de rubi. São meus presentes para vocês duas, não se esqueça. Matt ficará com a pintura dos barcos a vela, ele gostava dela quando era pequeno, e Jonny deve ficar com a de paisagem da sala de jantar. Não sei se ele gosta dela ou não, mas deve ficar com alguma coisa e é uma bela peça. Minha mobília provavelmente não será útil para vocês, mas ela pode servir como lenha.

— A senhora tem antiguidades — lembrei. — Não poderíamos queimá-las.

— E por falar em queimar coisas, queimei todas as minhas cartas e diários — revelou ela. — Não que houvesse uma única palavra interessante neles. Mas não queria que vocês os lessem, então não existem mais. Mas guardei os álbuns. Sua mãe pode gostar deles, vendo as fotografias antigas da família dela. Vai conseguir se lembrar disso tudo?

Assenti.

— Ótimo — continuou ela. — Não diga nada disso a sua mãe até que eu me vá. Ela já tem muito com que se preocupar. Mas, depois que eu morrer, diga a ela que eu a amei como a uma filha e a todos vocês como se fossem meus netos. Diga-lhe que estou feliz por ela não me ver no fim e que nunca deveria se sentir culpada por não me visitar uma última vez.

— Nós amamos a senhora — disse eu. — Todos nós a amamos muito.

— É claro que amam — respondeu ela. — Agora me diga. Você já começou a estudar?

É obvio que não, mas entendi que ela queria mudar de assunto e falei sobre isso.

Quando cheguei em casa, pus lenha no fogão e me deitei para tirar um cochilo. Era mais fácil dormir (ou fingir dormir) do que tentar conversar com minha mãe sobre a sra. Nesbitt. Nunca pensei realmente em como é ser uma mulher idosa. Mas agora não tenho nem mais certeza se viverei o suficiente para ser qualquer tipo de mulher.

A VIDA COMO ELA ERA • 263

Só espero que, quando chegar minha hora de morrer, qualquer que seja a minha idade, eu possa encará-la com a mesma coragem e bom senso que a sra. Nesbitt. Espero que essa seja uma lição que eu realmente tenha aprendido.

1º de novembro

Matt passou a manhã inteira andando pela casa, o que foi estranho. Ele está obcecado por cortar lenha desde que mamãe voltou para o solário. Eu sei que é porque estamos usando a lenha mais cedo que o planejado, mas, ainda assim, isso me incomoda um pouco. Eu gostaria que ele ficasse em casa às vezes e limpasse o penico.

Durante a tarde, ouvi o som de um carro na garagem. Matt correu lá para fora e, quando eu vi, ele, Jon e alguns homens que eu não reconheci estavam trazendo tapumes de uma picape para o solário. Mamãe só observou e não disse nada, então acho que ela já sabia o que estava acontecendo.

Depois que os homens foram embora, Matt e Jon passaram o resto do dia cobrindo as janelas do solário com tapume. Quando a casa foi construída, o solário não existia – era apenas uma varanda na parte de trás da casa, com as janelas da cozinha e da sala de jantar voltadas para ela. Mas, quando a varanda foi fechada, os espaços onde as janelas da cozinha e da sala de jantar ficavam permaneceram abertos, mesmo sem os vidros. Grande parte da luz que entra nos dois cômodos vem desses espaços, pois o solário tem claraboias e três paredes que são janelas, além da porta externa, claro. Matt cobriu a janela da cozinha/solário com um tapume e colocou outro na frente da janela da sala de estar/solário, para podermos deslizá-lo para pegar lenha com mais facilidade.

Agora a única luz natural que entra no solário vem das claraboias. Não que haja muita luz do sol ultimamente, mas o ambiente ficou muito mais escuro.

Depois, como se eu já não estivesse sofrendo o bastante, eles cobriram a janela sobre a pia da cozinha. Agora a única luz natural no cômodo vem das claraboias do solário, através da porta da cozinha/solário. Em outras palavras, praticamente nada.

— Vocês vão cobrir as janelas da sala de estar também? — perguntei.

— Não precisa — respondeu Matt. — Quando pararmos de usar o aquecedor, fecharemos a sala de estar. Mas ainda podemos usar a cozinha.

Estou tão irritada que quero gritar. Para começo de conversa, tenho certeza de que Matt conseguiu os tapumes com a gangue que vi na cidade e odeio o fato de que ele não tenha me dito o que estava acontecendo. Sem discussão. Ele sabia o que era melhor e simplesmente foi em frente e fez. (Certo, ele falou com mamãe sobre isso, mas eu não fui consultada.) E ele não entende como é ficar presa nesta casa durante o dia todo. A única hora em que eu saio é quando visito a sra. Nesbitt, e é apenas uma caminhada curta para ir e voltar.

Sei que Matt e Jon estão trabalhando bem mais do que eu. Matt come tão pouco e está fazendo muito esforço físico. Quando volta para casa, está exausto. No outro dia, dormiu durante o jantar.

Mas ele não precisava cobrir a janela da cozinha. Pelo menos não agora. Poderia ter esperado até que ficássemos sem combustível. Ele nem se importou com o que isso significaria para mim. Ele nunca nem me perguntou.

Queria me mudar para a casa da sra. Nesbitt, mas não posso deixar mamãe sozinha.

Às vezes, penso sobre como a vida costumava ser. Nunca fui a lugar algum, não longe de verdade. Fui uma vez à Flórida e visitei Boston, Nova York, Washington, Montreal e só. Eu sonhava com Paris, Londres, Tóquio. Queria ir para a América do Sul, para a África. Sempre achei que isso seria possível algum dia.

Mas meu mundo está cada vez menor. Sem escola. Sem lago. Sem cidade. Sem quarto. Agora, não tenho nem mesmo a vista das janelas.

Sinto como se eu estivesse encolhendo junto com o meu mundo, diminuindo e endurecendo. Estou me transformando em uma pedra e de certo modo isso é bom, porque pedras são eternas.

Mas, se é para viver assim eternamente, então não quero.

5 de novembro

Eu estava na cozinha lavando o penico de minha mãe quando a água parou de cair.

Abri as torneiras do banheiro do andar de baixo e nada saiu. Subi e testei o banheiro de cima. Nada também.

Esperei até Matt voltar para lhe contar. Por um momento, ele ficou irritado comigo.

— Você deveria ter me contado na hora! — gritou. — Se os canos estão congelados, eu poderia tentar resolver.

Mas eu sei que os canos não estão congelados. O poço secou. Não chove desde julho. Por mais que fôssemos cuidadosos com a água, uma hora ela teria que acabar.

Matt e eu fomos até o poço para dar uma olhada. Claro que eu estava certa.

Quando voltamos, Jon estava sentado no solário com mamãe e nos juntamos a eles.

— Quanto tempo sobreviveremos sem água? — perguntou.

— Não é tão ruim assim — respondeu Matt. — Ainda temos garrafas de água e refrigerante para beber. Mas é melhor não lavarmos mais roupa. E Miranda terá que dividir o penico com mamãe.

Ele sorriu, como se isso fosse uma piada.

— Não temos muitas garrafas de água — constatou Jon. — E se nunca mais chover?

— Logo vai nevar — respondeu Matt. — Mas, por enquanto, podemos cortar alguns pedaços de gelo do lago. Vamos fervê-los e torcer para que seja suficiente.

— Não tem nenhum outro lugar para pegar gelo? — perguntei. — E seus amiguinhos do mercado negro?

— Eles não são meus amiguinhos e não têm água nem gelo — disse Matt. — E, se têm, não estão vendendo. Se você souber de algum lugar mais próximo que o lago, ótimo. Mas foi a melhor solução que encontrei.

Pensei em Brandon patinando no lago. E disse para mim mesma que aquilo nunca tinha acontecido, então não fazia diferença.

— Como não temos mais água, não precisamos mais deixar o aquecedor ligado — continuou Matt. — Podemos muito bem economizar combustível e nos mudarmos para o solário.

— Não! — gritei. — Eu não vou!

— Por que não? — perguntou Jon, e eu vi que ele estava surpreso de verdade. — Está quente aqui dentro. Mesmo com o aquecedor ligado, está frio na casa. Por que não nos mudarmos?

— Eu passo muito tempo na cozinha — falei. — Não apenas dormindo. E já está bastante ruim agora. Vou morrer congelada se desligarmos o aquecedor. É isso que você quer? Que eu morra congelada?

— Você não vai mais passar muito tempo na cozinha — argumentou Matt. — A não ser para pegar comida na despensa. Não cozinhamos nem comemos lá, e agora você não vai mais lavar roupa. Se ficarmos sem lenha e não tivermos combustível para o aquecedor, vamos morrer de frio. É melhor economizar um pouco.

— E que diferença isso faz? — perguntei. — Nunca iremos sobreviver ao inverno. Estamos em novembro e já não temos água, a temperatura está abaixo de zero e não há como encontrar mais comida. Estamos morrendo aos poucos, Matt. Você sabe disso. Todos sabemos.

— Talvez — considerou mamãe, e eu quase me assustei ao ouvi-la falar. Ela tem estado bastante quieta desde que machucou o tornozelo e quase parou com os discursos motivacionais. — Mas, enquanto não soubermos como será o futuro, temos a obrigação de continuar vivos. As coisas podem melhorar. Em algum lugar, as pessoas estão tentando solucionar tudo isso. Elas têm que tentar. É o que as pessoas fazem. E a nossa solução é vivermos um dia de cada vez. Todos morreremos aos poucos, Miranda. Todos os dias ficamos cada vez mais próximos da morte. Mas não há razão para tentar apressá-la. Pretendo viver o máximo que puder e espero o mesmo de vocês. A única coisa racional a fazer é nos mudarmos para o solário.

— Hoje, não — pedi. — Por favor, hoje, não.

— Amanhã de manhã — respondeu mamãe. — Amanhã traremos os colchões.

— Tudo vai ficar bem — disse Matt. — Será até melhor. Você não será a única responsável pelo fogo. Podemos nos revezar para atiçá-lo. Você dormirá melhor.

— Isso — concordou Jon. — Será mais fácil para você, Miranda. Você nem vai mais precisar fazer as tarefas domésticas.

Portanto, hoje é minha última noite sozinha. E meu mundo diminuiu ainda mais.

DEZESSEIS

7 de novembro

A sra. Nesbitt morreu.

Não sei quando, mas ela estava deitada na cama, e prefiro acreditar que morreu dormindo. Seus olhos estavam fechados e ela parecia em paz.

Beijei a bochecha dela e cobri seu rosto com o lençol. Sentei em silêncio ao seu lado durante algum tempo, principalmente para ver se eu iria chorar, mas não chorei e sabia que não podia ficar sentada ali para sempre, por mais em paz que ela estivesse.

Sabia que ela queria que ficássemos com tudo, mas, primeiro, fiz questão de pegar o pingente de diamante e o broche de rubi. Depois, desci e retirei da parede os dois quadros que ela queria que ficassem para Matt e Jonny. Empilhei todas as coisas na mesa da cozinha e pensei no que devia pegar em seguida.

O que eu realmente queria era olhar os armários da cozinha para ver se havia comida, mas isso me deixou animada e achei que não seria a forma apropriada de me sentir. Eu pareceria uma canibal.

Então peguei uma lanterna e comecei pelo sótão. Não sabia o que iria encontrar lá, mas a sra. Nesbitt tinha dito para ir do sótão ao porão e eu não queria ir ao porão.

O sótão estava cheio de caixas e baús. Estava muito frio lá em cima e eu sabia que não teria forças para examinar todos. Então dei uma olhada em cada um.

Havia muitas roupas velhas que eu não achei que seriam úteis para nós. Havia também caixas cheias de papéis, anotações de trabalho do sr. Nesbitt.

Abri uma caixa marcada como "Coisas de Bobby" e encontrei algo maravilhoso nela. A maior parte das coisas era da escola, trabalhos que ele escreveu e cartas que recebeu por estar no time de basquete. Mas, no fundo, encontrei uma caixa de sapatos cheia de figurinhas de beisebol antigas.

Lembrei que Jon não ganhou nenhum presente de aniversário e me agarrei à caixa de sapatos. Eu faria uma surpresa para ele no Natal. Ou antes do Natal, se achar que não sobreviveremos tanto tempo assim.

Depois, desci e examinei os quartos e os armários. Havia toalhas de banho e de rosto que a sra. Nesbitt não deve ter usado. Lençóis limpos, cobertores e colchas. Mesmo estando aquecidos no solário, cobertores extras pareceram uma boa ideia. Havia caixas de lenços de papel que eu sabia que poderíamos usar e rolos de papel higiênico. Aspirina e analgésicos. E remédios para gripe.

Peguei uma fronha limpa e comecei a colocar tudo dentro dela, começando com as figurinhas de beisebol. Não coloquei os cobertores, mas guardei algumas toalhas de banho e de rosto. Não havia lógica nenhuma no que pegava e deixava de fora. Mas eu pediria a Matt que colocasse tudo no carro e ele poderia pegar o que eu tivesse esquecido.

Depois, me permiti entrar na cozinha. Abri os armários e vi latas de sopa, legumes, atum e frango. Tudo o que estamos comendo há meses. Não havia o suficiente para fazermos três refeições ao dia. Mas cada uma das latas nos manterá vivos por um pouco mais de tempo.

Eu sabia, mesmo sem ela me dizer, que a sra. Nesbitt tinha passado fome para que nós pudéssemos ter comida. Eu a agradeci em silêncio e continuei minha busca.

No fundo de um dos armários, encontrei uma caixa de chocolates fechada com um cartão de Feliz Dia das Mães. A sra. Nesbitt nunca gostou de chocolate. Pensei que o filho dela soubesse disso.

Peguei o chocolate e o coloquei no fundo da fronha, junto com as figurinhas de beisebol. Ainda não consegui me decidir se o darei para mamãe no Natal ou no aniversário dela.

Então percebi um barulho engraçado às minhas costas. Olhei para trás e vi que a torneira da cozinha estava pingando.

Peguei uma panela, coloquei-a debaixo da torneira e a abri. Jorrou água de verdade.

O poço da sra. Nesbitt não secou. Ela era apenas uma e não usou a água toda. Sua insistência em manter o aquecimento ligado evitou que os canos congelassem.

Peguei a maioria das latas de comida e uma caixa fechada de passas e as apertei na fronha. Depois examinei a casa inteira, de cima a baixo, procurando por recipientes para colocar a água. Levei tudo que encontrei que pudesse encher — garrafas, jarras, potes e barris — para a cozinha. Enchi cada um deles apenas pela alegria de ouvir o som de água corrente.

Fiquei tentada a beber um copo de água, mas, apesar de ela provavelmente estar limpa, sabia que deveria fervê-la antes. Mas então pensei em olhar na geladeira da sra. Nesbitt. Como imaginei, ela a usara como armário, e havia um engradado fechado com seis garrafas de água lá dentro.

Peguei uma delas para beber. Precisei me controlar para não engolir toda a água em três goles gigantes. Em vez disso, eu bebi aos poucos, como se fosse um vinho saboroso.

A VIDA COMO ELA ERA • 271

Que engraçado. Toda aquela comida lá e eu não quis comer nada. Mas não resisti à água.

Depois, para aproveitar, peguei um pano, o molhei com a água da pia e limpei meu rosto e minhas mãos. Em seguida, tirei a roupa e tomei um banho de esponja. A água estava fria e a temperatura da cozinha não era muito melhor, mas foi maravilhoso me sentir limpa novamente.

Vesti minhas roupas sujas e coloquei as cinco garrafas de água potável no que eu comecei a imaginar como meu saco de Papai Noel, e percebi que não conseguiria carregar mais nada. Não havia como levar os quadros, mas guardei as duas joias no bolso da calça. Joguei o saco por cima do ombro e saí pela porta da cozinha.

Eu alterno entre caminhar pela rua e pelo bosque para chegar até a casa da sra. Nesbitt, por isso sabia que ninguém acharia suspeito se não passasse pela rua. Só torci para não encontrar ninguém no bosque, pois se vissem o saco de Papai Noel saberiam que eu estava retirando coisas da casa da sra. Nesbitt. Se alguém chegasse lá antes de Matt, perderíamos a comida, a água, tudo.

Andei o mais rápido possível, me xingando por ter enchido a fronha com tanta coisa. Hoje foi dia de não comer o brunch e eu estava faminta. A água se revirava no meu estômago.

Encontrei Matt e Jon cortando madeira. Lembrei que eles levavam lenha para a sra. Nesbitt. Mais coisas para tirarem da casa dela.

Por um momento, fiquei na dúvida se os avisava enquanto carregava o saco ou ia para casa, deixava o saco lá e voltava para falar com eles. Mas eu teria que contar a mamãe o que aconteceu caso ela me visse levando as coisas para dentro de casa, e preferi adiar esse momento. Então parei com o saco atrás de uma árvore para o caso de alguém me ver conversando com Matt e Jon.

— A sra. Nesbitt morreu — cochichei. — Ela me disse há alguns dias para pegar tudo que pudéssemos de sua casa. Lá ainda tem água corrente. E o carro dela tem um pouco de gasolina.

— Onde ela está? — perguntou Jonny.

— Na cama — respondi. — Peter lhe disse que o hospital está aceitando corpos e ela falou que nós deveríamos levá-la para lá se isso for mais fácil. Tivemos uma longa conversa sobre essas coisas há alguns dias.

— Eu preciso fazer isso? — perguntou Jonny. — Preciso entrar na casa?

— Não — disse Matt. — Mas você precisa nos ajudar a retirar as coisas. Tem um carrinho de mão na garagem. Podemos enchê-lo de lenha para você trazer para cá. Miranda, você se importaria de voltar?

— Não, claro que não — respondi.

— Muito bem então — analisou ele. — Vamos vasculhar a casa. Você tem alguma noção de como dirigir?

— O acelerador faz o carro andar e o freio faz parar.

Matt sorriu.

— Você vai se sair bem — assegurou ele. — Vamos de van até lá e levaremos todas as nossas garrafas e jarras para enchê-las com água. Guardaremos as coisas, e eu volto dirigindo a van e você, o carro da sra. Nesbitt. Depois vou até lá de novo, pego a sra. Nesbitt e a levo para o hospital. Quando eu voltar, a casa já terá sido saqueada, mas teremos pego tudo que pudermos.

— Quando você voltar para pegar a sra. Nesbitt, encha o carro mais uma vez — disse. — Ela não se importaria.

— Tudo bem — falou Matt. — Entre com o saco e conte para mamãe. Jon, venha comigo. Vamos pegar garrafas para colocar água.

A VIDA COMO ELA ERA • 273

Todos nós voltamos para casa. Mamãe estava sentada em seu colchão, olhando para o fogo. Ela me ouviu entrar e, então, viu a fronha.

— Onde você arrumou isso? — perguntou ela.

— Na casa da sra. Nesbitt — falei. — Mãe, sinto muito.

Ela levou alguns instantes para entender o que eu quis dizer. Quando compreendeu, respirou fundo.

— Foi tranquilo? — perguntou ela. — Você sabe como foi?

— Ela morreu dormindo — respondi. — Do jeito que queria.

— Bem, pelo menos foi dessa forma — consolou-se.

Quando chegamos à casa da sra. Nesbitt, Jonny ficou do lado de fora e encheu o carrinho de mão com lenha. Matt e eu entramos. Matt encheu todos os recipientes que trouxemos com água e eu guardei os cobertores, as toalhas, os lençóis, a comida e os álbuns de fotografia, além dos dois quadros.

Enquanto estávamos na cozinha, Jon entrou correndo. Ele encontrou dois barris na garagem, duas latas de lixo de plástico e um latão pesado de metal.

O latão pesava tanto que, depois de o enchermos com água, foi preciso a força de nós três para colocá-lo na van. Jonny e eu cuidamos das latas de plástico.

Tentamos não fazer muito barulho, mas é claro que se alguém ouvisse o motor do carro saberia que algo aconteceu. A regra é a família primeiro, e Matt disse que todos nos consideravam como parte da família da sra. Nesbitt, então não teríamos problemas. Mas ainda assim fiquei com medo até terminarmos de encher os dois carros e ligarmos os motores.

Depois, claro, eu tive que tirar o carro da garagem, dirigir pela rua, chegar à nossa casa e ir até a porta do solário.

Eu fiquei repetindo para mim mesma que o mais importante era não entrar em pânico. Não havia carros na rua, então eu não ia bater em ninguém. Minha maior preocupação era acertar uma árvore. Mantive minhas mãos agarradas ao volante e dirigi a cerca de cinco quilômetros por hora. A viagem inteira não durou mais do que cinco minutos, mas pareceu uma eternidade.

Ficar tão nervosa dirigindo provou que não estou pronta para morrer.

Jon chegou com o carrinho de mão e o deixou em nossa garagem. Depois, ele, Matt e eu descarregamos os carros. Colocamos tudo na cozinha para examinarmos depois. Pensei que mamãe fosse chorar quando viu toda aquela água.

Matt me perguntou se eu queria voltar com ele e levar a sra. Nesbitt para o hospital. Mas, antes que eu pudesse concordar, mamãe disse que não.

— Miranda já fez demais por um dia — disse ela. — Jonny, vá com seu irmão.

— Mãe — retrucou Jonny.

— Você me ouviu — respondeu mamãe. — Você diz que quer ser tratado como um adulto. Então deve se comportar como um. Miranda já se despediu da sra. Nesbitt. E tenho certeza de que também se despediu por mim. Agora é sua vez de fazer isso e espero que você o faça.

— Está bem — concordou Jonny.

Ele pareceu tão jovem que tive vontade de abraçá-lo.

— Devemos demorar para voltar — avisou Matt. — Não abram a porta depois que sairmos. Vocês não devem ter problemas, mas não se arrisquem.

— Ficaremos bem — garantiu mamãe. — Tomem cuidado. Amo vocês dois.

A VIDA COMO ELA ERA • 275

Depois que eles saíram, fiz mamãe beber uma das garrafas de água. Em seguida, sentei ao seu lado e contei sobre a conversa que tive com a sra. Nesbitt. Retirei o pingente do saco de Papai Noel e entreguei a ela.

— Foi o presente do seu aniversário de 50 anos — lembrou mamãe. — Seu marido lhe deu. Houve uma festa surpresa e eu acho que ela realmente se surpreendeu. Bobby apresentou Sally para a família e todos percebemos que era sério. Eles se casaram no final daquele ano.

— Ela me pediu para lhe dar os álbuns de fotos — contei. — Aposto que têm fotografias da festa.

— Ah, tenho certeza de que sim — respondeu mamãe. — Venha, me ajude com o fecho. Acho que ela gostaria que eu usasse o pingente.

Ajudei mamãe com o cordão. Ela tinha emagrecido tanto que eu conseguia ver suas clavículas.

— Ela me deu este broche — disse eu, mostrando-o à minha mãe.

— A sra. Nesbitt adorava esse broche — revelou mamãe. — Era da avó dela. Cuide bem dele, Miranda. É um presente muito especial.

Então, voltei ao trabalho. As garrafas e jarras foram levadas para a cozinha. Guardei a comida na despensa e troquei os lençóis do colchão de minha mãe. Esquentei água em uma panela e a usei para lavar os cabelos dela. Escondi as figurinhas de beisebol e o chocolate e arrumei o restante das coisas.

Matt e Jon voltaram para casa na hora do jantar. Eles encontraram Peter e não tiveram problemas ao deixar a sra. Nesbitt no hospital. Depois, comemos atum, feijão-vermelho e fatias de abacaxi. E brindamos em homenagem à melhor amiga que poderíamos ter.

8 de novembro

Mamãe foi mancando (o que ela provavelmente não deveria ter feito) até a despensa hoje à tarde. Matt e Jonny estavam cortando madeira.

Deixei mamãe sozinha lá durante um momento (estou perdendo totalmente a noção de tempo), mas depois achei melhor me certificar de que ela não tinha caído. Quando cheguei lá, a encontrei sentada no chão, chorando. Pus meu braço ao redor de seus ombros e deixei que ela chorasse. Depois de algum tempo, ela se acalmou e me abraçou. Eu a ajudei a se levantar e ela se apoiou em mim enquanto voltamos para o solário.

Nunca amei mamãe tanto quanto agora. Eu quase sinto como se o amor da sra. Nesbitt por ela tenha sido transferido para mim.

10 de novembro

Peter nos visitou hoje à tarde. Sempre que o vejo, ele parece ter envelhecido cinco anos.

Ele não conversou muito conosco. Simplesmente ergueu mamãe do colchão, com os cobertores e todo o resto, e a levou para a sala de estar.

Eles ficaram sozinhos por muito tempo. Matt e Jon chegaram enquanto eles estavam lá e ficamos cochichando para não perturbarmos mamãe com o som de nossas vozes.

Quando voltaram para o solário, Peter colocou mamãe com tanta delicadeza no colchão que quase chorei. Havia tanto amor e bondade naquele gesto. Peter nos pediu para tomar conta dela e nos certificarmos de que ela não faça muita coisa. E nós prometemos que faríamos isso.

Fico imaginando se meu pai já foi tão gentil assim com ela. E se ele está sendo gentil agora com Lisa.

11 de novembro

Dia dos Veteranos. Feriado nacional.

Matt teve folga dos correios.

Acho que é a coisa mais engraçada que já aconteceu.

15 de novembro

Fui até meu quarto para pegar meias (mais) limpas e, enquanto estava lá em cima, resolvi me pesar.

Eu estava vestindo algumas camadas de roupas. Estamos deixando o fogão aceso dia e noite, mas as laterais do solário não aquecem muito. E sair do solário para ir à despensa, à cozinha ou ao andar de cima é como ir até o Polo Norte. Não dá para ir até lá usando um biquíni.

Eu estava de calcinha, ceroulas (às vezes me lembro de como fiquei aborrecida quando minha mãe as comprou na primavera, mas agora eu a agradeço sempre por isso, pelo menos em minha mente), calça jeans, calça de moletom, duas camisetas, um blusão de moletom, um casaco de inverno, dois pares de meia e sapatos. Não me preocupei em usar um cachecol e deixei minhas luvas no bolso porque sabia que não iria ficar muito tempo no andar de cima.

Para a grande pesagem, tirei os sapatos e o casaco. De acordo com a balança, eu e minhas roupas pesamos 43 kg.

Não acho que estou tão ruim assim. Ninguém morre de fome pesando 43 kg.

Eu pesava 53 kg na primavera. Minha única preocupação é quanto eu perdi de massa muscular. Eu estava em boa forma por causa da natação, mas agora não faço nada além de carregar lenha e tremer.

Gostaria de voltar ao lago para patinar um pouco, mas me sinto mal por deixar minha mãe sozinha. Quando eu saía para visitar a sra. Nesbitt, estava fazendo algo para outra pessoa. Mas patinar seria apenas para mim, e eu não consigo justificar isso.

Matt e Jon estão magros, mas são puro músculo. Mamãe parece magra e doente. Ela tem comido menos que o restante de nós há algum tempo, mas pesava mais antes, e eu também não acho que ela está morrendo de fome.

Temos comida, mas somos tão cuidadosos com ela. Quem sabe quando conseguiremos mais. Até Peter não traz mais nada quando nos visita.

O Dia de Ação de Graças é na semana que vem. Fico imaginando se teremos algo para agradecer.

18 de novembro

Matt veio correndo dos correios hoje. Havia uma carta de papai.

O único problema é que a carta foi enviada antes da última. Acho que ele escreveu uma carta entre as duas que já recebemos.

Esta veio de Ohio. Não diz muita coisa, apenas que ele e Lisa estavam bem, que até então tinham gasolina e comida suficientes e que acampar era divertido. Eles tinham encontrado muitas outras famílias que também estavam indo para o sul ou para o oeste e papai até encontrou alguém que conheceu na época da faculdade. Lisa escreveu um recado, dizendo que conseguia sentir o bebê se mexendo. Ela tinha certeza de que era um menino, mas papai estava certo de que era uma menina.

Foi tão estranho receber aquela carta. Eu não entendi por que Matt estava tão feliz. Não eram notícias novas, pois sabemos que papai e Lisa já avançaram mais em direção ao oeste. Mas Matt disse que isso significa que a correspondência ainda está circulando e que o correio é totalmente imprevisível, então uma nova carta de papai pode chegar a qualquer momento.

Às vezes acho que sinto mais falta de papai, Sammi e Dan do que de Megan e da sra. Nesbitt. Todos eles me deixaram, mas não posso culpar Megan ou a sra. Nesbitt por não escreverem. Sei que também não posso culpar papai, Sammi ou Dan. Ou não devo culpá-los, o que é mais verdadeiro.

Não tenho privacidade. Mas me sinto tão só.

20 de novembro

Fazia 23 graus negativos quando saí para esvaziar o penico. Tenho certeza de que era o início da tarde.

Matt continua a cortar madeira. Já enchemos a sala de jantar de lenha, então ele começou a empilhá-la na sala de estar.

Fico imaginando se teremos mais alguma árvore quando o inverno terminar. Se terminar.

Ainda temos água, mas nós a racionamos.

24 de novembro

Dia de Ação de Graças.

Nem mamãe conseguiu fingir que temos algo para agradecer.

25 de novembro

Hoje, Matt voltou para casa dos correios com duas surpresas especiais.

Uma foi Peter.

A outra foi um frango.

Não era bem um frango, talvez fosse um pouco maior que um franguinho. Mas estava morto, depenado e pronto para ser assado.

Acho que Matt sabia que conseguiria o bicho e tinha combinado com Peter para que ele se juntasse a nós no Banquete do Dia Seguinte ao Dia de Ação de Graças.

Cheguei a pensar sobre de onde o frango veio e o que Matt deu em troca para ganhá-lo. Mas então resolvi esquecer tudo aquilo. Era um frango, um frango de verdade, que não veio de uma lata. E eu seria uma idiota se quisesse olhar os dentes de um frango dado.

Não importa o que Matt deu em troca daquele frango, ver a reação de minha mãe ao olhar para ele foi recompensa suficiente. Ela não ficava feliz assim há semanas.

Como nós só podemos cozinhar sobre o fogão a lenha, ficamos um pouco limitados. Mas colocamos o frango em uma panela com uma lata de caldo de galinha, sal, pimenta, alecrim e estragão. O cheiro estava maravilhoso. E fizemos arroz e vagem também.

Não tenho palavras para descrever como foi maravilhoso. Eu tinha me esquecido do gosto de frango de verdade. Acho que cada um de nós conseguiria comer o frango inteiro, mas nós o dividimos com muita civilidade. Eu fiquei com uma das coxas e dois pedaços da sobrecoxa.

Peter e Jon partiram o osso da sorte. Jon ganhou, mas isso não importou, pois todos fizemos o mesmo pedido.

26 de novembro

Acho que o frango realmente revitalizou mamãe, porque hoje ela decidiu que todos nós estamos desperdiçando nossas vidas e que isso precisa acabar. Claro que é verdade, mas ainda assim é muito engraçado ela sentir a necessidade de fazer um escarcéu sobre isso.

A VIDA COMO ELA ERA • 281

—Algum de vocês estudou durante o outono? — perguntou ela.
—Você também, Matt. Você estudou?

Bem, claro que não. Tentamos parecer envergonhados. Que feio nós não estudarmos álgebra enquanto o mundo está acabando.

— Não me importo com o que vocês vão estudar — falou minha mãe. — Mas vocês têm que estudar alguma coisa. Escolham uma matéria e se dediquem a ela. Quero ver livros escolares abertos. Quero ver vocês aprendendo algo.

— Eu me recuso a estudar francês — disse. — Nunca irei para a França. Nunca vou conhecer ninguém da França. E, até onde sabemos, a França nem existe mais.

—— Então não estude francês — respondeu minha mãe. — Estude história. Podemos não ter um futuro, mas você não pode negar que temos um passado.

Foi a primeira vez que ouvi minha mãe dizer isso sobre o futuro. Isso acabou com qualquer vontade que eu tinha de discutir.

Então escolhi história como minha matéria. Jon preferiu álgebra e Matt disse que iria ajudá-lo a estudar. Matt confessou que estava querendo ler seus livros de filosofia. E mamãe disse que, já que eu não queria usar o livro de francês, ela usaria.

Não sei quanto tempo essa onda de estudos vai durar, mas entendo o ponto de vista de minha mãe. Na outra noite, sonhei que tinha uma prova final na escola e, além de eu não ter ido às aulas e não saber coisa alguma, o colégio estava do jeito que era antes, as pessoas tinham uma aparência normal, e eu vestia várias camadas de roupas e estava sem tomar banho há vários dias, e todos me olhavam como se eu tivesse saído do inferno.

Pelo menos, se agora eu sonhar com um teste de história, terei chance de saber algumas das respostas.

30 de novembro

Nada como o estudo para fazer uma pessoa querer matar aula.

Disse à mamãe que queria sair para caminhar e ela respondeu:

— Bem, por que não deveria ir? Você tem passado muito tempo dentro de casa.

Eu a amo, mas tive vontade de estrangulá-la.

Então vesti minhas camadas de roupas e fui até a casa da sra. Nesbitt. Não sei o que estava procurando ou o que esperava encontrar. Mas a casa havia sido saqueada no dia em que ela morreu. Isso já era de se esperar. Levamos tudo o que conseguimos, mas havia coisas de que nós não precisávamos, como a mobília, que outras pessoas pegaram.

Foi estranho andar pela casa vazia. Parecia o dia em que eu fui à casa de Megan. Era como se a própria casa tivesse morrido.

Depois de caminhar durante algum tempo, decidi que o que eu queria fazer era explorar o sótão. Talvez ele não tivesse sido revirado ou, pelo menos, não muito.

E, como eu imaginei, todas as caixas haviam sido abertas e os seus conteúdos, jogados para fora, mas ainda restava muita coisa. E foi então que percebi o que eu queria achar: um presente de Natal para Matt. Jon ia receber as figurinhas de beisebol. Mamãe, a caixa de chocolates. Mas eu queria que Matt também ganhasse algum presente.

A maior parte do que estava no chão eram lençóis antigos, toalhas de mesa, coisas assim. Havia pilhas de roupas velhas também, mas nada que fosse usável.

Quando examinei o sótão pela primeira vez, ele estava cheio de caixas, mas tudo estava guardado e organizado. Agora era um caos. Não que isso importasse. Eu examinei pilhas de coisas e caixas que

A VIDA COMO ELA ERA • 283

foram reviradas, mas de onde nada tinha sido tirado. E, finalmente, encontrei algo que podia dar a Matt.

Havia uma dúzia de lápis coloridos junto com um livro antigo de pintura. Os desenhos tinham sido pintados com cuidado, mas o verso estava em branco, então decidi levá-los também.

Durante o ensino médio, Matt gostava de desenhar. Eu não sabia se ele se lembrava disso, mas eu não esqueci porque um dia ele me desenhou fazendo uma pirueta muito melhor do que eu jamais conseguiria. Mamãe achou lindo e queria pendurar o desenho na parede, mas eu fiquei com vergonha, porque sabia que não era eu, então reclamei até ela desistir da ideia. Acho que mamãe guardou o desenho, mas não sei onde.

Uma hora Matt terá que parar de cortar lenha e então pode voltar a desenhar e a estudar filosofia.

Examinei o resto das coisas no sótão, mas os lápis eram realmente o que tinha de melhor. Então agradeci à sra. Nesbitt e voltei para casa. Para manter a surpresa, entrei pela porta principal e escondi o conjunto de pintura no meu quarto antes de voltar para o solário.

Podemos não ter um frango para a ceia de Natal, mas pelo menos teremos presentes.

1º de dezembro

Hoje à tarde foi o terceiro dia consecutivo em que a temperatura ficou acima de 15 graus negativos, então peguei os patins de minha mãe e fui para o lago.

Não havia ninguém lá. (Estou realmente começando a acreditar que toda aquela história com Brandon foi uma alucinação.) Surpreendentemente foi melhor ficar sozinha, pois nunca estou a sós em casa. Mamãe agora já pode mancar por aí, então não tenho que ficar perto dela o tempo todo, mas está frio demais na casa para ficar em qualquer outro lugar diferente do solário.

Patinei ao redor do lago sem tentar nenhuma pirueta e indo bem devagar. Eu precisei tomar cuidado, pois havia vários pedaços de gelo faltando. As pessoas devem estar arrancando partes dele para obter água, do mesmo modo que faremos quando a da sra. Nesbitt acabar.

O ar está muito ruim e não sei como Matt e Jonny conseguem ficar do lado de fora. Só precisei patinar por poucos minutos para começar a tossir. Acho que não patinei por mais de quinze minutos, mas estava exausta quando parei e gastei grande parte de minhas forças para voltar para casa.

Matt, mamãe e eu estamos fazendo apenas uma refeição por dia, mas pelo menos comemos sete dias por semana. E quem sabe a temperatura não esteja realmente esquentando, e isso vai melhorar as coisas.

DEZESSETE

2 de dezembro

Às sextas-feiras, Matt vai de manhã cedo para os correios. Ultimamente, ele tem voltado para casa no início da tarde. Apesar de todos os dias serem cinza, ainda há uma diferença entre dia e noite, e escurece muito cedo.

Mamãe, Jon e eu estávamos no solário e devia ser antes do meio-dia, pois Jon ainda não tinha comido nada. Nós estávamos com dois lampiões a óleo acesos porque mesmo durante a manhã, com o fogo aceso no fogão a lenha, ainda precisamos de dois lampiões para termos claridade suficiente para ler.

Jon foi o primeiro a perceber.

— Vocês acham que está mais escuro? — perguntou ele.

Ele estava certo. Estava mais escuro. Primeiro, olhamos para os lampiões para ver se um deles tinha apagado. Depois, olhamos para o fogão a lenha.

Mamãe olhou para cima

— Está nevando — disse ela. — As claraboias estão cobertas de neve.

Com as janelas cobertas por tapume, não vemos mais o que acontece lá fora. Mas, como a única mudança meteorológica durante meses foi a temperatura, não há necessidade de ver o que está acontecendo.

A janela da cozinha também está coberta com tapume e não conseguimos chegar nas janelas na sala de jantar, então fomos até a sala de estar para olhar lá fora.

Devia estar nevando há mais ou menos uma hora. A neve estava caindo com vontade.

Assim que percebemos que estava nevando, também nos demos conta de que o vento estava soprando.

— É uma nevasca — disse Jon.

— Não sabemos — observou minha mãe. — A neve pode parar a qualquer minuto.

Eu não consegui ficar parada. Peguei meu casaco e corri para fora de casa. Eu teria feito o mesmo se fosse uma chuva ou a luz do sol. Era algo diferente e eu tinha que participar.

Jon e mamãe me seguiram.

— A neve está estranha — analisou Jon.

— Não é branca — respondeu minha mãe.

Era isso. Não era cinza-escura, como os restos de neve que ficam pela rua em março. Mas também não era branca. Como tudo hoje em dia, era encardida.

— Queria que Matt estivesse em casa — disse mamãe e, por um momento, pensei que ela quis dizer que queria poder compartilhar o momento com ele, a emoção pela neve. Mas então percebi que estava preocupada sobre como ele voltaria para casa. Os correios ficam a seis quilômetros daqui, o que não é tão longe de bicicleta, mas é uma longa caminhada, especialmente durante uma nevasca.

— Você quer que eu vá buscá-lo? — perguntou Jon.

— Não — respondeu mamãe. — Ele já deve estar a caminho de casa. E sabe como voltar. Apenas me sentiria melhor se ele estivesse aqui.

— Há um lado bom — lembrei. — Se a neve acumular, teremos como conseguir água.

Mamãe assentiu.

— Jonny, pegue os barris e as latas de lixo e deixe tudo do lado de fora — falou ela. — Podemos acumular neve neles.

Jon e eu pegamos tudo que pudesse armazenar a neve e deixamos do lado da casa. Quando levamos a última lata de plástico para fora, o latão de metal já tinha 2 cm de neve dentro dele.

Jon estava certo. Era uma nevasca.

Voltamos para dentro, mas nenhum de nós conseguia se concentrar nos livros. Continuamos vestindo nossos casacos e sentamos na sala de estar, observando a neve cair e esperando Matt voltar.

Em algum momento, Jon almoçou. Enquanto ele estava no solário, perguntei a mamãe se deveria sair para buscar Matt.

— Não! — disse ela rispidamente. — Não posso me arriscar a perder dois de vocês.

Senti como se ela tivesse me dado um soco. Matt não podia estar perdido. Não sobreviveríamos sem ele.

Mamãe não disse mais nada depois disso e eu sabia que era melhor ficar calada. Quando ela finalmente voltou para o solário, eu saí e andei até a rua para ver em que condições ela estava. O vento estava tão forte que quase me derrubou. A neve caía na diagonal e eu só conseguia enxergar alguns centímetros à minha frente.

Eu quase não consegui chegar na rua, e quando cheguei não dava para ver nada. Matt poderia estar a cinco metros de distância e eu não saberia. Mamãe estava certa. Eu não chegaria na cidade. Apenas podia ter esperança de que Matt conseguisse voltar e que ele tivesse saído de lá quando viu que a neve começou a cair.

Voltei para dentro de casa e inventei alguma desculpa sobre ter ido verificar o sistema de coleta de neve. Se mamãe suspeitou de algo, não disse nada.

Ficamos dando voltas entre o solário e a sala de estar. Mamãe saiu pela porta principal e ficou parada lá fora durante alguns minutos até eu pedir para ela entrar.

Percebi que Jon estava animado, igual a uma criança quando neva. Ele estava sofrendo por ter que esconder sua animação, assim como minha mãe estava sofrendo por ter que esconder seu medo. E eu sofria por ver os dois tentando esconder seus sentimentos.

Quanto mais o tempo passava, mais o céu ficava escuro e mais forte o vento ficava.

— Acho que eu devia ir procurar Matt — sugeriu Jon. — Eu poderia levar um dos lampiões a óleo.

—Talvez ele devesse ir, mãe — concordei.

Jon agora já é mais forte que eu e muito mais forte que minha mãe. Talvez seja até mais forte que Matt, simplesmente porque come mais. Se Matt precisasse de ajuda, Jon seria o único capaz de oferecê-la.

— Não — respondeu mamãe. — Matt pode estar na cidade com um amigo, esperando a nevasca passar.

Eu sabia que Matt não faria isso. Ele voltaria para casa. Ou pelo menos tentaria. Ele ficaria tão preocupado conosco quanto nós estávamos com ele.

— Mãe, eu realmente acho que Jon deve ir — insisti. — Apenas um pouco mais adiante na rua, com um lampião. Está escurecendo tanto que Matt pode passar pela entrada de casa sem perceber.

É óbvio que mamãe odiou a ideia. Decidi tentar uma abordagem diferente.

A VIDA COMO ELA ERA • 289

— E se eu for primeiro? — perguntei. — E alguns minutos depois Jon poderia ir ficar no meu lugar, e depois eu o substituiria. Nós nos revezaríamos e ninguém teria problemas.

— Isso, mãe — concordou Jon. — Irei primeiro. Deixe Miranda sair daqui a alguns minutos.

— Está bem, está bem — disse mamãe. — Depois de quinze minutos deixo Miranda sair.

Jon parecia realmente animado e, por mais estranho que isso seja, eu entendi. Mamãe se certificou de que ele estava bem aquecido, com casaco, luvas, cachecóis e botas. Ela lhe disse para não ir muito longe e segurar o lampião o mais alto que pudesse para Matt conseguir ver a luz.

Esperei ao lado de mamãe. Não dissemos nada. Eu não me atrevi a falar e ela estava tensa demais para conversar. Finalmente, ela gesticulou para eu me preparar.

— Espero que isso não seja um erro — disse ela.

— Ficaremos bem — respondi. — Aposto que trarei Matt de volta comigo.

Mas, quando cheguei à entrada da garagem, já não tinha nem certeza de que chegaria onde Jon estava. Não parecia fazer diferença a quantidade de camadas de roupa que eu estava vestindo, o vento era tão forte que penetrava em tudo. Ele batia com força especialmente no meu rosto. Coloquei o cachecol sobre a boca e o nariz, mas ele continuou a arder de frio. A neve e a escuridão tornavam impossível ver algo além daquilo que o lampião iluminava. Tropecei várias vezes e o vento me derrubou duas vezes. A neve entrou em minha calça e até as ceroulas ficaram frias e úmidas.

Então retirei o cachecol da boca para poder respirar. Mas caí e engoli um bocado de neve, o que me fez tossir. Eu queria desistir e voltar para o solário, para o fogão a lenha. Mas Jon estava lá fora esperando que eu o substituísse. E tudo por causa da minha ideia. Minha brilhante ideia.

Eu não sei quanto tempo levei para chegar até Jon. Ele estava pulando para cima e para baixo, e o lampião balançava com força.

—Assim você ficará mais aquecida — explicou ele.

Assenti e disse para ele voltar para casa. Indiquei a direção na qual eu achei que a casa ficava.

— Diga à mamãe que estou bem — orientei, embora nós dois soubéssemos que era mentira.

—Voltarei em alguns minutos — prometeu ele.

Observei ele caminhar de volta com dificuldade. Mas, após um ou dois minutos, já não conseguia vê-lo, mesmo sabendo que ele não estava muito longe.

Parada ali, comecei a rir de mim mesma, pensando em como estava desesperada para ter privacidade. Agora, seria impossível estar mais sozinha, e tudo o que queria era voltar para o solário com Matt, Jonny, mamãe e Horton ocupando todo o espaço.

Eu sabia que ficaria bem enquanto ficasse no mesmo lugar. Não iria me perder e mamãe tomaria conta para que eu não ficasse fora tempo suficiente para congelar ou me queimar com o frio. O único que corria perigo era Matt.

Mas, com as rajadas de vento, a neve me cegando e meu corpo inteiro congelando por causa do frio e da umidade, era difícil me sentir sã e salva. Além disso, eu estava com fome. Sempre estou com fome, menos logo depois de jantar, mas, como eu sentia a mesma fome que sinto na hora de comer, calculei que fossem 17h.

Vi que Jon estava certo sobre se movimentar, então comecei a correr sem sair do lugar. Estava indo bem até uma rajada de vento me pegar desprevenida, eu cair na neve e o lampião se apagar.

Precisei de todas as minhas forças, físicas e emocionais, para não ficar histérica. Disse a mim mesma que ficaria bem, que Jon me encontraria, que Matt voltaria para casa, que o lampião acenderia novamente, que tudo daria certo.

Mas, por um momento, me senti como se tivesse sido trancada em um globo de neve por um gigante poderoso, que havia me aprisionado, e que nunca me libertaria. Senti como se o mundo realmente estivesse chegando ao fim e, mesmo que Matt voltasse para casa, todos acabaríamos morrendo de toda forma.

Não havia motivo para me levantar do chão. Fiquei sentada ali, segurando o lampião inútil, esperando por Jonny, esperando por Matt, esperando o mundo finalmente dizer: "Chega, desisto."

— Miranda?

Seria Matt? Seria o vento? Seria uma alucinação? Sinceramente, eu não tinha ideia.

— Miranda!

— Matt? — perguntei, fazendo um esforço para me levantar. — Matt, é você mesmo?

— O que está fazendo aqui? — perguntou ele, e a pergunta era tão idiota, mas tão sensata, que comecei a rir.

— Estou resgatando você — respondi, tossindo, o que me fez rir ainda mais alto.

— Bem, obrigado — disse Matt. Acho que ele riu também, mas o vento e a minha loucura não me deixaram ter certeza. — Vamos — chamou ele, abaixando-se para me levantar. — Vamos para casa.

Começamos a andar contra o vento, na direção da porta. Matt segurava a bicicleta de um lado e me apoiava do outro. Em determinado momento, o vento me derrubou, eu o puxei e ele puxou a bicicleta. Precisamos de um instante para nos levantarmos e então vimos o lampião de Jon balançando a distância.

Não adiantava chamar Jon, então usamos a luz como guia e lentamente fomos na direção dela. Quando alcançamos Jon, ele abraçou Matt com tanta força que pensei que iria derrubar o lampião e nos deixar na escuridão total. Mas o lampião continuou aceso e seguimos o caminho de volta para casa.

Ao entrarmos pela porta principal, Matt gritou:

— Chegamos!

Mamãe veio correndo o mais rápido que podia em nossa direção. Claro que ela abraçou Matt primeiro, mas depois me apertou em seus braços como se tivesse sentido tanto medo por mim quanto sentiu por ele.

Mamãe fez com que nos secássemos completamente, trocássemos todas as nossas roupas e então nos sentássemos perto do fogão a lenha para nos aquecermos. Os rostos de todos estavam vermelhos, mas Matt jurou que estava bem e que não tinha queimaduras de frio.

— Eu teria vindo para casa mais cedo, mas não queria deixar a bicicleta para trás — explicou ele quando nos sentamos perto do fogo. — Só Henry e eu estávamos nos correios e demorou algum tempo para percebermos que estava nevando. Então alguém veio nos dizer que estava nevando há horas e que era melhor voltarmos imediatamente para casa. Eu teria saído junto com Henry, mas ele mora quase tão longe dos correios quanto nós, mas na direção oposta, então não fazia sentido. Tive medo de deixar a bicicleta lá e nunca mais vê-la. Vocês sabem como as coisas estão. Além disso, não sabia se iria continuar nevando ou se era apenas uma tempestade rápida. E achei que fosse conseguir pedalar por parte do caminho para casa, mas foi impossível.

— Você não voltará para os correios — disse minha mãe. — Não vou deixar.

— Conversaremos sobre isso na próxima sexta — disse Matt. — Por enquanto, não vou a lugar algum.

Primeiro, pensei que mamãe fosse começar a discutir, mas ela apenas suspirou.

— Estou com fome — disse Jon. — Não está na hora do jantar?

— Farei uma sopa — falou mamãe. — Acho que seria bom para todos.

Então, tomamos sopa e depois comemos macarrão com molho marinara. Uma refeição de dois pratos é prova de que hoje foi um dia especial.

Passamos a noite indo até a porta principal e espiando a neve com uma lanterna. Assim que terminar de escrever, voltarei para dar mais uma olhada e depois vou dormir.

Não sei se quero que neve durante a noite toda ou se quero que pare. Se nevar, teremos mais água. Mas a nevasca me assusta, mesmo com todos seguros em casa.

Não importa. Não posso fazer nada sobre isso. Nevará ou não, independentemente do que eu prefira.

Apenas quero que este dia acabe.

3 de dezembro

Nevou durante a noite toda e durante a manhã toda.

As latas de plástico estavam cheias de neve, então Jon e Matt as trouxeram para dentro de casa e transferimos a neve para garrafas e jarras. Depois, nós as levamos para fora de novo.

O latão de lixo está cheio de neve até a metade. Achamos que tem quase 60 cm de gelo, e parece que não vai parar de nevar tão cedo.

—Teremos água suficiente agora — falei, apenas para me certificar. — A neve irá durar do lado de fora por um bom tempo, então podemos coletá-la e fervê-la quando precisarmos de água. Certo?

— Imagino que sim — respondeu Matt. — Acho que não precisaremos nos preocupar com água por algum tempo. E talvez neve novamente.

—Talvez seja melhor que não — disse mamãe.

— Não precisa ser uma nevasca — continuou Matt. — Mas uns centímetros de vez em quando seria bom.

— E quanto à lenha? — perguntei. Eu estava querendo ser reconfortada.

—Temos o suficiente — garantiu Matt.

Resolvi acreditar nele. Não é como se pudéssemos sair para comprar lenha e água na loja da esquina.

Agora que estou pensando nisso, acho que não podemos sair para fazer nada. A neve das estradas não será retirada e duvido que alguém vá remover seis quilômetros de neve com uma pá.

Ainda bem que nós ainda gostamos uns dos outros.

4 de dezembro

Quando acordamos hoje de manhã, descobrimos que parou de nevar durante a noite. Não conseguíamos ver nada do solário (que está realmente escuro por causa da neve cobrindo as claraboias), mas fomos olhar pela sala de estar e pela porta principal para ver como estava a situação.

A VIDA COMO ELA ERA • 295

A neve se espalhou por causa do vento. Havia algumas partes do chão que quase não tinham neve e outros lugares em que havia pilhas de quase 1,50 m. Nunca tinha visto um monte de neve tão alto, e não sabia se deveria ficar animada ou assustada.

Voltamos para dentro de casa. Mamãe pegou um pouco da neve de ontem e fez chocolate quente para nós. Chocolate com gostinho de cinza é melhor do que chocolate nenhum.

— Bem — disse Matt quando estávamos aconchegados e aquecidos —, estamos prontos para alguns problemas? — Eu teria dito que não, mas que diferença isso faria? — Precisamos tirar a neve do telhado do solário — começou ele.

— Por quê? — perguntou Jon.

— Apenas por precaução — disse Matt. — Neve pesa e não sabemos se haverá outra nevasca até o fim do inverno. Não queremos que o telhado caia em nossas cabeças.

— Não quero vocês no telhado — disse minha mãe. — É muito perigoso.

— Será muito mais perigoso se o telhado cair — retrucou Matt. — Isso poderia nos matar. E IRÁ nos matar, porque, se perdermos o solário, perderemos o fogão a lenha. Serei cuidadoso, mas isso tem que ser feito.

— Você disse "problemas" — comentou Jon.

— A escada está na garagem — disse Matt. — E as pás também.

— Vamos ver se há neve na frente dela — disse minha mãe.

Ela caminhou até a porta do solário e tentou abri-la. Mas, por mais que tenha se esforçado para empurrá-la, a porta continuou fechada.

— Deve haver neve bloqueando a entrada — considerou Matt. — Mas podemos sair pela porta principal.

Foi o que fizemos. Mas, em vez de analisarmos a situação da garagem da porta do solário, tivemos que ir até a entrada dos carros para dar uma olhada.

Mesmo dar alguns passos era cansativo. Era necessário erguer bem a perna para alcançar o topo da neve, como passos gigantes exagerados, e a neve estava tão macia que nossas pernas afundavam nela.

— Vai ser fácil retirar a neve com a pá — falou Jon.

— Isso é bom — disse Matt. — Porque teremos muito a fazer.

Chegamos à porta do solário. A neve tinha 1,20 m de altura. Não era de se admirar que mamãe não tenha conseguido abri-la.

— Bem, mais uma coisa para nossa lista de neve para ser retirada — disse Matt. — Agora vamos ver como a garagem está.

A garagem estava bem ruim. A neve tinha coberto o cadeado.

— Precisamos de uma pá — falei. — Vocês têm certeza de que elas estão na garagem?

Matt e Jon assentiram. Mamãe respirou fundo e então tossiu.

— Teremos que retirar a neve com as mãos — disse ela. — As portas da garagem abrem para fora, então não temos escolha. Acho que panelas podem agilizar o trabalho, e todos vamos cavar. Jon, vá lá dentro, ponha as panelas em um saco de lixo e as traga para cá. Faremos o que pudermos com as mãos até você voltar.

Jon andou com dificuldade até a porta principal. Quando ele já estava longe o bastante para não ouvir, minha mãe virou-se para Matt e perguntou:

— A situação está muito ruim?

— Bem, com certeza estamos isolados — analisou Matt. — Vi os esquis de papai na garagem uma vez. As botas que vinham com eles também. Eles nos darão alguma mobilidade. As bicicletas serão

A VIDA COMO ELA ERA • 297

inúteis. E não poderemos dirigir. Espero que vocês não me levem a mal, mas é um alívio que a sra. Nesbitt tenha morrido.

— Pensei a mesma coisa — disse mamãe. —Você acha que as estradas serão limpas?

Matt balançou a cabeça.

— Não há pessoas suficientes para limpar as estradas e não há gasolina para os caminhões limpa-neve. Talvez os moradores da cidade retirem a neve das ruas principais, mas isso será tudo. Estamos sozinhos.

— Estou preocupada com o hospital — contou mamãe.

— Também pensei nisso — concordou Matt. — Não temos como ir até lá. Peter não tem como vir até aqui. E não acho que a neve vá derreter antes de abril ou maio. E há risco de nevar mais.

— Gosto de Peter — falei. — Mas não é o fim do mundo se nós não o virmos por algumas semanas. Ou mesmo por alguns meses.

— O problema não é esse — disse Matt. — E se um de nós precisar de um médico ou do hospital? E aí?

— Teremos apenas que tomar cuidado — afirmou minha mãe — para não precisarmos de um médico. Agora vamos ver quanto dessa neve conseguimos retirar com as mãos antes que Jonny descubra que tudo o que fizemos foi conversar.

A neve entrou em nossas luvas e nossas calças também ficaram molhadas. Ficamos aliviados quando Jon voltou com as panelas. Cada um pegou a sua e a utilizou como uma minipá. As panelas aceleraram o processo, mas ainda levamos muito tempo antes que as portas da garagem pudessem ser abertas.

Então mamãe lembrou que a chave do cadeado estava dentro de casa, e tivemos que esperar Matt ir buscá-la. Mesmo com a chave, não foi fácil abrir a garagem. Porém, limpamos um pouco mais, fizemos força juntos e, para nosso alívio, a porta finalmente se abriu.

Havia duas pás bem perto da porta e um saco de 9 kg de sal para neve, que prometia derreter o gelo em temperaturas abaixo de zero.

— Se não derreter — brincou minha mãe —, podemos pedir que devolvam nosso dinheiro.

Achamos isso tão engraçado que rimos até começarmos a tossir.

— Duas pás — observou Matt. — Uma para mim e outra para Jon. Vamos começar.

— Não — interrompeu mamãe. — Antes, vamos voltar para casa e comer alguma coisa. Também devemos tomar aspirina.

— Ficaremos bem — disse Matt. — Você não precisa se preocupar.

— Mas eu me preocupo — lembrou minha mãe. — Ossos do ofício da maternidade. Agora vamos todos para casa para comer e tomar aspirina.

— Para que a aspirina? — sussurrei para Matt enquanto voltávamos para a porta principal.

— Para o coração — respondeu Matt. — Acho que mamãe pensa que temos o coração de uma pessoa de 60 anos.

— Eu ouvi isso — disse ela. — Só não quero que se arrisquem mais do que deveriam. E vocês estarão doloridos quando terminarem. É melhor tomarem a aspirina logo.

Mamãe estava certa sobre ficarmos doloridos. Só tirar a neve com a panela já fez meus ombros e a parte de cima das costas doerem. E adorei a ideia de almoçar (acabamos comendo sopa e espinafre — acho que Popeye também cavava neve).

A VIDA COMO ELA ERA • 299

Depois de comermos, Matt e Jonny voltaram ao trabalho. Primeiro, limparam a porta do solário e abriram caminhos da casa para a garagem e da porta principal para a rua. Depois, pegaram a escada e retiraram toda a neve do telhado do solário. Levou um bom tempo para terminarem, mas pareceram estar se divertindo.

— Enquanto eles estão retirando a neve, vamos lavar roupa — disse mamãe para mim. — Eu derreto a neve e você esfrega as roupas.

— Trabalho de mulher — murmurei, mas a verdade é que, por mais que eu não goste de lavar as cuecas de Jon, com certeza não iria querer que ele lavasse as minhas calcinhas.

Se eu achei que minhas costas doeram depois de limpar a neve, isso não foi nada comparado a como eu me senti depois de lavar toda a roupa. Por outro lado, foi ótimo ter água para isso. Tínhamos usado a água da sra. Nesbitt para lavar roupa, mas isso já fazia um mês.

Lavar roupa é um trabalho muito, muito difícil. Para começo de conversa, a neve derrete e forma pouca água, por isso mamãe tinha que ficar enchendo a panela. E, claro, a água fica cinza, o que me fazia achar que as roupas não estavam limpas. Então tentei compensar usando mais sabão em pó, o que me fez demorar mais para enxaguar tudo. A água vinha muito quente do fogão a lenha, e a cozinha estava muito fria sem o aquecedor ligado, e meu pobre corpo não sabia o que sentir. Minhas mãos e o rosto ficaram escaldantes, e meus pés e pernas continuaram gelados. Depois que terminei de lavar e enxaguar tudo, precisei torcer as roupas, o que exigiu ainda mais energia do que lavar e enxaguar. Tudo isso para roupas que estão permanentemente encardidas.

Minha mãe estendeu um varal no solário, já que as roupas úmidas congelariam se as pendurássemos em algum dos outros cômodos.

Portanto, para melhorar a situação, agora o solário também tem cheiro de roupa úmida. Pelo menos o varal não está perto dos colchões. Não quero água pingando em meu rosto enquanto durmo.

Matt e Jonny, quando retiraram a neve das claraboias, limparam o telhado. Agora podemos ter luz natural, se houver alguma.

Estou cansada demais para sentir medo. Fico imaginando como me sentirei pela manhã.

5 de dezembro

Mamãe disse para voltarmos aos estudos.

— Mas hoje está nevando — argumentou Jonny.

Ela não discutiu.

Quase desejei que tivesse feito isso.

7 de dezembro

Todos juntos no solário há quase uma semana. Pensei que a situação estava ruim antes, mas isso é ridículo. Pelo menos Matt e Jonny podiam sair e cortar lenha durante todo o dia. Agora estão presos dentro de casa também.

Às vezes, um de nós inventa uma tarefa para sair de perto dos outros. Ainda sou a responsável pelo penico, então tenho que me afastar cerca de 15 m da casa para esse serviço adorável. Jon limpa a caixa de areia de Horton, por isso ele tem que ir lá fora pelo menos uma vez ao dia (além disso, ele e Matt usam o quintal como banheiro, coitados). Matt traz neve para dentro de casa para quando precisamos de água. Mamãe é a única que nunca sai.

Mas todos nós nos lembramos de repente de algo que temos que pegar em nossos quartos ou na despensa e, por mais frio que o restante da casa esteja, é maravilhoso conseguir ficar sozinho por alguns minutos.

Amanhã é sexta-feira, por isso Matt saiu com os esquis para ver se conseguiria chegar na cidade. Para alívio de minha mãe, ele voltou e disse que não daria certo. Matt nunca gostou de esquiar e a neve está fofa demais. Ele não tem a capacidade e provavelmente nem a resistência necessárias para esquiar por 6 km.

Por um lado, fico um pouco feliz por saber que existe algo que Matt se recusa a tentar fazer. Por outro lado, por mais que eu o ame, seria bom que não estivesse aqui durante algumas horas.

Se já estamos assim em dezembro, como estaremos em fevereiro?

10 de dezembro

Jon estava se servindo de uma lata de ervilhas para o almoço quando, de repente, virou-se para nós e perguntou:

— Por que nenhum de vocês almoça?

Engraçado. Já não almoçamos há muito tempo, mas Jon sempre estava lá fora com Matt, e acho que ele imaginava que Matt comia bastante no café da manhã ou coisa parecida. Ele não sabia o que eu e mamãe fazíamos. Mas, agora que estamos o tempo todo respirando o mesmo ar, Jon finalmente percebeu.

— Não estou com fome — respondeu Matt. — Como quando sinto fome.

— Eu também — concordei com um grande sorriso amarelo no rosto.

— Nós comemos quando precisamos — explicou mamãe. — Não deixe de fazer o que quer por nossa causa, Jonny.

— Não — disse ele. — Se vocês todos estão comendo uma refeição por dia, então isso é o que eu deveria fazer também.

Todos dissemos:

— Não!

Jonny pareceu absolutamente horrorizado e saiu correndo da sala.

Eu me lembro de como estava irritada há uns meses porque Jonny comia mais, e como isso parecia injusto. Mas agora percebo que minha mãe estava certa. Existe a possibilidade de que apenas um de nós sobreviva. Temos combustível e água, mas quem sabe quanto tempo a comida irá durar... Mamãe está tão magra que chega a assustar, Matt certamente não é tão forte quanto costumava ser e sei que também não sou. Não acho que Jonny esteja muito melhor, mas entendo que ele poderia ter mais chances de sobreviver ao inverno, à primavera ou a qualquer outra coisa.

Se apenas um de nós fosse sobreviver, Matt provavelmente seria a melhor escolha, pois ele tem idade o bastante para cuidar de si mesmo. Mas ele nunca deixaria isso acontecer.

Não quero viver duas ou três ou quatro semanas a mais se isso significar que nenhum de nós sobreviverá. Se chegarmos a esse ponto, pararei de comer para garantir que Jon tenha comida.

Matt começou a subir as escadas para falar com Jon, mas mamãe disse que não, que ela faria isso. Mamãe ainda manca muito e eu fiquei preocupada com ela subindo as escadas, mas ela insistiu em ir.

— Que situação terrível — falei para Matt, caso ele não tivesse percebido.

— Pode ficar pior — argumentou ele. — Pode ser que consideremos isso como os bons tempos.

E ele está certo. Ainda me lembro de quando mamãe torceu o pé pela primeira vez, quando jogávamos pôquer e realmente nos divertíamos. Se alguém me dissesse há três meses que eu chamaria aquilo de bons tempos, eu teria gargalhado.

Eu como todos os dias. Daqui a dois meses, ou talvez daqui a um mês, posso estar comendo apenas dia sim, dia não.

Estamos todos vivos e com saúde.

Estes são os bons tempos.

11 de dezembro

Fui lá fora para limpar o penico e Jon me seguiu com a caixa de areia. Eu já estava voltando quando ele agarrou meu braço.

— Preciso falar com você — pediu.

Eu sabia que o assunto devia ser importante. Sempre que Jon quer conversar com alguém, ele fala com Matt.

— Está bem — respondi, apesar de a temperatura estar 24 graus abaixo de zero e eu realmente querer entrar.

— Mamãe disse para eu continuar almoçando — contou ele. — Ela disse que precisa saber que um de nós continuará forte para o caso de o restante precisar de ajuda.

— Sim — confirmei —, ela me disse isso também. E precisamos que você continue forte.

— E não tem problema? — perguntou ele. — Você não se importa? — Dei de ombros. — Não sei se consigo ser forte — disse Jon. — Matt praticamente teve que me arrastar para dentro da casa da sra. Nesbitt.

— Mas você foi — lembrei. — Você fez o que tinha que fazer. É o que todos temos feito. Fazemos o que precisamos fazer. Você amadureceu muito, Jon. Respeito tanto você pelo modo como lidou com seu aniversário. E vou lhe dizer mais uma coisa. Quando fomos buscar Matt, eu caí e o lampião apagou. E eu só conseguia pensar: "Jon virá me buscar. Jon é mais forte que eu e tudo ficará bem." De certo modo, isso já está acontecendo.

— Mas e se você morrer? — gritou ele. — E se todos vocês morrerem?

Eu queria lhe dizer que isso nunca iria acontecer, que ficaríamos bem, que o sol iria brilhar amanhã, que limpariam as estradas e os supermercados iriam abrir, cheios de frutas, vegetais e carne fresca.

— Se todos morrermos, você irá embora — respondi. — Porque você será forte o bastante. E talvez em alguma cidade do país, do México ou em algum outro lugar, as coisas estejam melhores e você consiga chegar lá. E então a vida de mamãe, de Matt e a minha não terão sido em vão. Ou talvez a Lua colida com a Terra e todos morreremos. Não sei, Jonny. Ninguém sabe. Apenas coma a droga do almoço e não se sinta culpado.

Tenho certeza de que sou a rainha do discurso motivacional. Jon se virou e entrou em casa. Fiquei do lado de fora um pouco mais e chutei a neve por falta de alvo melhor.

13 de dezembro

— Acho que estamos fazendo as refeições ao contrário — disse Matt hoje de manhã.

Por um instante de felicidade, pensei que ele queria dizer que ele, mamãe e eu deveríamos fazer duas refeições por dia e Jon apenas uma, mas claro que não era isso.

— Nenhum de nós toma café da manhã — começou ele. — Ficamos com fome durante o dia todo. Comemos no jantar, ficamos acordados durante algum tempo e vamos dormir. O único momento em que não estamos com fome é quando dormimos. De que adianta isso?

— Então nossa refeição mais importante deveria ser o café da manhã? — perguntou mamãe, o que foi muito engraçado, pois nossa refeição mais importante é nossa única refeição.

— Café da manhã ou almoço — respondeu Matt. — Talvez o brunch, como Miranda costumava fazer. Acho que prefiro ficar com fome à noite que durante o dia inteiro.

— E quanto a mim? — perguntou Jon.

— Você comeria o jantar — disse Matt.

Achei que isso fazia sentido. Especialmente se Jon fizesse a sua segunda refeição depois que nós comêssemos. Houve dias em que eu quis pegar a sua panela de comida e despejar na cabeça dele. Eu provavelmente sentiria menos inveja se não estivesse com tanta fome.

— Vamos tentar — decidiu mamãe. — Eu gostava do jantar porque era a hora do dia em que todos estávamos juntos. Mas agora estamos juntos durante o dia inteiro, então não faz mais diferença. Vamos tentar comer às 11h e ver se gostamos.

E foi o que fizemos. Agora são 16h (de acordo com Matt) e eu não me sinto tão faminta. E lavar a roupa fica mais fácil sem fome.

A vida melhorou.

16 de dezembro

— Você ainda escreve no seu diário? — perguntou Jon.

— Sim — respondi. — Mas não tenho mais um diário de verdade. Uso cadernos. Mas é o que estou escrevendo. Por quê?

— Não sei — disse ele. — Apenas fiquei pensando no motivo disso. Quer dizer, para quem você escreve?

— Bem, não para você — avisei, lembrando-me de que a sra. Nesbitt queimou todas as suas cartas antes de morrer. — Então nem pense nisso.

Jon balançou a cabeça.

— Não quero ler sobre nada disso — disse ele. — Você o relê?

— Não — respondi. — Apenas escrevo e depois esqueço.

— Certo — disse ele. — Bem, não se preocupe, não vou ler seu diário. Já tenho problemas suficientes.

— Todos temos — retruquei.

É estranho como tenho sentido pena de Jon ultimamente. Sou dois anos e meio mais velha que ele, e é como se eu tivesse tido dois anos e meio extras para ir à escola, nadar e ter amigos, e ele perdeu tudo isso. Talvez ele viva dois anos e meio ou vinte ou cinquenta anos a mais que eu, mas ele nunca terá esses dois anos e meio de vida normal.

Todos os dias, na hora de dormir, penso em como fui idiota por sentir pena de mim mesma na véspera. Minha quarta-feira é pior do que a terça-feira, minha terça-feira é bem pior do que a terça-feira da semana anterior. O que significa que amanhã será pior do que hoje. Por que sentir pena de mim mesma hoje quando amanhã será pior?

É uma droga de filosofia, mas é tudo que tenho.

19 de dezembro

O bebê de Lisa deve estar para nascer. Decidi que ele já nasceu e que é uma menina. Resolvi chamá-la de Rachel.

De algum modo, isso faz eu me sentir melhor. Claro que não faço ideia se ela teve o bebê ou se é menina ou menino ou, se for uma menina, qual o nome dela. Falando objetivamente, não sei nem se Lisa e papai ainda estão vivos, mas realmente prefiro pensar que estão. Decidi que chegaram ao Colorado, papai buscou minha avó em Las Vegas e todos estão morando juntos: Lisa, os pais dela, papai, minha avó e o bebê, Rachel. Quando o tempo melhorar, de algum modo ele virá nos buscar, todos nos mudaremos para o Colorado, e eu serei madrinha do bebê, como estava planejado.

Às vezes, o Colorado se torna o que Springfield costumava ser: um lugar fabuloso com comida e roupas limpas, água e ar. Eu até imagino que encontrarei Dan por lá. Depois de tomar banho, obviamente, e comer o bastante para não parecer uma morta-viva. Meus cabelos também terão crescido. Estarei linda, nós nos encontraremos por acaso e nos casaremos.

Algumas vezes, acelero as coisas e Rachel é a nossa dama de honra.

Aposto que minha mãe, Matt e Jon também têm fantasias, mas não quero saber quais são. Afinal, eles não estão nas minhas, então é provável que eu não esteja nas deles. Passamos tempo suficiente juntos. Não precisamos aparecer nas fantasias uns dos outros.

Espero que meu pai e Lisa estejam bem. Fico imaginando se um dia conhecerei Rachel.

21 de dezembro

Mamãe bateu o pé (o pé bom) e voltamos a estudar. Pelo menos é algo para fazermos além de lavar a roupa e jogar pôquer.

Agora, estou lendo sobre a Revolução Americana.

Os soldados passaram por momentos difíceis no Valley Forge.

Sinto muito por eles.

DEZOITO

24 de dezembro

Véspera de Natal. E a coisa mais maravilhosa aconteceu.

Foi um dia como outro qualquer. Faremos uma grande refeição amanhã. (E, claro, mamãe, Matt e Jonny não sabem, mas eles ganharão presentes. Estou tão animada em dar aquelas coisas para eles.) Mas hoje não lavei roupa. Enfeitamos o varal com bolas coloridas e penduricalhos brilhosos. Matt disse que é uma árvore de Natal horizontal.

Certo, isso já mostra que hoje não foi um dia como outro qualquer.

À noite, sentamos juntos e começamos a conversar sobre os Natais passados. No início, dava para perceber que minha mãe não achou aquilo uma boa ideia. Mas ela não nos interrompeu e todos contamos histórias, rimos e nos divertimos.

E então, ao longe, ouvimos alguém cantar. Eram canções de Natal de verdade.

Vestimos os casacos, calçamos as luvas e as botas, e fomos para o lado de fora. E havia um punhado de pessoas cantando canções de Natal na rua.

Nós imediatamente nos juntamos a elas. Graças ao caminho que Matt e Jon abriram, não tivemos muita dificuldade para chegar à rua. (Havia algumas partes congeladas e eu não queria que mamãe viesse também, mas não houve jeito de impedi-la.)

A rua ainda estava coberta com 90 cm de neve. Ninguém passa por ela, por isso criamos nossos próprios caminhos.

Foi empolgante estar do lado de fora, cantando e passando tempo com outras pessoas novamente.

Reconheci os Mortensens, que moram a pouco mais de um quilômetro de distância. Eu não conhecia as outras pessoas. Mas nossa rua é estranha. Mesmo nos bons tempos, não conversávamos com a maior parte dos vizinhos. Mamãe conta que era mais sociável quando era mais nova, mas muitas das famílias antigas foram embora, novos moradores chegaram e a vizinhança mudou. Agora, ser um bom vizinho significa não se meter na vida dos outros.

Enquanto caminhávamos e cantávamos (gritando e desafinados), outra família se juntou a nós. Terminamos com vinte pessoas agindo como as pessoas costumavam agir. Ou, pelo menos, como costumavam agir nos filmes. Acho que nunca vi pessoas cantando na rua antes.

Finalmente, ficou frio demais até para o cantor mais empolgado do grupo. Terminamos a cantoria com "Noite feliz". Mamãe chorou, e não foi a única.

Nós nos abraçamos e dissemos que deveríamos ver mais uns aos outros, mas duvido que isso aconteça. Não queremos que ninguém saiba quanta comida ou lenha temos. E eles também não querem.

Apesar disso, foi uma véspera de Natal maravilhosa. E amanhã será melhor ainda.

25 de dezembro

Foi o melhor Natal de todos os tempos.

Acordamos de ótimo humor e conversamos durante toda a manhã sobre como tínhamos nos divertido cantando ontem. Nós nem gostamos dos Mortensens, mas encontrar com eles, saber que estão por perto e com saúde foi incrivelmente tranquilizador.

A VIDA COMO ELA ERA • 313

— Foi tão alegre — disse mamãe. — É bom se lembrar de como é ficar alegre.

E o almoço. Que banquete! Primeiro, tomamos caldo de carne com pedacinhos de biscoito. O prato principal foi linguine com molho de vôngoles e vagem para acompanhar. Minha mãe até abriu a garrafa de vinho que Peter trouxe há séculos, e nós o bebemos durante a refeição.

Para a sobremesa, mamãe serviu a gelatina de limão que peguei na distribuição gratuita de comida no verão passado. Não sei quando ela a preparou, mas, de algum modo, conseguiu escondê-la de nós, e foi uma surpresa incrível.

Havia tanta comida. Tantos risos. Foi ótimo.

Então nós inventamos desculpas para levantarmos da mesa. Eu subi até meu quarto para pegar os presentes de todos e, para minha surpresa, mamãe, Matt e Jon também foram para seus quartos.

Quando voltamos para o solário, todos tinham presentes. Mas minha mãe foi a única que embrulhou os seus em um papel bonito. Eu usei páginas de revista, Matt e Jon usaram o papel pardo das sacolas de compras.

Mas todos ficamos surpresos. Havia tantos presentes!

No fim das contas, cada um de nós recebeu dois presentes e Horton ganhou um.

Horton foi o primeiro a abrir seu presente. Era um camundongo de brinquedo novinho em folha.

— Comprei na loja de animais — confessou Jon. — Não quis contar para ninguém porque imaginei que eu só deveria comprar ração e areia. Mas pensei que Horton poderia ganhar um presente de Natal, então o guardei.

Na verdade, foi um presente para todos nós. Horton imediatamente se apaixonou pelo camundongo e começou a lambê-lo, pular em cima dele e agir como se tivesse ganhado um filhotinho. Lembrei de como fiquei apavorada quando ele fugiu. Mas ele também sabe o que família significa, e voltou. E todos estamos juntos, como deveria ser.

Em seguida, mamãe disse para abrirmos os presentes dela.

— Não são nada de mais — avisou. — Peter os trouxe para mim da loja do hospital, antes de ela fechar.

— Isso os torna ainda mais especiais — respondi, e realmente acreditava naquilo. — Queria que Peter estivesse aqui com a gente.

Mamãe assentiu.

— Bem, abram — disse ela. — Mas não esperem nada de mais.

Meus dedos tremiam enquanto retirava com cuidado o papel de presente. Era um diário novo em folha, um diário bem bonito, com capa cor-de-rosa e um pequeno cadeado com chave.

— Ah, mãe — exclamei. — Nunca vi nada tão bonito.

O presente de Jon foi um jogo de beisebol portátil a pilha.

— Não se preocupe — disse mamãe. — As pilhas estão incluídas.

Os olhos de Jon brilharam tanto que poderiam iluminar toda a sala.

— Isso é fantástico, mãe — disse ele. — Agora tenho algo para fazer.

O presente de Matt foi um kit de barbear.

— Imaginei que você precisava de umas lâminas novas — justificou-se.

— Obrigado, mãe — disse Matt. — Eu ando mesmo me sentindo um pouco áspero.

A VIDA COMO ELA ERA • 315

Insisti para que mamãe abrisse meu presente em seguida. Ela desembrulhou o papel e, quando viu que era uma caixa de chocolates de verdade, seu queixo caiu.

— Provavelmente estão meio velhos — avisei.

— Quem liga?! — gritou mamãe. — São chocolates! Ah, Miranda! Claro que vamos dividi-los. Não iria comer a caixa inteira sozinha. — Ela parou de falar e cobriu a boca com as mãos. — Ah, não era isso que eu queria dizer.

Comecei a rir. Jon ficou perguntando qual era a graça e isso fez com que eu (e mamãe) ríssemos ainda mais alto.

Então eu falei para Jonny abrir o presente que lhe dei. Ele rasgou o papel e, em seguida, arrancou a tampa da caixa de sapatos.

— Não acredito! — gritou ele. — Matt, veja estas figurinhas! Olhe para elas! São centenas. E são antigas. Dos anos 1950 e 1960. Veja, Mickey Mantle. E Yogi. E Willie Mays. Nunca vi uma coleção como esta antes!

— Fico feliz que você tenha gostado — disse eu, aliviada por ele não perguntar de onde elas tinham vindo. — Matt, agora é a sua vez.

Matt abriu o presente que lhe dei.

— O que é isto? — perguntou imediatamente. — Quer dizer, parece legal, Miranda, mas acho que não entendi.

—Ah — comecei. — Sei que os desenhos estão pintados. Mas os lápis estavam bons e achei que você poderia desenhar no verso dos desenhos. Você costumava desenhar muito bem e pensei que, talvez, pudesse fazer isso novamente.

O rosto dele se iluminou.

— É uma ótima ideia — respondeu. — Você tem seu diário e agora eu posso desenhar todos nós. Obrigado, Miranda, adorei os lápis.

Se eu soubesse que ele ia nos desenhar, teria procurado por lápis cinza. Mas ele parecia animado e isso me deixou feliz.

— Abra seu presente — pediu Jonny e eu o abri, alegre.

Era um relógio.

— Como vocês sabiam que eu precisava de um? — perguntei.

— Você está sempre perguntando que horas são — respondeu Matt. — Não foi muito difícil de imaginar.

Eu quase perguntei de onde o relógio veio, mas então olhei para ele com atenção e vi que tinha pertencido à sra. Nesbitt. É um modelo antiquado, do tipo que você tem que dar corda todos os dias. Foi um presente do marido dela, e eu sabia o quanto ela o estimava.

— Obrigada — disse eu. — É um lindo presente. Eu o adorei. E agora vou parar de incomodar vocês.

— Acho que este presente é o último — disse mamãe. — Mas, sinceramente, o dia de hoje foi um presente. Não preciso de mais nada.

— Abra — pediu Matt, e todos rimos.

— Muito bem — disse mamãe. Ela retirou o papel pardo e ficou em silêncio. — Ah, Matt, Jonny — exclamou ela. — Onde vocês encontraram isso?

— O que é? — perguntei.

Mamãe me mostrou o que estava segurando. Era uma fotografia antiga, em preto e branco, de um jovem casal com um bebê no colo. Estava até emoldurada.

— São seus pais? — perguntei.

Mamãe assentiu e percebi que estava se controlando para não chorar.

— E mamãe está no retrato — revelou Jon. — Ela é o bebê.

A VIDA COMO ELA ERA • 317

— Ah, mãe, deixe eu ver — pedi, e ela a estendeu em minha direção. — É linda.

— Onde vocês a encontraram? — perguntou ela.

— Numa caixa na casa da sra. Nesbitt — contou Matt. — Vi que estava cheia de fotografias antigas e a trouxe para cá. Ela identificou todas as fotos no verso. Foi ideia de Jon voltar lá e procurar uma moldura. Não me lembrava de ter visto esse retrato antes, então achei que você não o tivesse.

— Eu não tinha — confirmou mamãe, pegando-o de volta. — Era verão e estamos na varanda de trás. Engraçado. Estamos no mesmo lugar agora, mas ele está fechado. Eu devia ter uns seis meses. Acho que estávamos visitando meus avós. Provavelmente foi o sr. Nesbitt quem tirou a foto. Acho que posso ver a sombra dele.

— Você gostou? — perguntou Jon. — Porque não custou nada.

— Eu adorei — respondeu mamãe. — Tenho tão poucas memórias de meus pais e tão pouco para me fazer lembrar deles. Este retrato me leva de volta a uma época diferente. Sempre vou dar valor a ele. Obrigada.

— Acho que vou começar a desenhar — decidiu Matt. — Farei alguns esboços antes de usar meus lápis. — Ele pegou um pedaço da sacola de papel, tirou o lápis preto da caixa e começou a rabiscar.

Então mamãe fez algo que me deixou mais feliz ainda. Ela abriu a caixa de chocolate e leu a lista de sabores com muito cuidado. Depois, retirou a tampa da caixa, colocou doze chocolates nela e a estendeu em nossa direção.

— Vocês podem dividir estes — avisou. — O resto é meu.

Gostei de poder comer alguns chocolates e gostei ainda mais de mamãe respeitar o fato de que era meu presente para ela e não para todos nós.

No Natal do ano em que mamãe e papai se separaram, eles enlouqueceram comprando presentes para nós. Matt, Jonny e eu fomos bombardeados com presentes em casa e no apartamento de papai. Achei ótimo. Eu era a favor de meu amor ser comprado com presentes.

Neste ano, tudo o que ganhei foram um diário e um relógio de segunda mão.

Está bem, sei que estou sendo brega, mas este é o verdadeiro significado do Natal.

27 de dezembro

Sem férias de Natal para nós. Voltei a estudar história, Jon, álgebra, Matt, filosofia e mamãe, francês. Conversamos sobre o que aprendemos, por isso estou tendo um curso de álgebra e atualizando meus poucos conhecimentos de francês. E temos discussões intensas sobre filosofia e história.

Mamãe decidiu que, embora Texas Hold 'Em tenha um lado bom, não é suficiente. Ela trouxe nossos jogos de palavras cruzadas e xadrez para o solário, e agora nós também os jogamos. Brincamos de palavras cruzadas juntos (por enquanto, mamãe está numa maré vitoriosa) e, quando dois de nós estão dispostos, jogamos xadrez.

Mamãe enfiou na cabeça que, embora não saibamos cantar, devíamos fazer algo parecido com "A Noviça Rebelde" e cantarmos juntos. Se Julie Andrews tivesse nos ouvido, provavelmente se jogaria no primeiro vulcão que encontrasse. Mas não nos importamos. Berramos músicas de programas de tevê, dos Beatles e canções de Natal o mais alto possível, e dissemos que estava harmonioso.

Mamãe está ameaçando fazer para nós adoráveis roupinhas iguais com as cortinas.

Ganhar todas as partidas de palavras cruzadas realmente está subindo à cabeça dela.

31 de dezembro

Amanhã começarei a usar meu diário novo. Ele tem um calendário para os próximos três anos, então saberei que dia é. Por alguma razão, isso me deixa muito feliz.

Matt desenha sempre que pode. Ele até vai lá fora e desenha nossa desolada paisagem de inverno.

Hoje à tarde, enquanto ele estava no quintal, decidi que havia chegado a hora de decorar o solário. Jon e eu colocamos pregos nas janelas cobertas com tapume e penduramos as pinturas que a sra. Nesbitt deixou para ele e para Matt.

Depois, perguntei à minha mãe onde estava o desenho que Matt fez de mim patinando. Ela precisou de algum tempo para se lembrar dele e de mais tempo ainda para lembrar onde estava guardado (na parte de trás da prateleira do armário). Vesti o casaco, botei as luvas e fui até o andar de cima para buscá-lo. Também peguei uma foto de quando éramos pequenos, uma daquelas tiradas em estúdios fotográficos, que mamãe tinha pendurada no quarto, e a trouxe também.

O solário sempre foi meu lugar preferido na casa, mais até do que meu próprio quarto. Mas, ultimamente, com os tapumes, quatro colchões no chão, um varal que quase sempre tem roupas molhadas penduradas nele, o cheiro de comida enlatada, além de quase toda a mobília levada para a cozinha e todo o resto dos móveis empurrados para um lado ou outro — bem, ele não vai ganhar nenhum prêmio de decoração.

Quando Matt entrou e viu que tínhamos pendurado todos os quadros, começou a rir. Em seguida, olhou para o desenho que tinha feito de mim e o analisou com cuidado.

— Está muito ruim — avaliou.

— Não está, não! — dissemos em coro mamãe e eu, e começamos a rir.

Como a maioria decide, o desenho ficou. Agora, olho para ele e não vejo uma versão minha idealizada. Vejo uma patinadora, uma patinadora qualquer, num momento belo de perfeição.

Vejo o passado do modo como gosto de pensar que ele era.

— Será que irão soltar a bola na Times Square hoje à noite? — perguntou Jon. — Já é Ano-Novo em vários lugares da Terra.

Fiquei imaginando — acho que todos ficamos — se este seria o nosso último Ano-Novo.

Será que as pessoas percebem quanto a vida é preciosa? Sei que nunca percebi isso antes. Sempre havia tempo. Sempre havia um futuro.

Talvez por não saber mais se terei um futuro, fico grata pelas coisas boas que aconteceram comigo neste ano.

Eu nunca soube que poderia amar de modo tão profundo. Nunca soube que estaria disposta a sacrificar coisas por outras pessoas. Nunca soube que o gosto do suco de abacaxi poderia ser maravilhoso, assim como o calor de um fogão a lenha, o som de Horton ronronando ou a sensação de roupas limpas contra a pele recém-lavada.

Não seria Ano-Novo sem uma resolução. E a minha é reservar um momento, todos os dias, pelo resto de minha vida, para apreciar tudo que tenho.

Feliz Ano-Novo, mundo!

1º de janeiro

Matt nos contou que também tem uma resolução de Ano-Novo.

— Sabem de uma coisa? — disse mamãe. — Este é o primeiro ano em que não tenho uma resolução. Sempre prometo perder peso e passar mais tempo com vocês, mas ano passado cumpri todas essas resoluções. Estou oficialmente aposentada.

— Que bom, mãe — disse Matt. — Mas eu resolvi aprender a esquiar. Jon e Miranda deveriam aprender também. Podemos nos revezar nos esquis. Sairemos de casa e faremos um pouco de exercício. O que acham?

Ficar parada lá fora com temperaturas abaixo de zero, o vento uivando e caindo em montes de neve não parecia muito divertido. Mas Matt me lançou um olhar e percebi que não seria pelo exercício nem pela diversão. A questão era conseguirmos fugir daqui se um de nós precisasse.

— Ótima ideia! — respondi. — E, já que estamos tendo grandes ideias, eu também tenho uma.

— Qual é? — perguntou Matt cheio de ceticismo.

— Acho que eu deveria lavar minhas roupas e as de mamãe, e você e Jon deveriam lavar as suas — sugeri.

— Não! — berrou Jonny. Acho que ele tem noção de como é difícil lavar roupa. — Mãe?! — queixou-se.

— Parece uma boa ideia — respondeu mamãe.

— Então Miranda vai lavar os pratos — argumentou Jon.

— Está certo — concordei. — Mas só se nos revezarmos lavando a louça. Não vou lavá-la sempre.

— Muito justo — disse Matt. — Nós nos revezamos lavando a louça e Jon e eu lavamos nossas roupas. Pelo menos até podermos voltar a cortar lenha. Agora, vamos esquiar.

Calcei quatro pares extras de meias para que as botas de papai coubessem nos meus pés e saímos. Esquiamos tão bem quanto cantamos, e passei praticamente o tempo todo caindo em montes de neve pela rua. Mas esquiar fez o mau humor de Jonny passar e, ao terminarmos, já sabíamos nos virar um pouco.

— Treinaremos um pouco mais amanhã — avisou Matt. — É bom para nós e é bom para mamãe ter algum tempo tranquila.

—Você acha que eu poderia esquiar até o lago? — perguntei. — Ia adorar patinar um pouco.

—Acho que sim — respondeu Matt.

Foi ótimo expandir meu mundo novamente. A ideia de não ficar presa no solário me alegrou tanto quanto ver a luz do sol.

Ano novo. Esperanças novas.

É assim que deveria ser.

3 de janeiro

Estamos bem melhores no esqui. Como só temos um par para três pessoas, não percorremos grandes distâncias. Quase sempre esquiamos e voltamos, mas a cada vez aumentamos a distância, nem que seja por alguns centímetros.

Mal posso esperar até ficar boa o bastante para voltar ao lago. Sei que Matt está nos fazendo treinar para pedirmos ajuda no caso de uma emergência, mas decidi que meu objetivo é chegar ao lago para patinar um pouco.

Até Jon está empolgado. Matt lhe disse que esquiar é um bom exercício aeróbico e que ele deveria pensar nisso como um treinamento de corrida, pois precisa se exercitar para quando a temporada de beisebol começar.

É engraçado, mas isso também vale para Matt. Ele era um atleta pela faculdade e o esqui está fazendo com que recupere a forma. Não tenho certeza se a qualidade do ar faz bem para nós, mas pelo menos nossos corações estão se exercitando.

Esquiamos depois do almoço. Seria muito difícil fazer isso de manhã, com a barriga vazia. Uma parte de mim fica imaginando se é uma boa ideia nós queimarmos calorias, mas acho que, se morrer de fome, pelo menos terei músculos fortes.

E esquiar nos tira do solário.

5 de janeiro

Hoje à tarde aconteceu algo muito estranho.

Já havíamos esquiado e estávamos sentados no solário estudando quando ouvimos alguém bater na porta da frente. Sempre há fumaça saindo de nossa chaminé, portanto é óbvio que existem pessoas morando aqui. Mas ninguém nunca vem nos visitar.

— Talvez seja Peter — disse mamãe.

Matt a ajudou a levantar do colchão. Todos fomos até a porta para ver quem era.

Jon foi o primeiro a reconhecer o visitante.

— É o sr. Mortensen — revelou.

— Preciso de ajuda — disse o homem. Ele parecia tão desesperado que chegava a assustar. — É minha esposa. Ela está doente. Não sei o que é. Vocês têm alguma coisa, algum remédio? Por favor. Qualquer coisa.

— Não. Não temos — respondeu minha mãe.

O sr. Mortensen segurou a mão dela.

— Por favor — pediu. — Estou implorando. Não estou pedindo comida nem lenha. Apenas um remédio. Vocês devem ter algo. Por favor. Ela está ardendo em febre. Não sei o que fazer.

— Jonny, pegue a aspirina. É só o que temos. Sinto muito. Você pode levar um pouco de aspirina. Isso deve baixar a febre dela.

— Obrigado — disse ele.

— Há quanto tempo ela está doente? — perguntou minha mãe.

— Desde hoje de manhã — contou ele. — Ontem à noite ela estava bem. Mas está delirando. Não queria deixá-la sozinha, mas não sei o que fazer.

Jon voltou e entregou alguns comprimidos de aspirina para o sr. Mortensen. Pensei que ele fosse chorar e fiquei aliviada quando foi embora. Voltamos para o solário.

— Mãe — perguntou Jon —, será que a sra. Mortensen vai ficar bem?

— Espero que sim — respondeu minha mãe. — Lembrem-se de que Peter nos disse que haveria doenças. Mas ela pode estar com um simples resfriado. Poderia ser uma daquelas coisas que passam em um dia.

— Talvez ele apenas queira aspirina para uma dor de cabeça — analisou Matt. — A sra. Mortensen pode estar lá fora construindo um forte de neve e ele apenas a usou como uma desculpa.

Mamãe sorriu.

— Provavelmente isso é excesso de otimismo — avaliou ela. — Mas tenho certeza de que ela ficará bem. Mudando de assunto, acho que estamos atrasados com os estudos. Miranda, diga o que você está estudando em história.

A VIDA COMO ELA ERA • 325

E eu disse. E, com o passar do dia, pensei cada vez menos na sra. Mortensen.

Mas agora só consigo pensar nela.

6 de janeiro

Sei que é ridículo, mas, quando acordei hoje de manhã, fiquei aliviada por ainda estar viva e bem.

Quando Matt sugeriu que era hora de esquiar, levantei num pulo. Eu esquiei mais longe do que o normal. Quase cheguei à casa dos Mortensens, mas, quando percebi onde estava, dei meia-volta e estabeleci um recorde com a velocidade com que voltei para Matt e Jon.

Quando chegamos em casa, fiquei aliviada por ver minha mãe perfeitamente bem. Matt, Jon e eu não falamos nada sobre isso, mas todos treinamos mais pesado do que antes.

E mamãe não falou nada sobre o fato de ficarmos fora por tanto tempo.

7 de janeiro

Nevou ontem à noite. Nossas claraboias estão cobertas novamente e o solário voltou a ficar na escuridão total.

Matt disse que não estava nevando quando ele e Jon saíram ontem à noite para ir ao banheiro. Acho que deve ter começado pouco depois disso, porque hoje de manhã havia 10 ou 15 cm de neve recente (bem, recente, mas cinza) no chão.

Ainda estava nevando depois do almoço, e mamãe disse que deveríamos ficar dentro de casa. Em vez de esquiar, seguimos a rotina de ir até a porta da frente e olhar para ver como estava lá fora.

A neve parou um pouco durante a noite, então não é uma nevasca como a do mês passado. Matt calculou que temos mais 20 a 25 cm, o que não é o suficiente para precisar limpar o telhado.

— O calor do fogão a lenha derreterá a neve das claraboias — analisou. — Devemos ter mais neve em janeiro. Neve significa água, e ela virá bem a calhar mais tarde.

E isso é ótimo, mas quanto mais neve no chão, mais difícil é sair daqui. Ainda não esquio bem, especialmente porque as botas do papai são muito grandes para os meus pés.

Não há nada que eu possa fazer, por isso não há razão para reclamar. Mas sinto falta da luz natural no solário.

8 de janeiro

Ficou muito mais difícil esquiar com os 20 cm extras de neve. Todos caímos várias vezes. E Jonny e Matt estão mais cansados por terem que limpar as passagens e abrir caminho até a rua.

Lavei as roupas deles hoje.

9 de janeiro

Estamos nervosos. Acho que é a neve. Hoje nevou mais um pouco, talvez uns 2 cm.

Sei que não nevava há quase um mês e Matt está certo, costuma nevar em janeiro. Mas, se nevar 20 cm a cada duas semanas em janeiro e fevereiro e a neve não derreter durante vários meses, então quanta neve teremos?

Ainda temos muita lenha, mas e se eles não conseguirem cortar mais?

E se a comida acabar?

A VIDA COMO ELA ERA • 327

Sei que estou me torturando. Já chegamos até aqui e não há razão para pensar que não sobreviveremos a mais um pouco de neve. Mas, por dentro, estou assustada.

É idiotice. Sei que é idiotice. Mas queria que Peter entrasse pela porta, ou papai, Lisa e a bebê Rachel. Queria que Dan estivesse aqui e que eu recebesse um cartão-postal de Sammi rindo de mim por estar presa na Pensilvânia chata.

Queria que não houvesse neve nas claraboias.

Queria que ainda fosse Natal.

DEZENOVE

10 de janeiro

Eles estão doentes.

Começou com minha mãe. Ela tentou se levantar do colchão e não conseguiu.

— Tem alguma coisa errada — constatou. — Não deixe ninguém chegar perto de mim.

Matt e eu fomos para o outro lado da sala e cochichamos para que mamãe não nos ouvisse.

— Não podemos deixá-la lá fora — analisou ele. — Ela iria congelar na cozinha. Teremos que nos arriscar.

Mas então Jonny gritou. Foi o som mais assustador que já ouvi. Corremos em sua direção e percebemos que ele estava delirante, enlouquecido com a febre.

— Aspirina — disse eu, e corri até a despensa para pegar o frasco enquanto Matt colocava uma panela de água no fogão para fazer chá.

Mamãe estava quase inconsciente quando o chá ficou pronto, mas erguemos sua cabeça e a forçamos a engolir a bebida e a aspirina. Achei que ela fosse engasgar, mas, depois de vê-la engolir o comprimido, pusemos sua cabeça no travesseiro. Ela tremia demais, então tirei um dos cobertores de meu colchão e o enrolei em volta dela.

A VIDA COMO ELA ERA • 329

Jon foi mais difícil. Seus braços se mexiam tanto que ele me acertou no queixo e me derrubou no chão. Matt foi para trás dele e segurou seus braços para baixo enquanto eu empurrava a aspirina em sua boca e despejava o chá garganta abaixo. Depois corri até o banheiro e peguei álcool. Matt virou-o de costas e o segurou para eu passar em suas costas. Ele ardia em febre e ficava tirando os cobertores.

— Precisamos de ajuda — disse eu. — Não sei se estou fazendo isso direito.

Matt assentiu.

— Eu vou — respondeu. — Você fica aqui e cuida deles.

Mas, ao se levantar, começou a cambalear. Por um momento assustador, pensei que ele fosse se segurar no fogão a lenha para não cair, mas ele percebeu o que ia fazer e, em vez disso, afundou no colchão de Jon.

— Eu consigo — afirmou, engatinhando do colchão de Jon para o dele. — Não se preocupe.

Não sabia se ele queria dizer que conseguia ir até o próprio colchão ou buscar ajuda, mas era óbvio que não iria a parte alguma. Eu lhe dei algumas aspirinas e outra caneca de chá.

— Preciso que você fique aqui — disse, quando ele fez um gesto de que iria se levantar. — Mamãe e Jon estão indefesos. Você tem que cuidar para que o fogo não se apague e para que Jon fique coberto. Você pode fazer isso? Não sei quanto tempo ficarei fora.

— Ficarei bem — disse ele. — Vá. Peter saberá o que fazer.

Beijei sua testa. Ele estava quente, mas não tanto quanto mamãe e Jon. Coloquei alguns pedaços de lenha no fogão, vesti o casaco, calcei as botas e as luvas, e enrolei o cachecol. Os esquis estavam na entrada principal, então os peguei e fechei a porta atrás de mim.

O tempo não estava tão ruim, mas eu me esqueci de calçar as meias extras para as botas de papai caberem, então caí uma dúzia de vezes no caminho até o hospital. Como caí sobre a neve, não me machuquei, mas é claro que acabei encharcada. Mas isso não importava. Cada vez que caía, me levantava e recomeçava. Ninguém iria nos salvar. Só eu poderia fazer isso.

Não sei quanto tempo levei para chegar ao hospital. Lembro-me de ter pensado que eu deveria ter comido antes de sair, então devia ser perto de meio-dia quando eu cheguei lá. Mas não importava. Nada importava, apenas pedir ajuda.

Ao contrário da última vez em que estive lá, o lado de fora do hospital estava completamente deserto. Não havia guardas para impedir minha entrada. Senti um instante de terror puro em que eu achei que não fosse encontrar ninguém lá; porém, empurrei a porta da frente e ouvi sons distantes.

O corredor estava vazio, então segui o som das vozes. Nunca tinha visto um hospital tão silencioso antes. Não havia luzes acesas, e fiquei imaginando se o gerador finalmente havia parado de funcionar.

Se o hospital não estava mais funcionando, que chances nós teríamos?

Finalmente descobri a fonte do barulho. Eram duas mulheres — enfermeiras, imaginei — sentadas numa sala vazia. Entrei, aliviada por vê-las, mas com medo do que elas iriam dizer.

— Preciso ver o dr. Elliott — falei. — Peter Elliott. Onde ele está?

— Elliott — respondeu uma das mulheres, coçando a parte de trás do pescoço. — Ele morreu no sábado, não foi, Maggie?

— Não, acho que foi na sexta-feira — retrucou Maggie. — Você não se lembra? Na sexta-feira, perdemos dez pessoas e pensamos que tinha sido o pior dia. E então no sábado foram mais dezessete. Mas acho que ele morreu na sexta-feira.

— Tenho certeza de que foi no sábado — retrucou a primeira mulher. — Mas isso não importa, importa? Ele está morto. Assim como todos os outros.

Precisei de um minuto para entender que elas estavam dizendo que Peter tinha morrido. Peter, que tinha feito tudo o que podia para nos proteger e que tinha cuidado de nós, estava morto.

— Peter Elliott — repeti. — Dr. Elliott. Esse Peter Elliott.

— Morto igual a todos os outros — falou Maggie esboçando um sorriso. — Imagino que seremos as próximas.

— Nada disso — disse a primeira mulher. — Se não morremos ainda, nada vai nos matar.

— Foi a gripe — explicou Maggie. — Já dura há algumas semanas. Ela está se espalhando pela cidade. As pessoas vinham para cá como se pudéssemos fazer alguma coisa, e toda a equipe ficou doente, menos a Linda aqui, eu e mais alguns outros. Teríamos ido para casa se não tivéssemos medo do que vamos encontrar lá. Além disso, iríamos infectar nossas famílias. Engraçado, não é? Sobrevivemos a tanta coisa e vamos acabar morrendo de gripe.

— Minha família está doente — disse eu. — Vocês não têm algum remédio? Deve haver alguma coisa.

Linda balançou a cabeça.

É só gripe, querida — respondeu ela. — Ela segue seu curso. O problema é que ninguém tem mais resistência para combatê-la.

— É uma variedade forte — contou Maggie. — Como a de 1918. Do tipo que mataria de qualquer maneira.

— Mas e a minha família? — perguntei. — O que posso fazer por eles?

— Deixe-os confortáveis — instruiu Maggie. — E não os traga para cá quando morrerem. Não estamos aceitando mais corpos.

— Eu dei aspirina a eles — contei. — E passei álcool em suas costas. Essa era a coisa certa a fazer?

— Querida, ouça — respondeu Maggie. — Não faz diferença. Talvez você tenha sorte. Talvez sua família seja mais forte. A aspirina não fará mal. E o álcool não fará mal. Se fizer você se sentir melhor, reze. Mas o que tiver que acontecer, irá acontecer. E será rápido.

— Você pode dar líquido a eles — disse Linda. — E, se tiver comida, tente fazê-los comer. Eles precisarão de toda a resistência que puderem obter.

Maggie balançou a cabeça.

— Guarde a comida para você, querida — sugeriu. — Você parece bastante saudável. Talvez seja como nós e tenha resistência a essa variedade. Seus pais iriam querer que você vivesse. Cuide-se. Sua família irá viver ou morrer, não importa o que você faça.

— Não! — exclamei. — Não acredito em você. Deve haver algo que eu possa fazer.

— Sabe quantas pessoas havia aqui há uma semana? — perguntou Maggie. — Uma centena, talvez mais. Perdemos metade delas no primeiro dia. Vá para casa e fique com sua família. Dê-lhes o conforto que você puder.

— Sinto muito — disse Linda. — Sei que é difícil. Lamento por ter lhe contado sobre o dr. Elliott. Ele era um bom homem. Trabalhou até o fim, depois adoeceu e morreu. Perdemos boa parte da equipe assim, trabalhando até o último suspiro. Mas talvez sua família sobreviva. Algumas pessoas conseguem.

Não fazia sentido ficar ali. Agradeci a elas e comecei a viagem de volta.

O vento tinha aumentado e soprou contra mim durante boa parte da caminhada. Tropecei tanto enquanto esquiava que precisei me controlar para não cair no choro. Peter morreu. Até onde sabia, mamãe e Jon também haviam morrido. E talvez Matt também morresse.

Lembrei-me de quando Jon me perguntou o que ele faria se fosse o único a sobreviver e do quanto fui grossa. E agora eu estava encarando o mesmo problema.

Ontem, tudo estava bem. Mas até à noite pode ser que eu esteja completamente só.

Repeti para mim mesma que não deixaria isso acontecer. Somos fortes. Comemos, temos aquecimento e abrigo. Até agora, tivemos sorte e continuaremos a ter sorte. Sobreviveremos.

O céu estava escurecendo quando finalmente cheguei em casa, mas parecia um dia de nevasca, e eu tinha certeza de que ainda era dia. Reuni toda a minha coragem para abrir a porta, mas, quando entrei no solário, vi que as coisas estavam iguais. Mamãe estava tão quieta que tive que me ajoelhar ao seu lado para ter certeza de que ela estava respirando. Jonny delirava, mas estava coberto e menos agitado. Matt estava deitado em seu colchão, com os olhos abertos, e virou-se quando me viu entrar.

— Peter — disse ele.

Balancei a cabeça.

— Estamos sozinhos — respondi. — É apenas gripe. Ficaremos bem.

— Está bem — disse ele, fechando os olhos. Pelo minuto mais terrível de minha vida, achei que ele tivesse morrido, que tinha ficado vivo até eu voltar e então sentiu que poderia morrer. Mas ele apenas adormeceu. Sua respiração está fraca, mas com certeza continua vivo.

Coloquei lenha no fogão e deitei em meu colchão. É onde estou agora. Nem mesmo sei por que estou escrevendo, a não ser para me sentir bem e porque, talvez, amanhã eu morra. E, se isso acontecer, e alguém encontrar meu diário, quero que saiba o que houve.

Somos uma família. Amamos uns aos outros. Juntos, sentimos medo e coragem. Se é assim que as coisas vão acabar, que seja.

Mas, por favor, não quero ser a última a morrer.

11 de janeiro

Sobrevivemos à noite.

Minha mãe e Jonny não parecem melhores. Foi mais difícil fazer mamãe engolir a aspirina. Ela tossiu muito e cuspiu os comprimidos, então os dissolvi no chá.

Jonny alterna entre delírio e letargia. Não sei qual me assusta mais.

Matt é o menos doente dos três e eu realmente acredito que ele vai sobreviver. Ele dorme a maior parte do dia, mas, quando está acordado, é o Matt de sempre.

Dou a todos aspirina e remédios para resfriado a cada quatro horas, além de banhos de esponja e massagens com álcool. É difícil manter os cobertores em cima de Jonny.

Aqueci caldo de carne e alimentei a todos. Eu precisei segurar a cabeça de mamãe e a de Jonny ao fazer isso. Matt consegue ficar acordado o suficiente para tomar alguns goles sozinho.

Isso deve ser um bom sinal.

Quando saí hoje de manhã para limpar o penico, descobri que estava nevando novamente. Deve ter começado pouco depois de eu ter voltado para casa. Já parecia estar diminuindo hoje de manhã, mas provavelmente há mais uns 15 cm de neve acumulada. Não que isso faça diferença.

Eu não estou com febre. Estou cansada de ficar acordada e é difícil me lembrar de comer, mas definitivamente não estou doente.

A VIDA COMO ELA ERA • 335

Talvez eu seja louca, mas acho que se mamãe, Jonny e Matt aguentaram até hoje, não irão morrer. Pelo que Linda e Maggie falaram, todos no hospital morreram no dia em que adoeceram.

Mamãe está gemendo. Acho melhor ver se ela está bem.

12 de janeiro

Não houve mudanças.

Matt está um pouco mais fraco. Jon, mais calmo. Está cada vez mais difícil para mamãe engolir.

Houve uma nevasca ontem à noite. Os galhos das árvores estão todos cobertos com gelo cinza.

13 de janeiro

Horton me acordou. Ele miava alto. Eu nem percebi que tinha dormido. Lembro que coloquei lenha no fogão e me deitei por uns minutos. Devo ter pegado no sono.

Ele estava miando e eu estava tossindo. Uma tosse forte.

Então percebi que o cômodo estava cheio de fumaça e que todos estávamos tossindo.

Pensei que a casa não podia estar pegando fogo, pois isso seria demais. Liguei a lanterna, como se fosse precisar dela para ver se a casa estava pegando fogo, mas não vi chama alguma.

Movi a lanterna a meu redor e percebi que a fumaça estava vindo do fogão a lenha. Ela não estava saindo pela chaminé e havia se espalhado pela sala.

Inalar fumaça mata.

Minha primeira reação foi sair correndo para o lado de fora e respirar um pouco de ar. Mas todos os outros estavam tossindo também, o que significava que ainda estavam vivos e que eu tinha que tirá-los de lá.

Mamãe e Jonny estavam fracos demais para levantarem sozinhos. Eu não ousaria levá-los para fora da casa. O chão da cozinha teria que servir.

Peguei meus cobertores e tirei um da cama de Matt, o que fez ele acordar. Eu não conseguia enxergar direito com a fumaça, mas estendi os cobertores no chão da cozinha. Precisei de toda a minha coragem para voltar para o solário, mas voltei. Ainda bem que Matt tinha força suficiente para me ajudar a arrastar primeiro Jonny e depois mamãe para a cozinha. Disse a Matt para ficar ali e voltei correndo para o solário para pegar os travesseiros e colchões de todos. Matt me ajudou a colocá-los no lugar. Ele tossia tanto que eu achei que ele fosse ter um ataque cardíaco, mas gesticulou que estava bem.

Então fui até o termostato para ligar o aquecedor, mas não vi nada acontecendo. Lembrei que papai e Matt tinham improvisado uma bateria para a calefação e eu teria que ir até o porão para ligá-la. Voltei para a cozinha, onde mamãe, Matt e Jonny ainda estavam tossindo muito, e abri a porta do porão. Pelo menos o ar estava limpo lá embaixo, mas a temperatura provavelmente estava abaixo de zero, e eu me arrependi por estar descalça. Segurei a lanterna e corri até a caldeira, parei um minuto tentando entender o que deveria fazer e empurrei o interruptor para o lado direito. O aquecedor ligou quase que imediatamente. Nós ainda tínhamos combustível. Voltei o mais rápido que pude para o andar de cima e ajustei o termostato para 18 graus.

Horton tinha seguido todos para a cozinha, então não tive que me preocupar com ele. Fui até o banheiro e achei o xarope para tosse com codeína que tínhamos tirado do armário de remédios

A VIDA COMO ELA ERA • 337

da sra. Nesbitt. Dei a primeira dose para Matt e sua tosse diminuiu o suficiente para que ele pudesse me ajudar a dar o remédio para Jonny e mamãe. Eu não quis tomá-lo, pois a codeína poderia me fazer dormir. Em vez disso, peguei um pano e o joguei na panela com água. Quando ele estava bem ensopado, cobri a boca com ele e voltei para o solário.

O pânico tomou conta de mim. A sala estava cheia de fumaça e era quase impossível respirar lá dentro. Eu não conseguia pensar no que fazer. Todos iríamos morrer e seria minha culpa.

Isso me irritou e me fez agir. A primeira coisa que fiz foi abrir a porta do solário para arejar a sala. A sorte me ajudou: o vento estava soprando na direção certa.

Fiquei do lado de fora tempo suficiente para encher meus pulmões com um pouco de ar. Foi bom eu ter dormido vestindo o casaco, mas mesmo assim não consegui ficar ali mais de um minuto, já que estava descalça. De qualquer modo, eu respirei o suficiente para voltar ao solário.

Tentei abrir as claraboias, mas havia muita neve sobre elas. Era minha culpa, pois não usei a escada para limpá-las quando a neve começou a cair, mas agora era tarde. Retirei o tapume de uma das janelas opostas à porta e a abri. O vento entrou, e comecei a perceber que a fumaça estava diminuindo.

Eu sabia o que tinha que fazer em seguida: me livrar do pedaço de lenha que causou a fumaça. Fui até a porta, respirei fundo, depois voltei para dentro de casa e abri o fogão a lenha.

Era muita fumaça. Corri para fora de casa e peguei um pouco de neve para esfregar nos olhos, que ardiam. Engoli um pouco também. Minha mãe me mataria, pensei, se soubesse que eu bebi neve sem fervê-la.

O pensamento me fez rir, o que me fez tossir. Ri, chorei, tossi e engasguei. Mas, apesar de tudo, eu não ia morrer de jeito nenhum e muito menos deixar Matt, Jonny e mamãe daquela forma.

Então voltei para o solário. A fumaça ainda estava incrivelmente densa e pensei que tossiria até meus pulmões pularem para fora. Engatinhei até o fogão e coloquei as luvas. Abri a porta e retirei a lenha fumegante.

Mesmo com as luvas, percebi que a lenha estava úmida. Quente, úmida, incandescente e fumegante. Jogando-a de uma mão para a outra, engatinhei até a porta para jogá-la fora.

A lenha não deveria estar úmida. Até agora não havíamos tido problema com a madeira que Matt e Jonny cortaram. Desconfiei que era o fogão que estava úmido. Gelo ou neve devem ter caído da chaminé e molhado o fogão.

Eu tinha que ter certeza de que o fogão estava seco ou a mesma coisa poderia acontecer novamente. E isso significava que eu tinha que acender outro fogo apenas para secar o fogão, ou seja, haveria mais fumaça.

Todo o meu corpo começou a tremer. Era tolice, mas eu comecei a pensar em como aquilo era injusto. Por que tinha que ser eu? Por que eu não podia estar doente e Matt cuidar de mim? Ou Jon? Ele é quem está comendo. Por que ele tinha que adoecer? Ele deveria estar saudável. Ele é quem deveria tossir até morrer enquanto eu estaria na cozinha aquecida, dopada com codeína.

Bem, era inútil sonhar. Olhei ao redor do solário para ver o que eu podia queimar. A lenha não resolveria, pois simplesmente ficaria úmida e começaria tudo de novo. Eu precisava queimar muito papel.

A VIDA COMO ELA ERA • 339

Minha primeira ideia foi queimar os livros escolares, mas eu sabia que minha mãe me mataria. Se todos nos recuperássemos e ela descobrisse que não poderíamos continuar estudando, iria me matar. Mas achei que, já que tinha que passar por tudo aquilo, pelo menos poderia queimar um livro.

Saí do solário e voltei para a cozinha. Todos ainda estavam tossindo, mas não tanto quanto antes. Matt parecia febril, mas fez um gesto com a mão para que eu me afastasse quando tentei ver como estava.

— Estou bem — sussurrou.

Eu não podia fazer nada, a não ser acreditar nele. Subi as escadas e peguei alguns dos livros escolares que trouxe para casa no único dia em que fui para a escola. Enquanto estava lá em cima, vesti roupas secas e calcei sapatos. Só de fazer isso já me senti melhor.

Voltei para a cozinha e umedeci a toalha de rosto. Depois, rastejei de volta ao solário. A fumaça tinha diminuído, mas, ao abrir novamente o fogão a lenha, ela voltou a sair.

Rasguei página após página do livro. Com a mão trêmula, acendi um fósforo e joguei o papel em chamas dentro do fogão. A fumaça ficou mais forte e eu não tinha certeza se aguentaria aquilo. Enfiei o máximo possível de papel lá dentro e, quando tive certeza de que o fogo duraria pelo menos um minuto, me permiti caminhar até a porta e inspirar um pouco de ar fresco. Depois, voltei, rasguei mais folhas e as queimei.

Não sei por quanto tempo queimei papel, mas sei que matei um livro e meio. Se a escola os quisesse de volta, teria que me processar.

Finalmente, o fogão parou de soltar fumaça. Rasguei mais algumas páginas do livro e empilhei alguns gravetos por cima. Quando o fogo parecia estar forte, adicionei um pouco de lenha e tudo ficou bem.

Peguei uma panela e a enchi com neve, colocando-a em cima do forno para que a umidade voltasse à sala. Esperei cerca de meia hora e então fechei a janela. Esperei mais meia hora, observando o fogo para ter certeza de que estava queimando sem fazer fumaça, e fechei a porta.

O que eu mais queria era me encolher no chão da cozinha e dormir. Mas não podia deixar o fogão a lenha sem observação. Por isso, fiquei acordada e saí apenas algumas vezes do solário para ir até a cozinha ver se mamãe, Matt e Jonny estavam bem.

A janela da qual eu arranquei o tapume dá para o leste. Estou vendo o céu clareando, acho que está amanhecendo. Então não é mais 13 de janeiro.

Deixarei todos na cozinha por enquanto. Vou dar aspirinas a eles e deixá-los voltar a dormir. A casa demorou algumas horas para sair de uma temperatura congelante para 18 graus, então pelo menos eles podem aproveitar. Além disso, o solário ainda fede a fumaça e eu realmente deveria abrir uma janela e a porta para arejar as coisas. Durante as próximas semanas, dormiremos em colchões com cheiro de fumaça.

Se isso não nos matou, nada nos matará. Já é 14 de janeiro e posso ver o nascer do sol, e todos nós sobreviveremos.

14 de janeiro

Ainda estamos vivos.

Estou com medo de deixar todos na cozinha e estou com medo de trazê-los de volta para o solário. O que mais me assusta é que não acho que Matt tenha força suficiente para me ajudar a levá-los de um lugar para o outro.

A VIDA COMO ELA ERA • 341

Apenas torço para que tenhamos combustível suficiente no aquecedor para sobrevivermos durante a noite.

Estou fedendo a fumaça e sinto dor ao respirar.

15 de janeiro

Depois de dar a minha mãe sua aspirina matinal, curvei-me sobre ela e beijei sua testa. Foi igualzinho "A Bela Adormecida". Mamãe abriu os olhos, olhou para mim e falou:

— Só depois de terminar o dever de casa.

Comecei a rir.

— Não ria de mim, mocinha — disse mamãe.

— Sim, senhora — respondi, tentando com todas as forças não cair na gargalhada.

— Muito bem — disse ela. — Vou preparar o jantar agora.

E tentou ficar de pé.

— Não, está tudo bem — afirmei. — Não estou com fome.

— Bobagem — disse ela, mas voltou a adormecer.

Sua respiração estava regular e sua febre havia baixado.

Ela acordou algumas horas depois e pareceu confusa por estar na cozinha.

— Estão todos bem? — perguntou.

— Estamos bem — respondi.

Ela olhou ao redor e viu Jon e Matt dormindo no chão.

— O que estamos fazendo aqui? — perguntou. — O que está acontecendo?

— Tivemos um problema com o fogão a lenha — expliquei. — Então, liguei a calefação e vocês estão dormindo aqui.

— Você está horrível — observou ela. — Está comendo direito?

— Não — respondi.

Mamãe assentiu.

— Bem, nenhum de nós está — disse ela, voltando a dormir.

Mamãe parecia mais normal quando acordou à noite. Ela conseguiu se sentar e perguntou como estávamos. Eu resumi a situação.

— Há quanto tempo estamos doentes? — perguntou.

— Não sei — respondi. — Perdi a noção. Há alguns dias.

— E você cuidou de nós durante todo esse tempo? — perguntou ela. — Sozinha?

— Matt me ajudou — disse. Eu queria deitar ao seu lado e chorar. Queria que ela me abraçasse e me consolasse. Mas é claro que eu não podia fazer nada disso. — O maior problema foi o fogão a lenha, mas agora está tudo bem. Talvez amanhã vocês possam voltar para o solário.

— Quando você comeu pela última vez? — perguntou ela.

— Não tenho sentido fome — respondi. — Estou bem.

— Você precisa comer — afirmou. — Não pode ficar doente. Pegue uma lata de legumes e coma tudo.

— Mãe — retruquei.

— Estou mandando — disse ela.

E foi o que fiz. Quando terminei de comer a lata de legumes, percebi que estava faminta. Voltei para a despensa, peguei uma lata de cenouras e comi tudo. Como eu, provavelmente, já não comia há alguns dias, achei que isso seria justo.

Depois me dei conta de que minha mãe estava bem o suficiente para comer, então esquentei uma lata de sopa e servi um pouco para ela. Matt acordou e também comeu.

— Estou preocupada com Jonny — disse mamãe ao terminar a sopa. — Você acha melhor chamar Peter e pedir que ele o examine?

— Já fui até o hospital — disse eu. — Fui no dia em que adoeceram. Vocês estão gripados, e a única coisa que podemos fazer é esperar.

— Eu me sentiria melhor se Peter o examinasse — insistiu minha mãe. — Sei que você tem feito tudo o que pode, mas Peter é médico.

— Está muito tarde para ir a qualquer lugar — respondi. — Veremos como Jonny estará amanhã, certo? Agora, volte a dormir.

Ainda bem que foi isso o que mamãe fez. Com tudo o que aconteceu, ainda não pensei em como lhe contar que Peter morreu.

16 de janeiro

Jonny me acordou hoje de manhã. Eu estava dormindo no meio da porta, com a cabeça no solário e os pés na cozinha.

— Estou com fome — disse ele.

Ele estava fraco, mas era Jonny.

— Vou pegar um pouco de sopa para você — respondi.

Eu me levantei, fui até a despensa, peguei uma lata de sopa e a aqueci no fogão a lenha.

Ele conseguiu sentar e comeu quase tudo. Enquanto comia, mamãe e Matt acordaram. Esquentei mais sopa para eles e, em pouco tempo, todos estavam sentados, comendo e até conversando.

— Nós não deveríamos voltar para o solário? — perguntou minha mãe.

— Mais tarde — respondi. — Preciso trocar os lençóis dos colchões primeiro.

Fui lá em cima e peguei lençóis limpos. Eu queria virar os colchões de cabeça para baixo, mas não tinha força para isso, então disse a mim mesma que não faria diferença.

Depois de colocar os lençóis limpos nos colchões, ajudei todos a se levantarem. Primeiro, Matt, depois, mamãe e, finalmente, Jonny. Todos se jogaram nos colchões. Caminhar da cozinha para o solário foi muito esforço para eles.

Mas, depois que eles tiraram um cochilo e acordaram, vi como estavam diferentes. Esquentei um pouco de legumes para comerem.

Dei banhos de esponja neles, juntei os lençóis e fronhas sujos e passei a tarde lavando tudo. Como a casa ainda estava aquecida, pendurei as coisas na cozinha e na sala de estar. Quando ficaram úmidas, desliguei o aquecedor. Provavelmente não deveria ter ficado ligado por tanto tempo, mas foi um luxo lavar a roupa em uma cozinha aquecida.

Mamãe não perguntou sobre Peter.

17 de janeiro

Todos estão de mau humor e exigentes. Pegue isso. Traga aquilo. Estou com calor. Estou com frio. Está muito claro. Está muito escuro. Por que você fez isso? Por que não fez aquilo?

Juro que odeio todos eles.

19 de janeiro

Todos estão muito melhor. Matt é quem mais me preocupa. Ele não ficou tão doente quanto mamãe e Jonny, mas ainda está muito fraco.

Acho que, quando me ajudou a tirar mamãe e Jonny do solário, pode ter forçado demais seu coração.

Hoje, minha mãe e Jonny arriscaram alguns passos.

A VIDA COMO ELA ERA • 345

21 de janeiro

Estou alimentando todos com três refeições ao dia. Isso provavelmente é suicídio, mas é tão maravilhoso vê-los comer.

Mamãe diz que amanhã estará forte o suficiente para cozinhar.

Jon pediu suas figurinhas de beisebol e ficou acordado a tarde toda para organizá-las. Matt pediu que eu lhe trouxesse um livro de mistério e passou o dia lendo.

Hoje à noite, Matt disse para não me preocupar com o fogo. Ele vai vigiá-lo para que não apague durante a noite, e eu posso ter uma boa noite de sono.

Vou confiar nele.

23 de janeiro

Dormi durante dois dias inteiros. Estou tonta e faminta.

Mamãe está preparando uma xícara de chá para mim. Matt e Jon estão jogando xadrez.

Até Horton está dormindo no meu colchão.

Acho que vamos ficar bem.

26 de janeiro

Subi no telhado hoje e limpei a neve. Isso estava na minha lista de coisas a fazer desde aquela noite terrível, mas eu queria ter certeza de que alguém estaria forte o suficiente para me resgatar, caso eu tivesse problemas.

Jon está ficando forte com mais rapidez do que mamãe e Matt. Hoje à tarde, achei que poderia me arriscar. Foi um trabalho difícil e não consigo nem imaginar o quanto deve ter sido pior depois da nevasca, quando havia muito mais neve.

Na verdade, estou fazendo o trabalho de todo mundo nos últimos dias: retirar a neve, lavar a roupa etc. Mas amanhã Jon começará a lavar a louça. Ele está ansioso para fazer alguma coisa, mas todos nós concordamos que é melhor ele ir com calma e se recuperar totalmente. Mamãe não gostou muito de ele ficar do lado de fora enquanto eu limpava o telhado, mas trabalhei o mais rápido que pude e Jon não parece estar pior.

Estou mais cansada do que costumava ficar, mas acho que isso vai passar. O mais importante é que eu não fiquei doente e todos achamos que, se não fiquei antes, não ficarei agora. Eu, Maggie e Linda. Espero que elas tenham tido tanta sorte com suas famílias como eu tive com a minha.

27 de janeiro

Eu estava na cozinha lavando a roupa quando mamãe se juntou a mim.

— Você não deveria estar aqui — disse eu. — Volte para o solário.

— Voltarei em um minuto — respondeu. — Mas agora me pareceu uma boa hora para conversarmos.

Houve um tempo em que esse tom de voz teria significado que eu levaria uma bronca. Agora, isso só quer dizer que ela quer ter uma conversa em particular. Sorri para ela e continuei esfregando.

— Quero que saiba que estou muito orgulhosa de você — disse ela. — Não tenho palavras para descrever quanto estou grata. Teríamos morrido sem você e todos sabemos disso. Devemos nossas vidas a você.

— Vocês teriam feito o mesmo por mim — respondi, olhando para a roupa suja.

A VIDA COMO ELA ERA • 347

Eu sabia que, se olhasse para ela, começaria a chorar, e eu não queria fazer isso; acho que, se eu começar a chorar, nunca mais vou parar.

— Você é uma garota muito especial — reconheceu mamãe. — Não, você é uma mulher muito especial, Miranda. Obrigada.

— De nada — respondi. — É só isso? Se for, melhor voltar para o solário.

— Há mais uma coisa — lembrou ela. — Estou confusa sobre algo. Naqueles primeiros dias... Bem, minhas memórias estão um pouco vagas. Peter esteve aqui? Acho que lembro que você ia buscá-lo, mas não me lembro de tê-lo visto. Você encontrou com ele? Ele sabia que nós estávamos doentes? Sei que é quase impossível chegar ao hospital, nem sei se você foi lá. Mas você tentou? Desculpe. Apenas quero saber para tentar entender o que aconteceu.

Dessa vez, tirei os olhos das roupas. Enxuguei as mãos e me virei para encará-la.

— Eu fui até o hospital — contei. — Fui no primeiro dia. Matt estava doente demais para ir, então eu fui. Em resumo, me disseram o que eu já sabia, que vocês estavam gripados e que eu deveria deixá-los aquecidos, dar aspirina e mantê-los confortáveis até melhorarem. Voltei para casa e fiz tudo isso.

— Você viu Peter? — perguntou mamãe.

— Não — respondi. — Conversei com duas mulheres lá, acho que eram enfermeiras.

Dei as costas para ela e fiz um esforço para ser corajosa.

— Mãe, Peter morreu — disse eu. — As enfermeiras me contaram. A gripe dizimou o hospital: os pacientes e a equipe. Vocês ficaram doentes na terça-feira e ele morreu no fim de semana anterior. Não tenho certeza, mas acho que muita gente na cidade morreu. Talvez muita gente em todo o país. Foi por causa do tipo da gripe. Tivemos uma sorte enorme de todos vocês se recuperarem. Bem, não foi totalmente por causa de sorte. Você se certificou de que tivéssemos comida e água, abrigo e aquecimento. E até Matt, quando nos fez mudar para o solário, mesmo ainda tendo combustível para o aquecedor, provavelmente salvou nossas vidas, porque, quando precisamos de combustível, ainda tínhamos algum.

Mamãe ficou parada, impassível.

— Sinto muito — respondi. — Não queria lhe contar. As enfermeiras disseram que ele trabalhou até o fim. Foi um herói.

— Eu queria que não precisássemos de tantos malditos heróis — disse mamãe, e voltou para o solário.

Eu também.

30 de janeiro

Matt continua fraco, o que realmente o incomoda. Mamãe continua dizendo para ele que as pessoas se recuperam em ritmos diferentes e que não deve apressar as coisas.

Mas acho que ele nunca voltará a ficar 100% bom.

Jon recuperou grande parte de sua energia e está impaciente para fazer as coisas, mas minha mãe continua o limitando. A não ser pelo dia em que limpei o telhado, ele tem ficado no solário. E como pode lavar os pratos na bacia velha que encontramos no porão, ele não precisa nem sair daqui para fazer isso.

Mamãe não está tão forte quanto eu gostaria que estivesse, mas sei que ela também está triste por causa de Peter. Depois que lhe contei, ela me fez contar a Matt e Jonny também; agora todos sabem, mas, claro, mamãe é quem sente mais.

Agora que já estão sem febre há algumas semanas, decidi que já posso fazer algumas coisas sozinha. Hoje à tarde, peguei os esquis e voltei para a rua para treinar.

A VIDA COMO ELA ERA • 349

Foi ótimo estar a sós e do lado de fora da casa, fazendo algo diferente de cuidar de doentes e da casa. Depois da minha visita ao hospital, acho que devo melhorar com os esquis. Não sei quando Matt voltará a ficar forte o bastante para andar distâncias maiores, e um de nós precisa ser capaz de chegar aos lugares. Só restamos Jon e eu, mas estou mais adiantada.

Este é o meu momento. Fiz por merecê-lo.

2 de fevereiro

Mamãe já deve estar melhor. Ela perguntou se eu tinha me esquecido dos estudos.

— Eles não têm sido a minha prioridade — respondi.

— Bem, precisamos mudar isso — disse ela. — Todos nós. Jonny, não há razão para você não voltar a estudar álgebra. Matt pode ajudá-lo. E eu vou esquecer todo o meu francês se não voltar a praticar. Não queremos que nossas mentes enferrujem.

— Mãe — argumentei —, eu tenho feito todo o trabalho doméstico e estou esquiando. O que mais você quer de mim?

— Não quero respostas malcriadas de você, pode ter certeza disso — respondeu ela. — Agora, abra seu livro de história e volte ao trabalho.

Ainda bem que não o queimei. Ou talvez não tenha sido tão bom assim!

4 de fevereiro

Matt precisava de alguma coisa do seu quarto.

Mamãe tem dificuldade em subir as escadas desde que caiu pela segunda vez, por isso vou até o quarto dela quando precisa de alguma coisa. Jon só voltou a ir lá em cima na semana passada. Antes, era eu quem pegava tudo de que ele precisava, e é claro que tenho feito a mesma coisa pra Matt.

— Você acha que consegue? — perguntou mamãe.

— Claro — respondeu Matt. — Eu não tentaria se não achasse que consigo.

Eu e mamãe trocamos olhares, mas, quando comecei a me levantar para subir com ele, ela balançou a cabeça levemente.

Matt saiu do solário e percorreu a cozinha e o corredor até as escadas. Acho que todos nós paramos de respirar ao ouvir os seus passos desajeitados nos degraus.

Então os sons pararam.

— Vá — disse mamãe para mim.

Corri até a escada. Matt estava parado no quarto degrau.

— Não consigo — disse ele. — Droga. Não consigo subir as escadas.

— Então pare de tentar — disse eu. — Desça e tente outra hora.

— E se não houver outra hora? — perguntou. — E se eu continuar sendo um inválido inútil pelo resto da vida?

— Você pode ser um inválido, mas nunca será inútil — respondi. — Matt, você já pensou que a razão de você estar tão fraco é ter tirado mamãe e Jonny do solário naquela noite? Que talvez você tenha sacrificado sua saúde para salvar as vidas deles e que isso é uma coisa da qual você deve se orgulhar? Eles não estariam vivos se não fosse por você. Você não tem ideia do quanto nos ajuda a cada dia. Acha que gostei de tomar conta de vocês? Odiei. Mas sempre pensava em como você faz as coisas, sem nunca reclamar. Você simplesmente faz o que tem que ser feito e eu tentei ser assim também. Então desça os degraus e volte para a cama. Se você continuar exatamente como está agora, ainda será a pessoa mais forte que eu já conheci — disse eu.

— É o sujo falando do mal-lavado — brincou ele.

— Ótimo — respondi. — Somos as melhores pessoas do mundo. Agora me diga o que você quer lá em cima e vá para o solário antes que mamãe fique histérica.

E foi o que ele fez. Prestei atenção nele para ter certeza de que desceria os degraus e, depois, subi correndo e peguei o que precisava.

Se Matt não voltar a ficar forte, ficaremos acabados. Mas ele não precisa saber disso.

7 de fevereiro

Aniversário de mamãe.

No Natal, quando ela dividiu os chocolates conosco, comi dois dos quatro bombons que peguei e guardei os outros.

Por isso, o presente de aniversário de mamãe foram dois chocolates.

Jon deixou que ela ganhasse dele no xadrez.

E Matt caminhou até a escada e voltou três vezes.

Ela disse que este foi o melhor aniversário que já teve.

VINTE

9 de fevereiro

Jon está forte o bastante para praticar com os esquis e eu não tenho mais desculpas para ele não usá-los.

Todas as manhãs, saio e esquio sozinha por mais ou menos uma hora. Isso faz com que não pense em comida, o que também é bom.

Então, depois do almoço, saio com Jon e o observo enquanto ele esquia. Mamãe ainda não o deixa sair sozinho. Ele não aguenta mais de quinze ou vinte minutos, então não é tão ruim assim.

Matt caminha até a escada e volta três vezes pela manhã e quatro vezes após o almoço. Acho que na semana que vem ele tentará subir os degraus; vai começar com dois e irá aumentando, por mais tempo que demore.

Mamãe ainda não consegue lavar a roupa, mas voltou a preparar o almoço. Por alguma razão, a comida fica mais gostosa quando mamãe cozinha.

Por insistência minha (e adoro ganhar uma discussão), mantivemos o tapume fora de uma das janelas. A maior parte da neve já saiu das claraboias, então temos um pouco mais de luz natural no solário. Não acho que a qualidade do ar tenha melhorado, mas percebi que os dias estão ficando mais longos.

A VIDA COMO ELA ERA • 353

Tenho muitas coisas com que me preocupar, mas me dei um feriado. Afinal, sempre posso me preocupar na semana que vem.

12 de fevereiro

Hoje de manhã, voltei para casa depois de esquiar e encontrei minha mãe fritando algo.

O cheiro era maravilhoso. Não comemos vegetais frescos há muito tempo e não há razão para fritar espinafre ou vagem em lata. Estávamos praticamente pulando de animação quando mamãe serviu o almoço. Eu não consegui identificar o que estávamos comendo. A textura era semelhante à de uma cebola, mas o gosto era mais amargo.

— O que é isso? — perguntamos todos.

— Bulbos de tulipa — respondeu minha mãe. — Eu os colhi do solo no verão, antes de congelarem. Estava guardando para uma refeição gostosa.

Todos paramos de mastigar. Era quase como se mamãe tivesse fritado Horton.

— Ora — disse ela. — Não seremos as primeiras pessoas a comer bulbos de tulipa.

Foi um pensamento reconfortante. Isso e a fome que sentíamos nos fizeram voltar a comer.

14 de fevereiro

Dia dos Namorados.*

Fico imaginando onde Dan está.

Onde quer que esteja, provavelmente não está pensando em mim.

---

* Nos Estados Unidos, o Dia dos Namorados é comemorado em 14 de fevereiro. (N.T.)

15 de fevereiro

Matt subiu seis degraus.

Todos fingimos que não era nada de mais.

18 de fevereiro

Fiquei em casa hoje de manhã. Disse que o livro que estava lendo estava interessante demais, mas é claro que eu estava mentindo.

Almoçamos, e Jon e eu saímos para ele esquiar. Pensei que ele nunca ia se cansar, mas, depois de mais ou menos meia hora, ele estava pronto para voltar. Acho que na semana que vem mamãe o deixará sair sozinho.

Voltamos para casa juntos. Eu corri para dentro, peguei os patins, os esquis, as botas e as hastes das mãos de John, e disse que voltaria para casa em algumas horas.

E então fiz o que nenhum outro atleta já fez. Ganhei duas medalhas olímpicas de ouro, em dois esportes diferentes, na mesma tarde.

Primeiro, ganhei a corrida de esqui. Fui de casa até Miller's Pond e ganhei com uma diferença tão grande que nem conseguia ver meus concorrentes.

Mas isso foi apenas um aquecimento. Quando cheguei ao lago, apresentei minha lendária série vencedora de medalhas de ouro. Dava para ouvir milhares de pessoas nas arquibancadas aplaudindo cada movimento. Minhas curvas, minhas evoluções, minha espiral e meus giros. Meu fantástico giro em um pé só. Minhas piruetas. A sequência de trabalho de pés brilhantemente coreografada e aparentemente espontânea.

O gelo ficou lotado de flores e ursinhos. Os comentaristas da tevê disseram que estavam honrados por estar na arena para ver tal apresentação. Enxuguei uma ou duas lágrimas ao mandar beijos emocionada. Cada um dos competidores se aproximou de mim e me parabenizou pela apresentação do século. Fiquei de pé, orgulhosa, no pódio, enquanto a bandeira dos Estados Unidos era hasteada. Sorri e cantei o hino nacional.

A queridinha da América. A maior atleta da história do país. E a provável vencedora de oito medalhas de ouro na natação nos próximos Jogos Olímpicos de Verão.

— Você se divertiu? — perguntou minha mãe quando voltei do lago.

— Muito — respondi.

20 de fevereiro

— Jonny, por que você não tem comido o jantar? — perguntou mamãe hoje à noite.

— Não estou com fome — respondeu ele.

É o terceiro dia seguido em que ele não sente fome na hora do jantar.

Aposto que ele foi até a despensa quando nenhum de nós estava olhando. E aposto que ele sabe o que o restante de nós já imaginava.

Fico pensando se ele percebeu que mamãe quase não come mais.

22 de fevereiro

Todos estávamos dormindo quando subitamente fomos acordados por barulhos. Barulhos e luz.

Acho que todos acordamos desorientados. O único som que ouvimos vem de nós e do vento. E a luz sai apenas do fogão a lenha, das velas, lampiões a óleo e lanternas.

Mas era um tipo diferente de barulho, um tipo diferente de luz.

Matt foi o primeiro a entender o que era.

— É eletricidade — constatou ele. — Temos eletricidade.

Pulamos dos colchões e corremos pela casa. A lâmpada de teto estava acesa na cozinha. Um rádio há muito esquecido estava transmitindo estática na sala de estar. O relógio piscava as horas em meu quarto.

Minha mãe teve o bom senso de olhar em seu relógio de pulso. Eram 2h05.

Às 2h09, a eletricidade foi cortada.

Mas temos esperança de que, se veio uma vez, virá novamente.

24 de fevereiro

— Sabe de uma coisa? — disse minha mãe durante o almoço. — Aquela breve aparição da eletricidade me fez pensar.

— A mim também — concordei. — Pensei em máquinas de lavar e secadoras.

— Computadores — lembrou Jon. — E aparelhos de DVD.

— Geladeiras — disse Matt. — E aquecedores elétricos.

— Sim, tudo isso — respondeu minha mãe. — Mas, na verdade, eu estava pensando sobre o rádio.

— Tudo o que ouvimos foi estática — observou Matt.

— Mas, se nós tivermos eletricidade, talvez outros lugares tenham também, e quem sabe as emissoras de rádio voltem a funcionar — analisou minha mãe. — E não precisamos de eletricidade para descobrir isso. Deveríamos ligar um rádio e descobrir se conseguimos o sinal de alguma emissora.

Por um momento, eu quis dizer à mamãe para não tentar, que o mundo inteiro provavelmente morreu de gripe e que éramos os únicos na Terra. Acredito nisso às vezes.

A VIDA COMO ELA ERA • 357

Mas então percebi que alguém deve ter feito algo para nos dar aqueles quatro gloriosos minutos de eletricidade.

A ideia de não estarmos sozinhos foi emocionante. Corri até a sala de estar e peguei o rádio.

Os dedos de minha mãe tremiam quando ela o ligou e tentou sintonizar uma emissora. Mas tudo o que ouvimos foi estática.

— Tentaremos de novo hoje à noite — disse ela. — Depois do pôr do sol.

E assim fizemos. Esperamos durante o dia todo, até o céu passar de cinza a negro.

Quando isso finalmente aconteceu, minha mãe voltou a ligar o rádio. Primeiro ouvimos apenas estática, mas então ouvimos a voz de um homem.

— Em Cleveland, Harvey Aaron. Joshua Aaron. Sharon Aaron. Ibin Abraham. Doris Abrams. Michael Abrams. John Ackroyd. Mary Ackroyd. Helen Atchinson. Robert Atchinson...

— É uma lista de mortos — disse Matt. — Ele está lendo os nomes dos mortos.

— Mas isso significa que há pessoas vivas — analisou mamãe. — Alguém deve estar informado quem morreu. Alguém deve estar ouvindo.

Ela girou um pouco mais o botão.

— No noticiário de hoje, o presidente afirmou que o país já passou pelo pior. Melhorias estão previstas para as próximas semanas e a vida voltará ao normal até maio.

— O idiota ainda está vivo — gritou mamãe. — E ele ainda é um idiota!

Todos caímos na gargalhada.

Ouvimos aquela emissora durante algum tempo, até percebermos que ela estava transmitindo de Washington. Então minha mãe encontrou uma terceira estação, de Chicago. Ela também estava transmitindo o noticiário. A maior parte das notícias era ruim, assim como fora no verão. Terremotos, enchentes, vulcões, a velha ladainha dos desastres naturais. Mas havia algumas coisas novas na lista: epidemias de gripe e cólera. Fome. Secas. Tempestades de gelo.

Mas ainda assim eram notícias. A vida continua.

Não estamos sozinhos.

25 de fevereiro

Matt pensou que, se as emissoras de rádio voltaram, talvez nós tivéssemos serviço telefônico e não soubéssemos. Então ele pegou o fone, mas ainda estava mudo.

A única pessoa que poderia estar tentando falar conosco seria papai. Se não for ele, não importa.

26 de fevereiro

A eletricidade voltou.

Dessa vez, às 13h, e durou por dez minutos.

Jon estava esquiando lá fora, por isso perdeu.

— Da próxima vez, começaremos a lavar a roupa — decidiu minha mãe. — Lavaremos o que conseguirmos.

É tão maravilhoso pensar que pode haver uma próxima vez.

27 de fevereiro

Doze minutos de eletricidade às 21h15.

A VIDA COMO ELA ERA • 359

Mamãe mudou de ideia sobre lavar a roupa.

— Vamos esperar para que aconteça durante o dia — disse ela. — Talvez amanhã.

28 de fevereiro

Seis minutos de eletricidade às 4h45.

Grande coisa.

Sei que deveria estar animada por termos eletricidade durante três dias seguidos, mas precisamos mais de comida do que de energia elétrica.

Muito mais.

A menos que a eletricidade possa fabricar algumas latas de legumes, sopa e atum, não sei de que servirá para nós.

Fico imaginando quem lerá nossos nomes no rádio depois que morrermos de fome.

3 de março

Sem eletricidade durante os últimos dois dias.

Estávamos melhor sem eletricidade alguma. Por que nos dar o gostinho de tê-la para depois tirá-la?

Minha mãe ouve o rádio durante meia hora todas as noites. Não sei por quê. Ela muda de estação para estação (temos seis agora) e tudo o que elas transmitem são notícias ruins.

Não, isso não é verdade. Elas transmitem notícias ruins e o presidente dizendo que as coisas irão melhorar. Não sei o que é pior.

O que me assusta um pouco é o fato de mamãe estar disposta a gastar as pilhas apenas para ouvir rádio. Acho que é sua maneira de aceitar que não há razão para pilhas durarem mais que nós.

4 de março

Matt já estava subindo dez degraus e eu tinha certeza de que, até o final da semana, ele estaria subindo a escada toda.

Mas hoje ele subiu apenas seis degraus. Sei disso porque andei na ponta dos pés atrás dele e espiei pela porta da sala de estar. Minha mãe sabia que eu estava fazendo isso e não me impediu. Jon estava do lado de fora, mas até ele só está aguentando esquiar por 20 minutos.

Não sei se Matt sabe que eu estava espionando. Voltei para o solário antes dele e fiquei muito quieta.

Mamãe quase não falou durante a tarde. Matt voltou para o colchão e dormiu por duas horas. Nem a volta de Jon conseguiu acordá-lo.

Algumas vezes, penso sobre tudo o que passei quando eles ficaram doentes e fico com raiva. Como eles ousam morrer agora?

5 de março

Nevou durante o dia todo. Pelo menos podíamos observar a neve pela janela do solário.

Não acho que tenha caído mais de 10 cm ou 12 cm, e Matt observou que é bom ter neve fresca para beber.

Mamãe disse para eu não me preocupar em lavar os lençóis por enquanto. Acho que deveria ficar feliz, porque são o que eu menos gosto de lavar (são grandes demais). Ela disse que, se voltarmos a ter eletricidade, será muito mais fácil lavá-los, mas acho que ela está com medo de eu gastar muita energia lavando coisas tão pesadas.

Finalmente resolvi que eu deveria saber do pior e dei uma olhada na despensa.

Preferia não ter feito isso.

A VIDA COMO ELA ERA • 361

6 de março

Hoje à tarde, Jon estava lá fora e Matt estava dormindo. Mamãe fez um gesto com a mão me chamando e fomos para a sala de estar.

— Odeio pedir isso a você — disse ela. — Mas você acha que poderia deixar de almoçar algumas vezes durante a semana?

Minha mãe tem comido em dias alternados há algumas semanas. Portanto, estava pedindo que eu fizesse menos do que ela.

— Está bem — respondi.

O que mais eu poderia dizer?

— Quero que Matt e Jonny continuem a comer todos os dias — justificou ela. — Você consegue viver com isso?

Comecei a rir.

Mamãe sorriu.

— Não escolhi bem as palavras — disse ela. — Desculpe.

— Está tudo bem — respondi, beijando-a para provar que eu falava a verdade.

Acho que mamãe ainda pensa que Jon tem uma chance maior de sobreviver. E eu acho que ela não pode suportar a ideia de ver Matt morrer.

Eu também não posso. É melhor mamãe morrer primeiro, depois eu, e então Matt. Matt cuidará para que Jon sobreviva.

7 de março

Isto é tão idiota. Comecei a olhar este diário e todas as suas páginas em branco. Fiquei tão animada quando o ganhei de minha mãe no Natal. Até fiquei preocupada em terminá-lo até abril e ter que voltar para os cadernos azuis.

Tantas páginas em branco.

8 de março

Eletricidade de novo. Dessa vez, foram dezesseis minutos por volta das 15h.

Não sei o que isso significa.

12 de março

Mamãe desmaiou hoje à tarde. Acho que ela não comeu nos últimos três dias.

Preparei um pouco de sopa e forcei-a a comer. Não estou pronta para vê-la morrer.

Fiz outro inventário da despensa. Há tão pouco lá dentro que não precisei de muito tempo para olhar. Talvez haja comida para duas semanas se apenas Jon e Matt comerem. Se eu e mamãe comermos ocasionalmente, ficaremos sem comida em dez dias. Se, depois de morrermos, Matt parar de comer, então Jon terá mais alguns dias, o que poderia lhe dar tempo e resistência suficientes para sair daqui. Matt pode dizer quem ele deve procurar para que possa trocar um pouco da lenha que sobrou por comida.

Fico imaginando o que Jon fará com Horton.

13 de março

Nós quatro dividimos uma lata de sopa de tomate no almoço. Depois, mamãe insistiu para que Matt e Jon dividissem a última lata de legumes.

Pode ser mais fácil para mamãe e eu se pararmos de comer de uma vez. De qualquer modo, apenas engolimos algumas colheradas de sopa, o suficiente para nos lembrar do gosto da comida.

Meu aniversário é na semana que vem. Se eu ainda estiver viva, espero que minha mãe também esteja.

14 de março

Quase uma hora de eletricidade hoje de manhã.

Cometi o erro de me olhar no espelho quando as luzes estavam acesas.

Por um instante, não me reconheci. Depois, me lembrei de como estou.

Não que isso importe. Ninguém se importa com a aparência de um cadáver.

16 de março

Na noite passada, sonhei que ia a uma pizzaria. Sentados lá estavam papai, Lisa e uma garotinha que eu soube imediatamente ser Rachel.

Sentei na mesa. O cheiro — molho de tomate, alho, queijos — era irresistível.

— Estamos no Céu? — perguntei.

— Não — respondeu meu pai. — Estamos numa pizzaria.

Acho que o sonho me deu uma ideia. Mas é difícil dizer o que é uma ideia e o que é bobagem quando você não pode nem dizer a diferença entre o Céu e uma pizzaria.

VINTE E UM

17 de março

Quando adormeci na noite passada, sabia o que teria que fazer hoje. A única pergunta era se eu teria forças para isso.

Mas, quando acordei, vi mamãe fazendo esforço para sair do colchão, como se ela precisasse estar de pé e disposta para fazer as coisas por nós. E isso me deixou mais decidida.

Depois que Matt e Jon se levantaram e todos fingimos que hoje era apenas um dia qualquer, nem um pouco pior do que os outros dias, fiz meu anúncio.

— Vou até a cidade — declarei.

Eles me fitaram como se eu tivesse realmente enlouquecido. Provavelmente estavam certos.

— Vou aos correios — disse eu. — Quero ver se há alguma notícia de papai.

— Que diferença isso faz? — perguntou Jon. — Você acha que ele nos mandou comida?

— Quero saber se Lisa teve o bebê — expliquei. — Preciso saber. Preciso saber que a vida continua. Vou até a cidade para descobrir.

— Miranda, podemos conversar? — perguntou Matt.

Assenti, pois sabia que alguém iria me questionar, e era melhor que fosse ele. Deixamos os outros no solário e fomos para a sala de estar para uma conversa em particular.

A VIDA COMO ELA ERA • 365

—Você acha realmente que terá forças para ir e voltar da cidade? — perguntou ele.

Eu queria dizer que não, claro que não acho, e nós dois sabemos disso, e é por isso que estou indo. Eu queria pedir que ele me impedisse, porque, se eu fosse morrer, queria morrer em casa. Queria dizer "Como você pôde deixar isso acontecer comigo?", como se fosse culpa de Matt e ele pudesse ter nos salvado de alguma maneira. Mas não disse nada disso.

— Sei que é loucura — disse, em vez daquilo tudo. — Mas eu realmente preciso saber se Lisa teve o bebê. Sinto que não me importaria de morrer se o bebê nasceu. E talvez os correios estejam abertos e haja uma carta. Quanto tempo eu vou durar, de qualquer modo? Uma semana? Duas? Estou disposta a perder alguns dias em troca de paz de espírito. Você entende, não é?

— Mas, se você conseguir, volte — disse ele depois de uma longa pausa.

— Espero conseguir — respondi. — Gostaria de estar aqui. Mas, se não conseguir, também não há problema.

— E quanto à mamãe? — perguntou ele.

—Também já pensei nisso — disse eu. — Acho que é melhor para ela, na verdade. Se eu não voltar, ela sempre pode ter a esperança de que estou bem. Não quero que ela me veja morrer e não sei se vou conseguir viver mais do que ela. Assim é melhor, Matt. Pensei muito sobre isso e assim é melhor.

Matt desviou os olhos.

— Sinto muito — disse ele. — Mas e quanto aos esquis? Jon precisará deles depois que morrermos.

Bem, era esse o problema, não era? Eu estava saindo de casa para dar a Jonny uma chance. Estávamos passando fome para dar a ele uma chance. E se eu realmente quisesse que ele tivesse essa chance, então seria melhor aceitar que meu passeio casual até a cidade iria me matar. E, sendo assim, eu não precisaria de esquis.

— Eu os deixarei para trás — decidi. — Diga a Jon que eles estarão atrás do carvalho e ele deve pegá-los imediatamente depois que eu sair. Mas não diga isso à mamãe, a menos que ela pergunte. Deixe-a pensar que voltarei, está bem?

—Você não precisa fazer isso — disse Matt.

— Eu sei — respondi, dando-lhe um beijo de despedida. — E eu amo você, Jonny e mamãe mais do que poderia imaginar. Agora me deixe ir me despedir enquanto ainda tenho coragem.

E foi o que fiz. Mamãe estava tão fraca que acho que ela não entendeu de verdade o que estava acontecendo. Ela apenas me disse para voltar antes de escurecer e eu respondi que voltaria.

Jon parecia ter mil perguntas, mas Matt não o deixou falar. Beijei-o e a mamãe também, e disse-lhes para deixarem a luz acesa para mim, como se isso significasse alguma coisa. Enfiei uma caneta e um dos meus cadernos azuis no bolso do casaco. Então fui até a porta da frente, peguei as botas, os esquis e as hastes de papai, e caminhei até a rua. Quando cheguei ao carvalho, coloquei tudo com cuidado em um local onde ninguém pudesse vê-los da rua. Depois, comecei a caminhar em direção à cidade.

Eu queria desesperadamente dar meia-volta, ver a casa, dizer adeus, mas não me permiti isso. Estava com medo de que, se tivesse um momento de fraqueza, correria de volta para dentro de casa, e que bem isso faria a qualquer um de nós? Será que eu realmente precisava estar viva no dia do meu aniversário? Será que eu queria estar viva caso mamãe morresse até lá?

A VIDA COMO ELA ERA • 367

Por isso, mantive o olhar à minha frente e comecei a jornada. A caminhada durante o primeiro quilômetro não foi difícil porque Jon e eu tínhamos esquiado ali e a neve estava mais firme. É claro que caí algumas vezes nos locais em que a neve parecia gelo, mas consegui me levantar. Dizia a mim mesma que o restante da viagem não seria tão ruim, que eu poderia conseguir chegar à cidade, talvez até encontrar uma carta de meu pai e voltar para casa.

Era bom repetir isso para mim mesma.

Mas os três quilômetros seguintes foram terríveis. Acho que ninguém andou por ali desde o Natal. Eu precisei parar de andar depois de algum tempo, então me sentei na neve e empurrei o corpo para a frente, remando e, ao mesmo tempo, deslizando. Precisei reunir todas as minhas forças para me deslocar apenas alguns centímetros e, quanto mais eu me esforçava, mais queria desistir e morrer ali mesmo.

Mas pensei na pizzaria e em meu pai me dizendo que não estavam no Céu. Se havia uma carta, eu queria saber. A morte poderia esperar algumas horas.

Eu me senti muito melhor quando cheguei a um local em que conseguia andar novamente. Eu já estava completamente encharcada, congelando de frio, mas ficar de pé me deu algum senso de dignidade e propósito. Fez com que eu me sentisse novamente humana e me devolveu parte das minhas forças.

Uma das coisas mais assustadoras foi ver como havia poucas casas com fumaça saindo das chaminés. Eu não poderia ir até elas e pedir que me salvassem, que me alimentassem, que dessem comida à minha família, porque eles iriam me expulsar. Teríamos feito a mesma coisa se alguém batesse à nossa porta.

Mas havia tantas casas sem nenhum sinal de vida. Algumas pessoas que eu conhecia simplesmente partiram enquanto isso ainda era possível. Mas os outros devem ter morrido de gripe, de frio ou de fome.

Todos nós sobrevivemos: mamãe, Matt, Jonny e eu. E eu tinha deixado tudo registrado. As pessoas saberiam que eu vivi. Isso era importante.

À medida que eu me aproximava da cidade, mais fácil era caminhar. Porém, quanto mais chegava perto, menos sinais de vida eu via. Fazia sentido. Os habitantes da cidade viviam próximos uns dos outros, então, pelo menos no início, eles limparam a neve. Mas, provavelmente, não possuíam fogões a lenha e tinham mais chance de morrerem congelados. Quanto mais perto eles viviam uns dos outros, mais rapidamente a gripe deve ter se espalhado. Nosso isolamento nos salvou, nos dando semanas, talvez meses, de sobrevivência.

Quando avistei os correios, comecei a sentir que talvez conseguisse voltar para casa. Eu sabia que era loucura, que a rua era uma ladeira e que eu não tinha força suficiente para a parte em que não seria capaz de caminhar. Uma coisa é empurrar seu corpo para descer um declive, mas em uma subida isso seria impossível. Meu coração não aguentaria e eu morreria a alguns quilômetros de casa.

Mas não me importava. Havia chegado à cidade e isso era tudo o que eu planejara. Iria até os correios e descobriria que papai, Lisa e o bebê Rachel estavam vivos e bem. Então não faria diferença onde ou como eu iria morrer. Jonny viveria e Rachel, também, e só isso importava.

Foi estranho estar na rua principal da cidade e não ver nem ouvir ninguém, nem sentir outro cheiro além do fedor da morte. Vi carcaças de cães e gatos, animais domésticos deixados para trás

A VIDA COMO ELA ERA • 369

e que não conseguiram sobreviver no frio e sem comida. Eu me abaixei e peguei um para ver se ainda havia um pouco de carne, mas o pouco que restava no esqueleto estava congelado demais para ser arrancado. Joguei-o de volta na rua coberta de neve e me senti aliviada por não ver nenhum cadáver humano.

Então, fui até os correios e vi que o local também estava morto.

Senti um desespero tão grande. Os correios não devem ter aberto desde o último dia em que Matt trabalhou lá. Qualquer fantasia que eu tivera sobre ter deixado o solário para encontrar uma carta de papai me abandonou.

Eu fui para a cidade para morrer. Não havia razão para voltar para casa e forçar os outros a observar isso acontecer.

Sentei no chão. E agora? Por que eu deveria tentar voltar para casa? A melhor coisa que eu poderia fazer era ficar onde estava e deixar o frio me matar. A sra. Nesbitt soube como morrer. Será que eu não consegui aprender isso com ela?

Mas então vi algo amarelo. Meu mundo está cinza há tanto tempo, que o amarelo quase feriu meus olhos.

Mas algo era amarelo. Lembrei que amarelo era a cor do sol. Eu tinha visto o sol pela última vez em julho. Doía olhar diretamente para ele e doía olhar para essa nova explosão de amarelo.

Não era o sol. Ri de mim mesma por pensar que poderia ser. Era uma folha de papel que o vento balançava rua abaixo.

Mas era amarela. Ela tinha que ser minha.

Fiz um esforço para ficar de pé e ir atrás da folha de papel. Ela me atormentava com sua dança, mas eu fui mais esperta e, com o que sobrara de minhas forças, pus meu pé sobre ela e a prendi na calçada. Abaixei-me e senti o mundo rodando quando eu a peguei e voltei a me erguer. Fiquei animada simplesmente por segurá-la. Havia palavras nela. Era uma mensagem. Alguém teve algo a dizer em algum momento, e agora eu saberia o quê.

A PREFEITURA ABRE ÀS SEXTAS-FEIRAS, DAS 14H ÀS 16H

Não havia data, nenhum modo de saber quando ela fora impressa ou por quê. Mas as palavras me diziam aonde ir. Eu não tinha nada a perder. Todos os sonhos que eu poderia ter morreram com os correios. Se a prefeitura também estivesse fechada, não faria diferença.

Comecei a caminhar em direção à prefeitura. Eram apenas alguns quarteirões de distância dos correios. Olhei para o relógio e vi que faltava meia hora para fechar, supondo que estivesse aberta.

Mas, quando cheguei lá, a porta estava destrancada e ouvi vozes.

— Olá?! — disse eu, orgulhosa por me lembrar da palavra.

— Entre — respondeu um homem, abrindo a porta de um escritório e acenando para mim.

— Oi — falei, como se fosse a coisa mais normal do mundo. — Meu nome é Miranda Evans. Moro na rua Howell Bridge.

— Sim — disse ele. — Entre. Sou o prefeito Ford e este é Tom Danworth. Prazer em conhecê-la.

— O prazer é meu — respondi, tentando acreditar que não se tratava de um sonho.

— Você veio até aqui para se inscrever para receber comida? — perguntou o prefeito Ford.

— Comida? — exclamei. — Posso receber comida?

Tinha que ser um sonho.

— Está vendo? — disse o sr. Danworth. — Por isso é que não aparece muita gente. Ninguém sabe.

A VIDA COMO ELA ERA • 371

— Muita gente morreu em Howell Bridge — disse o prefeito Ford. — Não há razão para ir até lá. Quantas pessoas há na sua família, Miranda?

— Quatro — respondi. — Minha mãe e irmãos ficaram gripados, mas todos sobreviveram. Posso pegar comida para eles também?

— Precisaremos de uma testemunha de que eles ainda estão vivos — respondeu o prefeito. — Mas todos têm direito a uma sacola de comida por semana. Foi o que nos disseram e é o que estamos fazendo.

— O programa está funcionando há quatro semanas — informou o sr. Danworth. — Portanto, esta senhorita tem direito a pelo menos quatro sacolas.

Se era um sonho, eu não queria acordar.

— Vamos fazer assim — orientou o prefeito —, espere até as 16h, quando fechamos oficialmente, e Tom a levará para casa na moto de neve. Você e suas quatro sacolas, quero dizer. Ele confirmará sua história e, se o que você diz for verdade, na próxima segunda-feira enviaremos alguém até sua casa com comida para o restante da família. Segunda é o dia da entrega. O que acha?

— Não acredito — disse eu. — Comida de verdade?

O prefeito deu uma gargalhada.

— Bem, não é nada sofisticado — explicou. — Não é nada parecido com o que comíamos no McDonald's. São latas e algumas caixas de comida. Mas ninguém está reclamando.

Eu não sabia o que dizer. Apenas caminhei até ele e o abracei.

— Ela está pele e ossos — constatou o prefeito para o sr. Danworth. — Acho que chegou aqui na hora certa.

Esperamos cerca de quinze minutos, mas ninguém apareceu. Finalmente, o prefeito disse ao sr. Danworth para pegar as quatro sacolas na sala de armazenamento e levá-las para a moto de neve.

Mal podia esperar para examinar as sacolas, ver que tipo de maravilhas havia dentro delas, mas eu sabia que isso iria apenas atrasar as coisas. Além do mais, que diferença faria? Era comida. Quatro sacolas de comida. Não passaríamos fome durante uma semana.

O trajeto que fiz em três horas virou uma viagem de vinte minutos na moto de neve. Parecia que eu estava voando, vendo as casas se afastarem rapidamente.

O sr. Danworth parou a moto na porta do solário. O barulho obviamente surpreendeu minha família, pois todos estavam perto da porta quando bati.

— Bem, você estava dizendo a verdade — falou o sr. Danworth. — Há realmente três pessoas aqui e todos parecem muito famintos.

— Vou ajudá-lo a pegar as sacolas — disse eu.

Para mim, era extremamente importante fazer aquilo, ser a pessoa que trazia a comida que nos salvaria.

— Parece justo — concordou ele. — Mas deixe-me ajudá-la.

Ele terminou levando três das sacolas, mas isso não importava. Depois, entregou à mamãe um pedaço de papel para que ela assinasse, dizendo que havia quatro pessoas precisando de comida.

— Voltaremos na segunda-feira — prometeu ele. — Não posso garantir que vocês receberão todas as doze sacolas a que têm direito, mas devemos conseguir sete, três para esta semana e quatro para a próxima. Depois disso, vocês podem contar com quatro sacolas por semana, pelo menos até ouvirem outra orientação.

Mamãe estava chorando. Matt fez um esforço para cumprimentar o sr. Danworth e agradecê-lo. Jon estava muito ocupado revirando as sacolas e retirando coisas para nos mostrar.

— Cuidem-se — disse o sr. Danworth. — O pior já passou. Se vocês chegaram até aqui, ficarão bem.

A VIDA COMO ELA ERA • 373

— Podemos jantar hoje à noite? — perguntou Jon depois que o sr. Danworth saiu. — Por favor, mãe. Só desta vez?

Mamãe enxugou as lágrimas, respirou fundo e sorriu.

— Jantaremos hoje à noite — disse ela. — E amanhã e domingo também.

Comemos sardinhas, cogumelos e arroz no jantar. De sobremesa (sobremesa!), frutas secas.

A eletricidade voltou pela segunda vez hoje, enquanto comíamos.

Isso pode ser um paraíso de ilusões, mas ainda assim é o paraíso.

18 de março

A eletricidade voltou enquanto nos fartávamos de grão-de-bico, lentilha e cenoura.

— Vamos — disse mamãe. — Vamos lavar a roupa.

E foi o que fizemos. Foi um pouco desafiador, pois não temos água corrente e precisávamos despejar a água dentro da máquina nos ciclos de lavar e enxaguar. Mas, mesmo assim, ainda foi muito mais fácil do que lavar à mão. Lavamos todos os lençóis, e a eletricidade durou quase até o final do ciclo da secadora.

Comemoramos lavando os cabelos. Nós nos revezamos ensaboando as cabeças uns dos outros. Mamãe insistia que tomássemos banhos de esponja todos os dias, mas usar xampu era um verdadeiro luxo.

Hoje à noite, a eletricidade voltou. Durou apenas dez minutos mais ou menos, mas isso não faz diferença. Fizemos o jantar no micro-ondas.

Jantar no micro-ondas. As mais belas palavras que já escrevi.

19 de março

Ainda temos três sacolas de comida na despensa, mas vejo que mamãe está preocupada com amanhã. É como a eletricidade. Ela vem e vai, mas você não pode contar com ela.

Ainda assim, mesmo que a comida seja só aquela, podemos nos certificar de que Jon ficará forte e bem-alimentado, e isso deixará minha mãe tranquila.

20 de março

Meu aniversário.

Tenho 17 anos, estou viva e temos o que comer.

O próprio sr. Danworth apareceu hoje de manhã com dez sacolas de comida.

— Sabemos que vocês deveriam receber mais, mas só pude trazer isto — disse ele. — Vejo vocês na próxima segunda com as quatro sacolas.

Havia tantas coisas e era tudo tão maravilhoso. Leite em pó. Suco de cranberry. Três latas de atum. Bem, eu poderia descrever tudo, mas isso não tem importância. É comida e durará algumas semanas, e vamos receber mais.

Como é meu aniversário, mamãe me deixou escolher o que iríamos comer. Encontrei uma caixa de macarrão com queijo. Foi o mais próximo de uma pizza que tínhamos.

Ainda há muito que não sabemos. Só podemos ter esperança de que meu pai, Lisa e o bebê Rachel estejam vivos. E vovó também. Sammi, Dan e todas as outras pessoas que conhecemos e que foram embora daqui. A gripe se espalhou pelos Estados Unidos, provavelmente por todo o mundo. Tivemos sorte por sobreviver; muitas pessoas não conseguiram.

A eletricidade vai e vem, por isso não sabemos quando podemos contar com ela. Temos lenha para mais algum tempo, e Matt está ficando mais forte (ele subiu dez degraus hoje e somente a insistência de mamãe conseguiu evitar que subisse todos). Há bastante neve lá fora, portanto não temos problemas com água. O céu ainda está cinza, e, apesar de a temperatura estar acima de 20 graus negativos há uma semana, 6 graus negativos ainda parece um clima ameno.

Mas hoje não é um dia para nos preocuparmos com o futuro. O que for para acontecer, acontecerá. Hoje é um dia para comemorar. Amanhã, o dia irá durar mais do que a noite. Amanhã, acordarei e encontrarei minha mãe e meus irmãos ao meu lado. Todos ainda vivos. Todos ainda me amando.

Há algum tempo, Jonny me perguntou por que eu ainda escrevia no diário, para quem estava escrevendo. Eu me fiz essa pergunta muitas vezes, especialmente nos tempos difíceis.

Algumas vezes, cheguei a pensar que estava fazendo isso para que as pessoas daqui a 200 anos soubessem como vivíamos.

Outras vezes, pensei que escrevia para o dia em que não existissem mais pessoas, mas as borboletas soubessem ler.

Hoje, porém, aos 17 anos, aquecida e bem-alimentada, escrevo neste diário para mim mesma, para que um dia, quando eu não precisar mais viver no solário, eu possa me lembrar da vida como ela era, da vida como ela é.

Impresso no Brasil pelo
Sistema Cameron da Divisão Gráfica da
DISTRIBUIDORA RECORD DE SERVIÇOS DE IMPRENSA S.A.
Rua Argentina 171 – Rio de Janeiro, RJ – 20921-380 – Tel.: 2585-2000